संघ का हिंदुत्व

RSS के 100 साल

AF834709

विशाल सिंह

अनुक्रमणिका

लेखक संदेश

प्रिय पाठकों,

यह पुस्तक मेरे लिए सिर्फ शब्दों का समूह नहीं है, यह मेरे भीतर उठे उस संघर्ष की अभियक्ति है, जो मेरे अंदर तब उभरा जब संघ प्रमुख मोहन भागवत के कई बयान सामने आए।

"इस्लाम के बिना हिंदुत्व अधूरा है",

"भारत में रहने वाले सभी का डीएनए एक है",

"हर मस्जिद में शिवलिंग क्यों तलाशना?",

"50 साल के लिए देवी-देवताओं को भूल जाए"

"समरसता के लिए गौमांस खाने में कोई समस्या नहीं है"

कई बयानों के मद्देनजर मोहन भागवत की इस्लामिक संगठनों के नेताओं से मुलाकात ने कई सवाल उठाए हैं। जो मेरे साथ करोडों हिंदुओ को झकझोरने वाले थे।

मेरे लिए यह केवल एक वैचारिक असहमति ही नहीं बल्कि यह आंतरिक चोट भी थी। वर्षों से जिस संगठन को हिंदू समाज के रक्षक के रूप में देखा गया, जब वही संगठन इस प्रकार के वक्तव्य देने लगे तो यह चेतावनी है कि हमें अब मौन नहीं रहना चाहिए।

जब मैंने संघ का अध्ययन करना शुरू किया तो पाया कि ये शुरू से कोई हिंदू धार्मिक या रक्षक संगठन नहीं है।

मैंने यह पुस्तक इसलिए लिखी है कि क्योंकि जब हिंदू और उसकी मान्यताओं पर हमला किया जा रहा हो तो चूप रहना भी अपराध है। जब सत्य को छिपाया जा रहा हो, जब धर्म की परिभाषा बदली जा रही हो, धर्म ग्रंथ को फिर से लिखने की बात की जा रही हो, और जब धर्म के नाम पर समझौते किए जा रहे हो-तब एक कलम को तलवार की तरह कार्य करना चाहिए।इस पुस्तक में मैंने उन विचारों, घटनाओं और प्रवृतियों को उजागर किया है जो हिंदू धर्म के वास्तविक स्वरूप को कमजोर करने का प्रयास कर रही है- चाहे वह सत्ता की राजनीति के कारण हो या छद्म सेक्युलरवाद के प्रभाव से। मेरा उदेश्य किसी व्यक्ति विशेष या संगठन पर प्रहार करना नहीं बल्कि उसके मूल स्वरूप को सामने लाना है।

यह पुस्तक उन सभी के लिए है जो अपने धर्म, संस्कृति और गौरव को खोने नहीं देना चाहता। यह उन लोगों के लिए है जो अपने हिंदू धर्म पर गर्व महसूस करते हैं।

यह पुस्तक एक उद्घोष है –उस विचार का जो कहता है: हिंदू धर्म सर्व समावेशक हो सकता है, पर आत्मसमर्पण नहीं कर सकता।

यह पुस्तक मेरी ओर से एक उत्तर है, एक सजग हिंदू नागरिक की कलम से निकला संकल्प। मैंने इसमें न केवल उन बयानों की विवेचना की है, बल्कि उन शक्तियों का पर्दाफाश भी किया है जो हिंदू समाज को आत्मविस्मृति की ओर धकेल रही हैं। यह उस वैचारिक दिवालियापन के खिलाफ है, जो हिंदू धर्म के नींव को कमजोर कर रहा है। मैंने इस पुस्तक में उन विचारधाराओं को चुनौती दी है जो हिंदू समाज को कमज़ोर करने की कोशिश कर रही हैं, और उन प्रयासों को उजागर किया है जो वर्षों से भारत की सांस्कृतिक जड़ों को प्रभावित कर रहे हैं।इस पुस्तक में मैंने संघ के विचारों, उसके इतिहास, कार्यशैली और हिंदुत्व के प्रति उसके दृष्टिकोण को समझने और समझाने की कोशिश की है। मेरा उद्देश्य केवल सूचनाएँ देना नहीं, बल्कि एक ऐसा संवाद शुरू करना है जिसमें पाठक स्वयं विचार कर सकें कि क्या यह दृष्टिकोण भारत के लिए लाभकारी है या नहीं।

यह पुस्तक न तो आलोचना है, न ही महिमामंडन। यह एक कोशिश है, सत्य के अधिक निकट पहुँचने का। यह किसी राजनीतिक योजना का हिस्सा नहीं है। यह एक आम नागरिक की आवाज़ है, जो सच को जानने और बताने की ज़िम्मेदारी महसूस करता है।

आपसे अनुरोध है कि इस पुस्तक को पढ़ते समय मन में केवल एक प्रश्न रखें:

क्या हम अपने पूर्वजों की विरासत को ऐसे ही मौन रहकर खोने देंगे?

मैं यह समझताहूँ कि यह विषय संवेदनशील है, लेकिन सत्य को स्वीकार करना अक्सर आसान नहीं होता। मेरी कोशिश किसी व्यक्ति को नीचा दिखाने की नहीं है, बल्कि उस विचार की रक्षा करना है जिसे हमने सदियों से अपने रक्त में संजोया है।

आपसे अनुरोध है कि इस पुस्तक को खुले मन और गहरी सोच के साथ पढ़ें।

मुझे आशा है कि मेरी पहली पुस्तक 'नरेंद्र मोदी का धोखा और सच' की तरह इसे भी लोगों का प्यार मिलेगा और अन्य लोगों से भी इस पुस्तक को लेकर अपनी राय साझा करेंगे।

आपका,

विशाल सिंह

प्रस्तावना

मोहन भागवत के विभिन्न बयान, मस्जिद मदरसे के दौरा, कट्टर मुस्लिम संगठन के नेताओ के साथ मुलाकात, हिंदू धर्म ग्रंथों की समीक्षा, हर मस्जिद में शिवलिंग क्यों तलाशना, समलैगगिकता का समर्थन, गोहत्या पर अलग रुख, हिंदुत्व की परिभाषा और सबका डीएनए एक है। मेरे जैसे कई लोगों को शंका हुआ कि आखिर किसी हिंदू, राष्ट्रवादी या सांकृतिक संगठन का मुखिया को ये सब करने की जरूरत पड रही है, जो हिंदुओ पर ही चोट कर रहा है।

जब मैंने अध्ययन करना शुरू किया तो पाया कि मोहन भागवत जो बोल रहे है, वो संघ की असली विचारधारा को प्रदर्शित कर रहे है। मैंने संघ के गठन के शुरुआत का अध्ययन किया तो पाया कि विनय दामोदर सावरकर के विचारों पर इस संगठन का बुनियाद खडा है। हिंदुत्व, गाय और धार्मिक मान्यताओं को लेकर उनके विचार रहे, उसी को संघ ने आगे बढाया है।

संघ की स्थापना मुस्लिम अतिवाद के विरोध में की गई थी, जिसके कारण यह संगठन अक्सर मुस्लिम, वामपंथी तथा तथाकथित धर्मनिरपेक्ष दलों के लक्ष्य पर रहा है। जिसका परिणाम रहा कि आम लोगों के बीच धारणा बन गई कि ये कट्टर हिंदू संगठन है।

संघ का अपने विरोधियों को लेकर धारणा रही है कि वो असल मायने में धर्मनिरपेक्ष नहीं है और वो मुस्लिम की अनदेखा करते है। सही मायने में संघ उनका ख्याल रखता है। चूंकि संघ का आधिकारिक कुछ नहीं होता

और लिखित में कोई फैसला नहीं लेते, जिसका परिणाम रहा कि लोगों के बीच प्रचार हो गया कि संघ को समझना आम लोगों की बस की बात नहीं है।

आरएसएस की रणनीति रही है कि जिस समाज के बीच रहो, उनकी धारणाओं और विचारों के अनुरूप बात करता है। जब किसी बयान का विरोध हो तो उस पदाधिकारी का निजी बयान बता पल्ला झाड लो या तो बोल दो कि उसका संघ से कोई लेना देना नहीं है। किसी कार्य का भी विरोध शुरू हो जाए तो उससे भी पल्ला झाड लो। इस संगठन का सबसे बडा उपलब्धि पाया कि ये अपने अपने बयान से पलटने को ही अपनी रणनीति मानते है।

संघ का जोर हमेशा राष्ट्रवाद और विश्वगुरु पर होता है। जब मैंने अध्ययन किया तो पाया कि राष्ट्रवाद से इनका दूर दूर तक कोई लेना देना है। इन्होंने अपने प्रभुत्व और समाज में पूरी तरह से अपनी पकड को बनाए रखने के लिए अलग अलग संगठन बना रखे है ताकि हर जगह इनकी पकड बनी रही। हिंदुओ पर पकड के लिए 'विश्व हिंदू परिषद' और 'बजरंग दल', ईसाइयों तक पहुंच के लिए 'राष्ट्रीय ईसाई मंच', मुस्लिम समाज तक अपनी पहुंच के लिए 'मुस्लिम राष्ट्रीय मंच', मजदूरों में अपनी पकड के लिए 'भारतीय मजदूर संघ', राजनीतिक पकड के लिए भारतीय जनता पार्टी, किसानों में पकड के लिए 'भारतीय किसान संघ', छात्रों में अपनी पकड के लिए 'अखिल भारतीय विधार्थी परिषद' आदि संगठन बना रखे है। ये अपनी सुविधा के अनुसार इनसे पल्ला भी झाड लेते है और पर्दे के पीछे से संचालन भी करते है।

आरएसएस के विरोधियों पर अक्सर यह आरोप लगाया जाता है कि वे खुद उस चीज के करीब होते हैं, जिसके खिलाफ वे बयान देते हैं। जो बाते वे विरोध में कहते हैं, वही उन पर लागू होती हैं।मुस्लिम तुष्टीकरण के खिलाफ बने संघठन, ये मुस्लिम तुष्टीकरण में इतना डूब चुके है कि किसी इस्लामिक संगठन से ज्यादा इस्लाम के प्रति वफादार है। जो कोई

इस्लामिक संगठन जकात के जरिए मुस्लिम समाज के लिए नहीं कर पाता, ये वो काम चंदे के पैसे से करते है। सत्ता के जरिए मुस्लिम समाज के लिए संस्थागत तुष्टीकरण और संगठन के लिए तुष्टीकरण के लिए वो काम किए, जिसे कोई इस्लामिक संगठन सोच भी नहीं पाया। सबसे महत्वपूर्ण बात है कि जो काम ये करते है, उसे देशहीत में बताता है। लेकिन उसी काम कोई दूसरा करे तो उससे खतरा बताते है।

यह पुस्तक पूरी तरह से तथ्यों पर आधारित है, जिसका कई वर्णन संघ के लेखों, पुस्तकों, संघ के पदाधिकारियों वक्तव्यों, संघ के कार्यों पर आधारित है।

विशाल सिंह

7 अप्रैल, 2025

अध्याय: 1

आरएसएस के गठन का उदेश्य

राष्ट्रीय स्वयंसेवक संघ के गठन के पीछे खिलाफत आंदोलन के बाद बढता मुस्लिम अतिवाद रहा। इन्होंने ये अतिवाद महात्मा गांधी के हिंदू-मुस्लिम एकता के नाम पर खिलाफत आंदोलन का समर्थन और असहयोग आंदोलन में हिंदू मुस्लिम को लाने के नाम पर मुख्य धारा में मौलानाओं को लाने के बाद बढाया। असल में, प्रथम विश्व युद्ध में तुर्की के हार के बाद ओटोमन खलीफा की स्थिति कमजोर हो गई थी। ब्रिटिश साम्राज्य ने तुर्की के खिलाफ कठोर नीति अपनाते हुए उसके खलीफा को हटा दिया।

वर्ष 1919 में तुर्की के खलीफा को फिर से स्थापित करने के लिए खलिफत आंदोलन प्रारंभ हुआ था, जिसे खिलाफत आंदोलन का नाम दिया गया है। यह आंदोलन भारतीय मुस्लिमों ने चलाया था। इसका नेतृत्व अली बंदुओं शौकत अली और मुहम्मद अली ने की। इस आंदोलन में शामिल होने वाले मौलाना मोहम्मद अली जौहर, हकीम अजमल खान और अबुल कलाम आजाद आदि मुस्लिम नेता थे। महात्मा गांधी ने हिंदू मुस्लिम के लिए उस आंदोलन का समर्थन दिया। हिंदू मुस्लिम एकता का प्रचार होने लगा। गांधी को लगा कि अगर हिंदू मुस्लिम एक साथ आ जाते है तो अंग्रेजों से लडने में आसानी होगी। खिलाफत आंदोलन से मुस्लिम नेतृत्व मुख्य धारा में आ गया। जिस बात के लिए मोहम्मद अली जिन्ना ने गांधी को चेताया था।

1 अगस्त 1920 को महात्मा गांधी ने अंग्रेजों से भारत को स्वशासन देने के

लिए प्रेरित करने हेतु असहयोग आंदोलन चलाया। इस आंदोलन में हिंदू और मुस्लिम आमने-सामने आ गए। खिलाफत का समर्थन करने वाले प्रथम विश्व युद्ध के दौरान खिलाफत आंदोलन के साथ ही गांधी ने देश में दो दूसरे समुदायों को जोड़कर भारत में हिंदुओं और मुसलमानों का एक काल्पनिक गठबंधन बनाने का प्रयास किया। दोनों समुदायों के लक्ष्य और उद्देश्य बहुत अलग थे, हिंदू 'पूर्ण स्वराज' प्राप्त करना चाहते थे जबकि मुसलमान ओटोमन साम्राज्य के खलीफा का समर्थन करना चाहते थे। उस समय इस आंदोलन मेंउपाधियों का त्याग, स्कूलों, अदालतों, परिषदों, विदेशी सामानों का बहिष्कार, और हिंदू मुस्लिम एकता को बढावा देने जैसे कार्यक्रम अपनाएं गए थे। यह आंदोलन महात्मा गांधी के नेतृत्व में भारतीय राष्ट्रीय कांग्रेस ने चलाया। 11 फरवरी 1922 को उत्तर प्रदेश के गोरखपुर जिले के चौरी चौरा में एक कांग्रेस-खिलाफत जुलूस निकाला गया था। इस जुलूस में 22 पुलिसकर्मियों की हत्या कर दी गई। इस घटना के बाद, गांधी ने आंदोलन वापस ले लिया।

पहले खिलाफत आंदोलन उसके बाद असहयोग आंदोलन के फलस्वरूपरहा कि मुस्लिम अतिवाद बढा। गैर मुस्लिम को काफिर बोल निशाना बनाने लगे। अंग्रेजों का तो कुछ कर नहीं सकते थे क्योंकि वो बहुत ताकतवर थे लेकिन हिंदुओं पर हमले करने लगे। देशभर में अलग अलग हिस्सों में हिंदू-मुस्लिम दंगा होने लगे।

महात्मा गाँधी को ऐसा प्रतीत हुआ कि खिलाफत का समर्थन करना, मुस्लिमों को उनके साथ असहयोग आंदोलन में जोड़ देगा। उन्हें ये प्रतीत हुआकि अगर खलीफा के समर्थन में मुस्लिमों का सहयोग किया जाए तो वो बड़ी भारी तादाद में राष्ट्रीय आंदोलन से जोड देगा, जिसके परिणामस्वरूप वे हिंदुओं के साथ ब्रिटिश साम्राज्य से लड़ेंगे।

लेकिन इसके बाद की मोपला मुसलमानों की मोहताजी थी जिसने 25000 से अधिक (जिसके अलग अलग आंकडे है) हिंदुओं के नरसंहार, सैंकड़ों हिंदू महिलाओं के बलात्कार, हजारों महिलाओं का शीलभंग हुआ

था।गर्भवती महिलाओं के पेट फाड़ दिए गए थे। सैकड़ों मंदिर तोड़ दिए गए थे।जान माल के नुकसान का कोई अनुमान नहीं लगाया जा सकता।दुर्भाग्य से हिंदुओं के इस भीषण नरसंहार को छिपाने के लिए कई तरह के नाम दिए गए।कुछ लोगों ने कहा कि खिलाफत की असफलता से मुस्लिम समाज में उपजा हुआ यह आक्रोश था। मालाबार नरसंहार के दौरान मोपला मुस्लिम अंधाधुंध हिंदुओं को मार रहे थे वो भी बहुत ही बर्बर ढंग से। एक घटना है जिसके अनुसार 25 सितंबर 1921 को 38 हिंदुओं का बेरहमी से सिर कलम किया गया था और उनकी खोपड़ी कुएँ में फेंक दी गई थी। ये बात दस्तावेजों में भी दर्ज है कि जब मालाबार के तत्कालीन जिलाधिकारी इलाके में गए तो कई हिंदू कुएँ से मदद के लिए गुहार लगा रहे थे।

मालाबार अकेला ऐसा नरसंहार नहीं था, जहां हिंदुओं को मृत्यु घाट पर प्रस्थान कर दिया गया था। मालाबार के मुसलमानों ने हिंदुओं पर किए गए अत्याचार तत्कालीन डिप्टी कलेक्टर दीवान बहादुर सी गोपालन नायर ने अपनी किताब में सांप्रदायिक संघर्ष की 50 से अधिक ऐसी घटनाओं का दस्तावेजीकरण किया है।

डॉ.केशव बलीराम हेगडेवार चाहते थे कि कांग्रेस के भीतर एक ऐसा संगठन हो जिसमें अंग्रेजों के खिलाफ लड़ाई हो। वो हिन्दू समाज की जड़ों को सामाजिक, आर्थिक, सांस्कृतिक, धार्मिक, राजनीतिक और दार्शनिक स्तर पर मजबूत रहे। कांग्रेस में व्यक्तिवाद, व्यक्ति पूजा डॉ. केशव के लिए चिंता का विषय था। इसलिए उन्होंने कांग्रेस छोड़ दी। उनका मानना था कि व्यक्ति आज है कल नहीं होगा। इसलिए आदर्श व्यक्ति न होकर विचार और सिद्धांतों को होना चाहिए क्योंकि वो सदैव जीवित रहेगा। लेकिन वो कांग्रेस में रहकर ऐसा नहीं कर पाए।

वे बाल गंगाधर तिलक और वीर सावरकर की साहित्यिक रचनाओं से बहुत प्रभावित थे। हेडगेवार ने पहले अनुशीलन समिति आंदोलन में भाग लिया था, जो ब्रिटिश सरकार के खिलाफ सशस्त्र क्रांति का समर्थन करता था और ब्रिटिश सरकार के खिलाफ विद्रोह के लिए कई बार गिरफ्तार किया

गया था। हालांकि, कांग्रेस की हिंदू-मुस्लिम एकता के भ्रम ने उन्हें पार्टी के मामलों में भाग लेने के लिए कम उत्सुक बना दिया।

वर्ष 1923 में हिंदू महासभा के कई सदस्यों ने लक्ष्मी पूजा के शुभ दिवस पर नागपुर की सड़कों पर जुलूस निकाला था। ढोल-नगाड़ों और मदिरा संगीत के साथ जुलूस आगे बढ़ा, तो संयोग से वे एक मस्जिद वाले क्षेत्र से हुआ।

भजनों के सामूहिक समापन स्थानीय निरस्त मुस्लिम युवाओं द्वारा मस्जिद के द्वार के पास से निकलने वाले जुलूस पर हमला कर दिया गया। सांप्रदायिक झड़प में कई हिंदू घायल हो गए और कुछ की मौत हो गई। इसके बाद नागपुर के मुस्लिम बहुल इलाकों में हिंदुओं का लगभग नरसंहार हो गया।

इस घटना के बाद हेगडेवार ने अनुशीलन समिति के तर्ज पर हिंदुओ को एकट्ठा कर संगठन बनाने पर विचार किया, जो हिंदुओ के ऊपर हो रहे हमले का जबाव दे सके। जिसका मकसद हिंदुओ का नागरिक सेना का बनाना था। इसके क्रियान्वयन के लिए हेडगेवार ने अपने घर पर 17 लोगों के साथ गोष्ठी में संघ के गठन का विचार किया। इस बैठक में हेडगेवार के साथ विश्वनाथ केलकर, भाऊजी कावरे, अण्णा साहने, बापूराव भेदी आदि मौजूद थे।

संगठन के नाम को लेकर राष्ट्रीय स्वयंसेवक संघ, जरीपटका मंडल और भारतोद्धारक मंडल इन तीन नामों पर विचार हुआ। वोटिंग की बाकायदा प्रक्रिया हुई। नाम विचार के लिए बैठक में उपस्थित 26 सदस्यों में से 20 सदस्यों ने राष्ट्रीय स्वयंसेवक संघ को अपना समर्थन दिया, जिसके बाद आरएसएस अस्तित्व में आया।

संघ के निर्माण के लिए 27 सितंबर 1925 को विजयदशमी के अवसर पर प्रारंभिक बैठक में हेगडेवार और हिंदू महासभा के चार नेताओं बीएस मुंजें, गणेश सावरकर, एलवी परांजपे और बीबी ठोलकर के बीच हुई थी।

अध्याय: 2
हिंदू संगठन होने का मिथ्या

हिंदुओं पर लगातार होने वाले हमलों को देखते हुए हेगडेवार ने यह सोचने की आवश्यकता महसूस की कि आखिर क्या कमी है जो हिंदू प्रतिरोध में असमर्थ है? हेगडेवार ने पाया कि दंगों के दौरान हिंदुओं के कष्टों के पीछे मुख्य कारण उनके बीच फूट और संगठन की कमी थी। मुसलमानों के विपरीत, जो एक बड़ी इकाई के रूप में कार्य करते हैं, हिंदू कई संप्रदायों, विश्वासों, जातियों और विचारधाराओं में विभाजित हैं। इस कारण उस समय सांप्रदायिक झड़पों के दौरान हिंदुओं को सबसे अधिक नुकसान होने का खतरा था।

वे वीर दामोदर सावरकर के साहित्यिक रचनाओं से काफी प्रभावित थे। सावरकर की 1923 में 'हिंदुत्वःहू इस हिंदू' पुस्ताक प्रकाशित हुई। इस पुस्तक में उन्होंने हिंदू की तीन पहचान बताई। उसमें एक राष्ट्र, एक जाति, एक संस्कृति शामिल थी। उनके मुताबिक हिंदू वह है जो 'हिन्दुस्थान' को अपना मातृभूमि, पितृभूमि और पुण्यभूमि समझता है। यानि उनके अनुसार मुसलमान और ईसाई को छोडकर बाकी सभी भारत में रहने वाले हिंदू है। सावरकार का हिंदुत्व एक राजनीतिक विचार है न कि धार्मिक। उनके हिंदुत्व का मतलब हिंदू जीवन पद्धति और हिंदु सभ्यता में गर्व करने वाले लोग हैं। सावरकर के हिंदू राष्ट्र की अवरधारणा सप्त सिंधु में निवास करने वाले लोगों से है।

सावरकर के अनुसार, अगर कोई मुसलमान या ईसाई का पुण्यभूमि भारत से बाहर है। अगर वे भारत को अपना पुण्यभूमि मान लेते है तो वे उनके हिंदू के परिभाषा में शामिल हो सकते है। हालांकि वो इसकी बहुत कम संभावना मानते थे।

अब सवाल उठता है कि नेपाल, फिजी, मॉरिशस, श्रीलंका आदि जहां पहले से हिंदू रहते है। क्या वो हिंदू नहीं है? या जो विश्व के किसी अन्य देश में कोई भारत का हिंदू कई पीढियों से रह रहा है। क्या वो हिंदू नहीं रह जाता?

हिंदू को भौगोलिक पहचान देना उसे कमजोर करना था। ये प्रयोग उनका बेशक धार्मिक से ज्यादा राष्ट्रीय रहा हो, जहां ये हिंदू के जगह किसी अन्य नाम का इस्तेमाल कर सकते थे। जिसका धर्म से कोई लेना देना ना हो। लेकिन उन्होंने अपना प्रयोग हिंदू धर्म के नाम से किया। जिसे संघ ने अपना लिया।

सावरकर का गाय को लेकर दृष्टिकोण

वीर विनायक दामोदर सावरकर का गाय को लेकर दृष्टिकोण पारंपरिक हिंदू धार्मिक भावनाओं से अलग, आधुनिक और राष्ट्रवादी था। वे गाय को पूजने के बजाय उपयोगिता के आधार पर देखने के पक्षधर थे।

सावरकर का मानना था कि गाय पूजनीय नहीं, उपयोगी होनी चाहिए। उन्होंने इसे धार्मिक आस्था से अलग करते हुए आर्थिक और व्यावहारिक दृष्टिकोण से देखने की बात की। उनका मानना था कि दूध देने वाली गाय मूल्यवान होती है, लेकिन अगर वह बूढ़ी हो जाए और अनुपयोगी हो जाए, तो उसे बचाने की जरूरत नहीं है। वे गौहत्या के पूरी तरह विरोधी नहीं थे, लेकिन उन्होंने कहा कि इसे रोकने के लिए सिर्फ धार्मिक भावनाओं का सहारा लेना पर्याप्त नहीं है। सावरकर का मानना था कि गाय को माता मानकर उसकी अंधभक्ति करना व्यर्थ है, बल्कि उसे उपयोगिता के आधार पर देखना चाहिए। उन्होंने इस विषय पर तर्कसंगत, वैज्ञानिक और राष्ट्रवादी दृष्टिकोण अपनाने की वकालत की।

सावरकर अपने लेख, “गोपालन हो, गोपुजन नहीं’ में लिखते है, “गाय तो प्रत्यक्ष पशु है। मनुष्यों में निर्बुद्ध लोगों जितनी बुद्धि भी जिसमें नहीं होती। ऐसे किसी पशु को देवता मानना मनुष्यता का अपमान करना है।”

“सावरकर समग्र” में संकलित लेख ‘गोग्रास’ में लिखते है, “गाय को कौतुक करने हेतु उसके गले में घंटा बांधिए, लेकिन आपकी भावना वही होनी चाहिए जो कुत्ते के गले पट्टा बांधते समय रहती है। भगवान के गले में हार डालते है, उस भावना से नहीं।”

वीर सावरकर “Six Glorious Epochs of Indian History” पुस्तक में दावा करते है कि हिंदू समाज के प्राचीन काल में मांसाहार, विशेष रूप से गौमांस सेवन करता था।

सावरकर ने कहा, “अगर कोई व्यक्ति जीवन-मृत्यु की स्थिति में है और जीवित रहने के लिए गौमांस खाने के अलावा कोई विकल्प नहीं है, तो इसे वर्जित नहीं माना जाना चाहिए। उन्होंने इस मुद्दे पर यह दलील द कि अतीत में वैदिक काल के दौरान भी कुछ समुदायों में मांसाहार प्रचलित था और भोजन को परिस्थितियों के अनुसार देखा जाना चाहिए।”

सावरकर का हिंदुत्वः राष्ट्रवादी दर्शन

सावरकर का हिंदुत्व दर्शन राष्ट्रवादी था, न कि पूरी तरह धार्मिक। सावरकर का हिंदुत्व हिंदू धर्म से अलग था। वे हिंदू धर्म को मंदिरों, पूजा-पाठ, या कर्मकांडों तक सीमित नहीं करते थे। उनके लिए हिंदुत्व एक जीवनशैली और पहचान थी, जिसमें सिख, जैन, बौद्ध जैसे समुदाय भी शामिल थे, क्योंकि ये भारत में जन्मे और विकसित हुए। वे कहते थे, “हिंदुत्व कोई धर्म नहीं, बल्कि एक राष्ट्रीय भावना है।”

सावरकर ने कहा, “राष्ट्रहित पहले आता है, और अगर कोई चीज़ राष्ट्र की उन्नति में बाधा डालती है, तो उसे त्याग देना चाहिए—चाहे वह धार्मिक परंपरा ही क्यों न हो। हिंदू समाज को अपनी परंपराओं की आलोचनात्मक समीक्षा करनी चाहिए और राष्ट्रहित को प्राथमिकता देनी चाहिए।”

सावरकर ने राष्ट्रवाद के नाम हिंदुओ की प्राचीन परंपराओं और धार्मिक मान्यताओं पर गहरा आघात किया।

सावरकर और ब्रिटिश सरकार

वर्ष 1911 में अंडमान की सेल्युलर जेल में पहुँचने के बाद, सावरकर ने 30 अगस्त, 1911 को सजा के तुरंत बाद अपनी रिहाई के लिए पहली अर्जी दी। इसमें उन्होंने ब्रिटिश सरकार से क्षमादान मांगा और कहा कि वे अब क्रांतिकारी गतिविधियों में शामिल नहीं होंगे। मुझे ब्रिटिश सरकार पर पूरा विश्वास है कि वह भारत के लिए संवैधानिक प्रगति का मार्ग प्रशस्त करेगी। अगर सरकार मुझ पर दया दिखाए, तो मैं वफादार प्रजा की तरह व्यवहार करूंगा। यदि मुझे रिहा किया जाता है, तो मैं ब्रिटिश सरकार की नीतियों के अनुसार कार्य करूंगा और सरकार के प्रति अपनी निष्ठा बनाए रखूंगा।

14 नवंबर, 1913 को फिर सावरकर ने दया की अपील की। उन्होंने लिखा कि अगर वे छोड़े जाते हैं, तो वे ब्रिटिश शासन के प्रति वफादार रहेंगे और नियमों का पालन करेंगे। अगर ब्रिटिश सरकार मेरे खिलाफ दया दिखाएगी, तो मैं एक वफादार प्रजा की तरह व्यवहार करूंगा। मेरा यह दृढ़ विश्वास है कि ब्रिटिश सरकार के अधीन भारत धीरे-धीरे स्वशासन की ओर बढ़ेगा, और मैं उसमें अपना योगदान दूंगा।

वर्ष 1917 में सावरकर ने अपनी सजा कम करने के लिए लॉर्ड चेम्सफोर्ड को पत्र लिखा। सावरकर ने लिखा कि वे ब्रिटिश सरकार के प्रति वफादार रहेंगे और आगे से किसी भी तरह की क्रांतिकारी गतिविधियों में शामिल नहीं होंगे।

सावरकर ने कहा, “यदि उन्हें छोड़ दिया जाता है, तो वे राजनीति से दूर रहेंगे और समाज को सुधारने के काम करेंगे। उन्होंने यह तर्क दिया कि अन्य राजनीतिक कैदियों को रिहा किया जा रहा है, इसलिए उन्हें भी माफी दी जानी चाहिए।”

वर्ष 1918 में सावरकर ने ब्रिटिश सरकार से अनुरोध किया कि उनकी वर्ष 1917 की दया याचिका पर फिर से विचार किया जाए।

उन्होंने इस पत्र में दोहराया कि अन्य राजनीतिक कैदियों को माफी दी जा रही है, तो उन्हें भी राहत दी जानी चाहिए।

वर्ष 1920 में सावरकर ने एक और दया याचिका भेजी, जिसके बाद ब्रिटिश सरकार ने उनकी सजा पर पुनर्विचार करना शुरू किया।

वर्ष 1924 में उनकी छुट्टी हुई, लेकिन रत्नागिरी (महाराष्ट्र) में कैद रखा गया। उन्हें राजनीतिक गतिविधियों में शामिल होने की अनुमति नहीं थी और कोई जीविका कमाने का साधन भी नहीं था।

अंग्रेजोंने उन्हें हर महीने60 रुपये देना शुरू किया। यह भुगतान ब्रिटिश बॉम्बे प्रेसीडेंसी की सरकार द्वारा किया जाता था, क्योंकि रत्नागिरी उसी के अधीन था। यह भत्ता स्वतंत्रता सेनानियों या राजनीतिक कैदियों को पुनर्वास के लिए दी जाती थी।

सावरकर के माफीनामे को उनके समर्थक रणनीति के रूप में देखते है। बहुत से लोग देश के लिए फांसी पर भी चढे लेकिन इन्होंने माफी मांगकर जेल से बाहर आना बेहतर समझा।

वीर सावरकर और हैदराबाद का आंदोलन

1938-1939 में, हैदराबाद राज्य में निज़ाम की मुस्लिम लीग समर्थित सरकार द्वारा हिंदुओ पर हो रहे अत्याचारों के विरोध में वीर सावरकर ने हिंदू महासभा के नेतृत्व में एक सिविल नाफरगानी आंदोलन का आह्वान किया। इस आंदोलन का उदेश्य निजाम के शासन के खिलाफ हिंदू समुदायों के अधिकारों का रक्षा करना था। उन्होंने निज़ाम के शासन को 'हिंदू विरोधी' बताते हुए पूरे देश में विरोध प्रदर्शन और सविनय अवज्ञा आंदोलन का आह्वान किया। सावरकर ने इस आंदोलन को "हिंदू राष्ट्र की आत्मरक्षा" का नाम दिया और इसे व्यापक समर्थन मिला।

इस दौरान हिंदू महासभा और आर्य समाज के अनेक कार्यकर्ता हैदराबाद में प्रवेश कर विरोध प्रदर्शन कर रहे थे। इन आंदोलनों में गिरफ्तारी देने वाले स्वयंसेवकों की संख्या हजारों में थी। यह आंदोलन 'हैदराबाद मुक्तिसंग्राम' के नाम से प्रसिद्ध हुआ।

वीर सावरकर ने इस परिस्थिति को "भारत की एकता और हिंदू समाज की अस्मिता के विरुद्ध सीधी चुनौती" बताया। उन्होंने स्पष्ट रूप से कहा:

"यदि निज़ाम की तलवार का जवाब नहीं दिया गया, तो यह स्वतंत्र भारत की कमजोरी का प्रतीक होगा।"

हालांकि, राष्ट्रीय स्वयंसेवक संघ ने इस आंदोलन से दूरी बनाए रखी। हेगडेवार ने स्वयंसेवकों को निर्देश दिया कि संघ के नाम पर इस आंदोलन में शामिल न हों। हेगडेवार का तर्क था कि हिंदू समाज को पहले संगठित और सशक्त करना आवश्यक है, और वे प्रत्यक्ष आंदोलनों ने संघ को दूर रखना चाहते थे।

माधव सदाशिव गोलवलकर 'गुरुजी' ने इस आंदोलन को "राजनीतिक" बताया और संघ के स्वयंसेवकों को इसमें भाग न लेने की सलाह दी। संघ के उस समय के संगठनात्मक सिद्धांत के अनुसार, वह राजनीतिक गतिविधियों से दूरी बनाए रखने को ही अपनी 'सांस्कृतिक राष्ट्रवाद' की नीति मानता था।

गोलवलकर ने संघ की भूमिका को सीमित रखते हुए बार-बार यह कहा कि:

"संघ का कार्य केवल राष्ट्र के चरित्र निर्माण का है, न कि सरकार बनाने या गिराने का।"

नाथूराम गोडसे, जो पहले आरएसएस से जुड़े थे और बाद में हिंदू महासभा से भी जुडे, ने भी संघ की इस गैर-भागीदारी पर नाराजगी जताई थी। गोडसे ने संघ पर हिंदू ऊर्जा को बर्बाद करने का आरोप लगाया और सावरकर के मार्गदर्शन में हिंदू राष्ट्र दल की स्थापना की।

सावरकर के अनुयायियों और हिंदू महासभा के नेताओं ने संघ की निष्क्रियता को हिंदुत्व के सिद्धांतों से धोखा करार दिया। उनके अनुसार, जब देश की अखंडता और हिंदू समाज की सुरक्षा का प्रश्न सामने था, तब संघ का चुप रहना उसकी विचारधारा की कमजोरी को दर्शाता है।

इस निर्णय को लेकर स्वयं संघ के भीतर और बाहर आलोचना हुई। यह तर्क दिया गया कि जब एक राष्ट्रवादी हिंदू नेता निज़ाम जैसे सामंती शासन के विरुद्ध मोर्चा ले रहा था, तब संघ की निष्क्रियता उसकी विचारधारा की सीमाओं को उजागर करती है।

इस पूरे प्रकरण में जहाँ सावरकर, हिंदू महासभा और अन्य संगठनों ने निज़ाम के विरुद्ध सशक्त भूमिका निभाई, वहीं संघ ने संगठनात्मक चुप्पी साधे रखी। यह चुप्पी बाद में आलोचना का कारण बनी और यह प्रश्न उठने लगे कि संघ का हिंदुत्व जब संघर्ष की आवश्यकता होती है, तब पीछे क्यों हटता है?

संघ की तरफ से आलोचना का जबाव देते हुए, आरएसएस के वरिष्ठ प्रचारक भाऊराव देशमुख ने 8 अप्रैल 1940 को पुणे में एक सभा में कहा,"सबसे पहले, मैं उन दुर्भावनापूर्ण लोगों को बताना चाहता हूँ जो यह प्रचार करते हैं कि राष्ट्रीय स्वयंसेवक संघ हिंदुओं की सैन्य शक्ति है या हिंदू महासभा का सैन्य विंग है, कि उनकी यह धारणा पूरी तरह गलत है। संघ न तो हिंदुओं का सैन्य संगठन है और न ही हिंदू महासभा का हिस्सा है। संघ का एकमात्र उद्देश्य हिंदू समाज को संगठित करना, उनमें अनुशासन और एकता की भावना पैदा करना, और उन्हें सच्चे अर्थों में राष्ट्रवादी बनाना है। हमारा काम सांस्कृतिक और सामाजिक है, न कि सैन्य या राजनीतिक।"

संघ ने पूरी तरह स्पष्ट कर दिया कि वो हिंदुओ के लिए नहीं लड सकता। दरअसल, संघ वो काम करता है, जिसका कोई लेखा जोखा न हो।

सावरकर और संघ की तल्खी

सावरकर चाहते थे कि आरएसएस हिंदू महासभा का युवा संगठन बने, लेकिन संघ ने अस्वीकार कर दिया। वर्ष 1940 में आरएसएस के कार्यकर्तायों को पत्र लिखकर हिंदू महासभा के खिलाफ प्रचार न करने की सलाह दी, और असहमति होने पर आरएसएस छोडकर नई शाखा शुरू करने को कहा।

सावरकर ने 'मिलिटेंट हिंदुत्व' की बात की। उनका कहना था कि अगर हिंदू आत्मरक्षा नहीं सीखेगा तो वह इतिहास में बार-बार अपमानित होगा। उन्होंने "हिंदू का सैन्यीकरण और सैन्यीकरण का हिंदूकरण" का नारा दिया। दूसरी तरफ, संघ ने शारीरिक प्रशिक्षण और अनुशासन पर जोर दिया, परंतु वह किसी प्रकार की प्रत्यक्ष सैन्य संघर्ष या टकराव में शामिल नहीं हुआ।

सावरकर की नज़र में संघ की यह नीति 'अनावश्यक संयम' थी।

1948 में जब हैदराबाद के निज़ाम के खिलाफ सत्याग्रह हुआ और हिंदू महासभा के कार्यकर्ता जेल गए, तब संघ ने हिस्सा नहीं लिया। सावरकर ने सार्वजनिक रूप से इसे राष्ट्रधर्म से विमुखता कहा। संघ ने इसे अपनी रणनीतिक दूरी और 'राजनीतिक निष्क्रियता' का हिस्सा बताया।

नाथूराम गोडसे गांधी की हत्या के बाद जब पकड़ा गए तो वह संघ स्वयंसेवक और हिंदू महासभा से जुड़ा व्यक्ति थे। सावरकर को भी इस साजिश में आरोपी बनाया गया।

इस समय संघ ने खुद को पूरी तरह अलग कर लिया और हर स्तर पर यह बताया कि संघ का गोडसे से कोई लेना-देना नहीं है। आरएसएस ने सावरकर से दूरी बना ली, जिससे सावरकर और अलग थलग पड गए।

सावरकर समर्थकों ने संघ की इस दूरी को 'राजनीतिक अवसरवाद' कहा।

सावरकर ने आरएसएस की शाखा गतिविधियों (सुबह की ड्रिल, चरित्र निर्माण) पर तंज कसते हुए कहा,"एक संघ के स्वयंसेवक की समाधि पर लिखा जाएगा: वह पैदा हुआ, संघ में शामिल हुआ, और मर गया।"

आज आरएसएस और जुडे संगठन सावरकर को हिंदुत्व के प्रणेता और स्वतंत्रता सेनानी के रूप में सम्मान देते है। उनकी हिंदुत्व की विचारधारा को अपनाया लेकिन जीते जी उनसे भी दूरी बना ली थी।

बीएस मुंजे और संस्थान के संबंध

मुंजे ने 19 मार्च 1931 को रोम में मुसोलिनी से मुलाक़ात की। 19 मार्च को मिलिट्री कॉलेज, सेंट्रल मिलिट्री स्कूल ऑफ फिजिकल एजूकेशन, द फासिस्ट अकेडमी ऑफ फिजिकल एजुकेशन को दौरा किया। जिन दो अन्य महत्वपूर्ण संस्थानों में वे गए, वे द बाल्लिया और अवांगार्दिस्त ऑर्गेनाइजेशन थे। वे दोनों ही संस्थान फासीवादी राजनीति के केंद्र थे, जहां युवाओं को फासीवादी विचारधारा का प्रशिक्षण दिया जाता। इस मुलाक़ात का वर्णन उन्होंने अपनी डायरी में किया है।

"मैंने आज सुबह और दोपहर में बालिल्ला और फासिस्ट संगठनों को देखा और मैं बहुत प्रभावित हुआ। हर उभरते और बढ़ते राष्ट्र को ऐसे संगठनों की आवश्यकता होती है... भारत को अपनी सैन्य पुनरुत्थान के लिए इनकी सबसे अधिक आवश्यकता है।"

— मुंजे की डायरी से उद्धृत

मुसोलिनी से प्रेरित होकर मुंजे ने संघ में निम्नलिखित बदलाव लाने की इच्छा जताई:

1. **युवा संगठनों का सैन्य प्रशिक्षण:** मुंजे ने बालिल्ला और अवांगार्डिस्ती जैसे संगठनों को देखा, जहाँ 6 से 18 वर्ष के बच्चों को शारीरिक प्रशिक्षण, परेड और अर्ध-सैन्य गतिविधियों में संलग्न किया जाता था। उन्होंने संघ में भी इसी प्रकार के अनुशासन और प्रशिक्षण की सिफारिश की।
2. **सैन्य शिक्षा संस्थानों की स्थापना:** इटली से लौटने के बाद, मुंजे को वर्ष 1932 में 'भारतीय सैन्य विद्यालय' की स्थापना का विचार आया। मुंजे ने वर्ष 1935 में सेंट्रल हिंदू मिलिट्री एजुकेशन सोसाइटी की स्थापना की। इसके अधीन 12 जून, 1937 में 'भोंसला मिलिट्री स्कूल' की स्थापना नाशिक में हुई। यह संस्थान हिंदू युवाओं को सैन्य प्रसिक्षण, अनुशासन, और राष्ट्रवादी भावना भावना से ओतप्रोत करने के लिए बनाया गया था।

हिंदू समाज का सैन्य संगठन: 31 मार्च 1934 को, मुंजे, हेडगेवार और लालू गोखले के साथ बैठक में, उन्होंने हिंदू समाज को इटली और जर्मनी की तर्ज पर सैन्य रूप से संगठित करने की आवश्यकता पर बल दिया। उन्होंने कहा:

"हमें भारत में एक हिंदू तानाशाह की आवश्यकता है, जैसे पुराने समय में शिवाजी या वर्तमान में मुसोलिनी या हिटलर।"

— मुंजे की डायरी से उद्धृत

संघ ने मुंजे के सुझावों को पूरी तरह से नहीं अपनाया, क्योंकि संगठन का प्राथमिक लक्ष्य हिंदू समाज का संगठन और सांस्कृतिक पुनर्जागरण था, न कि फासीवादी ढांचे की नकल। संघ ने हेगडेवार के नेतृत्व में अधिक लचीला और स्थानीय शाखाओं के जरिए काम करने की नीति को अपनाया।

मुंजे को लगता था कि हेगडेवार का दृष्टिकोण बहुत धीमा और अप्रत्यक्ष है, जबकि हेगडेवार को मुंजे का सैन्यवादी दृष्टिकोण अव्यावहारिक और जोखिम भरा लगता था। हेगडेवार को डर था कि सैन्य शिक्षा पर जोर देने पर संघ की सार्वजनिक छवि आक्रामक या फासीवादी बन सकती है, जिससे अंग्रेजी हुकूमत और समाज में नकारात्मक असर होगा। हेगडेवार संघ को सैन्य संगठन की तरह नहीं, बल्कि चरित्र निर्माण और सांस्कृतिक पुनर्जागरण का माध्यम बनाना चाहते थे।

"जहाँ मुंजे ने राष्ट्र की आत्मा को 'शरीर की ताकत' से जोड़कर देखा, वहीं हेडगेवार ने उसे 'संस्कृति और चरित्र' से जोड़ा — यही अंतर संघ की दिशा तय करने में निर्णायक बना।"

हेडगेवार ने भोंसला स्कूल के विचार का समर्थन नहीं किया, क्योंकि वे नहीं चाहते थे कि संघ का ध्यान सांस्कृतिक कार्य से हटकर सैन्य प्रशिक्षण पर केंद्रित हो। यह मुंजे और हेडगेवार के बीच एक और असहमति का कारण बना।

मार्जिया कासोलारी की किताब Hindutva's Foreign Tie-up in the 1930s में उनके 1931 के पत्रों का उल्लेख है, जहां उन्होंने लिखा कि

ब्रिटिश शासन के बाद सत्ता हस्तांतरण से हिंदू समाज को खतरा है। उन्होंने कांग्रेस की धर्मनिरपेक्ष नीतियों और मुस्लिम लीग की बढ़ती माँगों को हिंदू हितों के लिए हानिकारक माना।

हिंदू महासभा के 1932 के सत्र में मुंजे ने इस चिंता को उठाया कि यदि सत्ता कांग्रेस या मुस्लिम लीग को मिली, तो हिंदू समाज हाशिए पर धकेल दिया जाएगा।

हिंदू महासभा के इस सत्र में मुंजे ने हिंदुओं को सैन्य प्रशिक्षण और संगठन की आवश्यकता पर जोर दिया, यह कहते हुए कि बिना तैयारी के हिंदू स्वतंत्र भारत में कमजोर पड़ जाएंगे।

ये हेगडेवार को पसंद नहीं आया क्योंकी मुंजे एक सशक्त राजनीतिक शक्ति बनाना चाहते थे। मुंजे आरएसएस को हिंदू महासभा का कार्यकर्ता संगठन बनाना चाहते थे। हेगडेवार नहीं चाहते थे कि संघ कांग्रेस विरोधी राजनीति का उपकरण बन जाए।

हेगडेवार ने कहा, “संघ का कार्य स्वतंत्र है। वह किसी दल विशेष की राजनीति के लिए नहीं है।”

यह मुंजे को खटकने लगा, जिससे मुंजे और हेगडेवार का मतभेद उभरा लेकिन कभी सार्वजनिक नहीं होने दिया।

गौरतलब है कि मुंजे हेगडेवार के मार्गदर्शक थे। 1910-20 के अंतराल में उन्होंने हेगडेवार को हिंदू राष्ट्रवादी विचारधारा, स्वतंत्रता आंदोलन और हिंदू समाज के संगठन की प्रेरणा दी।राष्ट्रीय स्वयंसेवक संघ का उदय और हिंदुत्व

सावरकर के विचारों से प्रभावित हेगडेवार ने हिंदुत्व और हिंदू राष्ट्र के परिकल्पना को आत्मसाथ किया।

हिंदुत्व शब्द का इस्तेमाल पहली बार बंकिम चंद्र चट्टोपाध्याय के उपन्यास ‘आनंदमठ’ में हुआ, जो वर्ष 1882 में छपी थी। यह मुख्य रूप से एक राष्ट्रवादी और सांस्कृतिक संदर्भ में है।

चंद्रनाथ बसु की वर्ष 1892 में प्रकाशित पुस्तक 'हिंदुत्व' में उन्होंने हिंदू धर्म के नियमों के बारे में बात थी।

राष्ट्रीय स्वयंसेवक संघ के गठन का उदेश्य हिंदुओ को साथ लाया जा सके और हिंदू राष्ट्र बनाया जा सके, पर उसमें हिंदू का नाम नहीं था। अब सवाल उठता है कि हिंदुओ का ही संगठन और उसमे कही हिंदू का जिक्र नहीं। डॉक्टर जी ने संगठन के लिए 'राष्ट्रीय स्वयंसेवक संघ' नाम क्यों चुना?

हेगडेवार कहते थे कि, 'राष्ट्रीय' शब्द का स्वाभाविक अर्थ 'हिंदू' है। 'राष्ट्रीय' शब्द के स्थान पर 'हिंदू' शब्द का प्रयोग करने से हिंदुओं का महत्व कम हो जाएगा और वे केवल भारत में रहने वाले एक समुदाय तक सीमित रह जाएंगे तथा यह वास्तविकता छिप जाएगी कि यह भूमि उनकी है। हेगडेवार मुसलमान और ईसाई को राष्ट्रीय नहीं मानते थे। हेगडेवार के अनुसार, हिंदू वह है जो भारत को मातृभूमि, पितृभूमि, और पुण्यभूमि मानता हो। कोई मुस्लिम या ईसाई व्यक्ति अपने मजहब का पालन करते हुए भी भारत की सांस्कृतिक और राष्ट्रीय पहचान को सर्वोपरि मानता है और भारत को अपनी आध्यात्मिक प्रेरणा का केंद्र मानता है, तो वह हिंदू राष्ट्र के दृष्टिकोण में सांस्कृतिक रूप से "हिंदू" माना जा सकता है।

आधिकारिक तौर पर, 17 अप्रैल 1926 को संघ का नामकरण 'राष्ट्रीय स्वयंसेवक संघ' हुआ। इसी दिन हेगडेवार को संघ का नेता चुना गया। वर्ष 1928 में गुरु पूर्णिमा पर गुरु की पूजा का चलन शुरू हुआ। जब सब स्वयं सेवक गुरु पूजन के लिए एकत्र हुए तब सभी स्वयंसेवकों को यही अनुमान था कि डॉक्टर साहब की गुरु के रूप में पूजा की जाएगी। लेकिन इन सारी बातों से इतर डॉ. हेडगेवार ने संघ में व्यक्ति पूजा को निषेध करते हुए प्रथम गुरु पूजन कार्यक्रम के अवसर पर कहा, "संघ ने अपने गुरु की जगह पर किसी व्यक्ति विशेष को मान न देते हुए परम पवित्र भगवा ध्वज को ही सम्मानित किया है।" संघ ने भगवा ध्वज को ही अपना गुरु मान लिया। काल्पनिक भारत माता को स्वीकार कर लिया।

वर्ष 1929 में सरसंघचालक में बनाए गए।

हेगडेवार का विचार

- संघ का कार्य व्यक्तियों को जोडने का है, तोडने का नहीं।
- अच्छे संस्कारों के बिना देशभक्ति की भावना पैदा नहीं होती।
- हिंदू समाज को संगठित और जागृत करना ही राष्ट्र जागृति हैं और यह राष्ट्रहित में है।
- भावनाओं में बहकर या आवेश में आकर कई लोग सामाजिक हितों के लिए खड़े हो जाते हैं, लेकिन मुश्किल वक्त में पीछे हट जाते हैं। ऐसे लोगों के साथ समस्याओं का समाधान नहीं किया जा सकता।
- राष्ट्र सेवा सर्वोपरि है।

ये सब देख मेरे मन में सवाल होना उत्पन्न हो गए कि आखिर कोई हिंदुओ की रक्षा करने के लिए बना संगठन जिसमें हिंदू का कोई जिक्र नहीं और पूरी तरफ से हिंदू मान्यता के खिलाफ है।

संघ और जाति-वर्ण व्यवस्था

संघ की शुरुआत हिंदुओं में अलग अलग जाति, मत, राय, आस्था के विरोध में। जाति, रंगभेद व्यवस्था में कई छोटी कक्षाएं भी शामिल हैं। कई परंपरायें अलग अलग जातियों से जुडी हुई है। जाति व्यवस्था को खत्म करते ही वर्ण व्यवस्था वैसे ही समाप्त हो जाता है। अगर वर्ण व्यवस्था खराब होती तो भगवान राम और कृष्ण ने इसे खत्म करने का प्रयास किया होता। सनातन धर्म का मूल आधार ही वर्ण व्यवस्था है, जिससे अलग अलग जातियां है। कोई मजहब ऐसा नहीं जिसमें जाति व्यवस्था ना हो।

श्रीमद भगवत गीता के पहले भाग में अर्जुन कहते है, “उत्साद्यन्ते जातिधर्माः कुलधर्माश्च शाश्वताः॥ उत्सन्नकुलधर्माणां मनुष्याणां जनार्दन। नरकेऽनियतं वासो भवतीत्यनुशुश्रुम॥” अर्थात “कुल का नाश होने पर सदा से चलते आए कुल धर्म नष्ट हो जाते हैं और धर्म के मिटने पर पूरे कुल को पाप दबा लेता है।”

गांधी और मनुस्मृति

भीमराव अंबेडकर ने 25 दिसंबर 1927 को महाराष्ट्र के महाड में मनुस्मृति की एक प्रति को सार्वजनिक रूप से जलाया। अंबेडकर का मानना था कि मनुस्मृति हिंदू समाज में असमानता और भेदभाव को बढ़ावा देने वाली एक प्रमुख ग्रंथ है, खासकर दलितों और शूद्रों के विरुद्ध।

महात्मा गांधी ने इस बात का विरोध किया था। गांधी का मानना था कि मनुस्मृति जैसे ग्रंथों को जलाना सही तरीका नहीं है, क्योंकि वे भारतीय संस्कृति और इतिहास का हिस्सा हैं। गांधी हिंसा या प्रतीकात्मक विनाश के बजाय सुधार और संवाद के पक्षधर थे। उनका मानना था कि हिंदू धर्म में सुधार की जरूरत है, लेकिन इसे ग्रंथों को नष्ट करके नहीं, बल्कि उनकी व्याख्या को बदलकर और समाज में जागरूकता लाकर किया जाना चाहिए।

गांधी और वर्ण व्यवस्था

कथित धर्मनिरपेक्ष मोहन दास करम चंद गांधी, जिसके मुस्लिम प्रेम ने आरएसएस को बनाया। उन्होंने भी वर्ण व्यवस्था का महत्व को लेकर 1921-22 का गुजराती पत्रिका "नवजीवन" में गांधी का संपादकीय लेख लिखा था , जिसमें गांथी के वर्णव्यवस्था पर विचार–

1. मुझे विश्वास है हिन्दू समाज जो आज तक खड़ा रहने में समर्थ हुआ है तो इसलिए क्योंकि वो वर्णव्यवस्था पर आधारित है।
2. स्वराज्य के बीज वर्णव्यवस्था में उपलब्ध हैं। विभिन्न जातियां सैनिक इकाईयों की भांति विभिन्न वर्ग हैं। प्रत्येक वर्ग सैनिक इकाई की भांति पूरे समाज के हित में काम करता है।
3. जो समाज जातिव्यवस्था का सृजन कर सकता है उसे निश्चित रूप से कहा जा सकता है कि उनमें अनोखी संगठन क्षमता है।
4. जातिव्यवस्था में प्राथमिक शिक्षा बाँटनेके लिए सदा तैयार रहने वाले साधन मौजूद हैं। प्रत्येक जाति अपने बच्चों की अपनी जाति में शिक्षित करने की जिम्मेदारी लेती है। जातियों का राजनैतिक उद्देश्य है। जाति

प्रतिनिधि सभा पंच को अपने प्रतिनिधि चुनकर भेज सकती है। जाति अपने जातीय पारस्परिक झगड़ों को तय करने के लिए न्यायाधिकारी चुनकर न्यायिक प्रक्रिया को पूरा कर सकती है। प्रत्येक जाति को सैनिक टुकड़ी का दर्जा देकर सुरक्षा के लिए बड़ी सेना बनाना आसान लगता है।

5. मुझे विश्वास है राष्ट्रीय एकता सुद्रढ़ करने के लिए अंतर्जातीय विवाह आवश्यक नहीं है। यह कहना अंतर्जातीय सहभोज करने से मित्रता बढ़ेगी अनुभव के ठीक विपरीत है। यदि इसमें सच्चाई होती तो यूरोप में युद्ध न होते। सहभोज उसी प्रकार गंदा है जैसे प्रकृति के विरुद्ध कोई कार्य करना, अंतर इतना है प्रकृति के अनुसार कार्य करने से हमें शांति मिलती है और प्रकृति के विरुद्ध भोजन कर परेशानी महसूस करते हैं। अतः हम शौच से एकांत में निवृत्त होते हैं, उसी प्रकार भोजन भी एकांत में ही करना चाहिए।

6. भारतवर्ष में भाईयों के बच्चों में पारस्परिक विवाह नहीं होते, क्या पारस्परिक विवाह न करने से उनके प्रेम में कमी आयेगी? वैष्णवों में बहुत सी महिलाएं इतनी कट्टरपंथी हैं कि वो अपने परिवार के लोगों के साथ भोजन नहीं करती और न एक ही बर्तन में पानी पीना पसंद करती हैं, क्या उनमें पारस्परिक प्रेम नहीं है? जातिव्यवस्था को बुरा नहीं कहा जा सकता क्योंकि इसमें अलग जातियों में पारस्परिक भोज और पारस्परिक आज्ञा का निषेध है।

7. जातिव्यवस्था नियंत्रित तथा मर्यादित जीवन भोग का ही दूसरा नाम है। प्रत्येक जाति अपने जीवन में खुशहाल रहने के लिए ही सीमित है, वह जातीयता की सीमा का उल्लंघन नहीं कर सकती। सहभोज और सह-विवाह जातीय नियंत्रण होने का यही अर्थ है।

8. जातिव्यवस्था को समाप्त करके पश्चिमी यूरोपीय सामाजिक व्यवस्था को अपनाने का अर्थ होगा कि हिन्दू उन पैतृक देशों के सिद्धांतों को त्याग दें जो वर्णव्यवस्था की आत्मा है। परंपरागत गुणों का संतति में

आना एक स्वभाविक और शाश्वत नियम है। इसे तोड़ने से अव्यवस्थता पैदा हो जायेगी। यदि मैं उसे अपने जीवन के लिए उसे ब्राह्मण कहकर नहीं पुकारता तो उस ब्राह्मण से क्या लाभ? यदि ब्राह्मणों को शूद्रों में और शूद्रों को ब्राह्मणों में परिवर्तित होने का नितप्रति का यह कार्य हो जायेगा तो समाज में विप्लव उत्पन्न हो जायेगा।

9. जातिप्रथा एक प्राकृतिक विधान है। भारतवर्ष में उसे एक धार्मिक परिधान दिया गया है। अन्य देशों में जहाँ जातिव्यवस्था की उपयोगिता नहीं समझी गई वहाँ की सामाजिक व्यवस्था ढीली ढाली अवस्था में है और इसी कमी के फलस्वरूप जातिव्यवस्था से होने वाले लाभ वे प्राप्त नहीं कर सके जबकि भारत लाभान्वित हुआ।

मेरे इन्हीं विचारों के कारण वे लोग मुझसे असहमत होते हैं जो जातिव्यवस्था को तोड़ना चाहते हैं।

सनातन धर्म में छुआछूत का कोई स्थान नहीं था। भीमराव अंबेडकर ने भी स्वीकार किया था कि मनु के मत में शूद्र अछूत नहीं थे।

अंग्रेजों के शासनकाल में छुआछूत की समस्या को बढ़ावा दिया गया। दलितों को हिंदू समाज से अलग करन का पूरा प्रयास किया। जिसका परिणाम रहा कि 16 अगस्त 1932 को अंग्रेज सरकार द्वारा दलित वर्ग के लिए भी अन्य अल्पसंख्यकों जैसे मुस्लिम, सिख, बौद्ध, एंग्लो-इंडियन, पारसी एवं ईसाइयों की तरह पृथक मण्डल की घोषणा के साथ दलितों को भी अल्पसंख्यक करार दिया। लेकिन इस फैसले का सभी राष्ट्रवादी नेताओं ने विरोध किया। उस वक्त महात्मा गांधी यरवादा जेल में थे, उन्होंने भी इसका विरोध किया और इसे भारतीय एकता पर हमला करार दिया। उनका मानना था कि इस अधिनियम में दलित वर्ग के उत्थान के लिए कोई प्रावधान नहीं है। उनका कहना था कि यदि एक बार दलितों को पृथक समुदाय का दर्जा दे दिया गया तो अस्पृशयता और छुआछूत का मुद्दा पीछे रह जाएगा। दलित समाज हमेशा के लिए अस्पृशय और अछूत बन जाएगा। गांधी इसके विरोध में 20 सितंबर, 1932 को आमरण अनशन

पर बैठ गए। 20 सितंबर का दिन 'उपवास और प्रार्थना दिवस' के रूप में मनाया गया। पूरे देश में मंदिर, तालाब और कुएं अछूतो के लिए खोल दिए गए। गांधी के इस अनशन का असर पूरे देश पर पडा। विभिन्न राजनीतिक विचारधाराओं के नेता, जिनमें मदन मोहन मालवीय, एम.सी.रजा और भीमराव अंबेडकर भी शामिल होकर सक्रिय हो गए। सभी लोगों ने मिलकर 24 सितंबर, 1932 को एक समझौता ज्ञापन पर हस्ताक्षर किए, जिसे 'पूना समझौता' (पूना पैक्ट) के नाम से जाना जाता है। इसके तहत दलित वर्गों के लिए पृथक निर्वाचन मण्डल समाप्त कर दिया गया, लेकिन केन्द्रीय विधानमंडल में दलितों की सीटों की संख्या में 18 प्रतिशत तक बढ़ा दिया गया और प्रांतीय विधानमंडलों में सुरक्षित सीटों की संख्या 71 से बढाकर 148 कर दी गई।

गांधी उपवास तोडने के बाद पूना पैक्ट के बारे में कहते है, "मैं अपने हरिजन भाइयों को इसके पूरी तरह पालन का विश्वास दिलाता हूँ।"

इसके बाद अपने सारे काम को छोड कर गांधी अस्पृशयता और छुआछूत के उन्मूलन के लिए प्रयास शुरू कर दिए। उन्होंने इस दिशा में एक प्रभावशाली आंदोलन की शुरुआत की।उन्होंने 30 सितंबर, 1932 को अस्पृशयता निवारण संघ की स्थापना की, जिसे हरिजन सेवक संघ नाम दिया गया। जिसकी विभिन्न शाखाएं पूरे देश में स्थापित की गई, जिसने अस्पृशयता निवारण और छुआछूत को लेकर उल्लेखनीय कार्य किया। 1 अगस्त, 1933 को उन्हें बंबई में गिरफ्तार किया गया और एक साल की जेल की सजा सुनाई गई थी। हालांकि, 23 अगस्त, 1933 को गंभीर स्वास्थ्य स्थिति के कारण उन्हें बिना शर्त रिहा कर दिया गया। जेल से बाहर आने के बाद 7 नवंबर, 1933 को उन्होंने वर्धा से 'हरिजन यात्रा' की शुरुआत की। 29 जुलाई, 1934 तक वह देश का दौरा करते रहे। उन्होंने 20 हजार किलो मीटर की यात्रा तय की। ट्रेन, कार, बैलगाडी और जहां कुछ ना मिला पैदल यात्रा की। छुआछूत उन्मूलन के लिए व्यापक प्रचार किया। कांग्रेस कार्यकर्तायों एवं अन्य सामाजिक व्यक्तियों से सब कुछ छोड कर,

हरिजनों के सामाजिक, आर्थिक व राजनीतिक उत्थान के लिए काम करने की अपील की। अपने इस आंदोलन के दौरान लंबे अनशन पर भी बैठे। अनशन के दौरान गांधी ने कहा, “या तो वे छुआछूत को जड से समाप्त करें या फिर मुझे अपने बीच से हटा दे।”

गांधी अपने आंदोलन के दौरान दलितों पर होने वाले अत्याचार का मामला और अस्पृशयता के खिलाफ आवाज उठाई। वह अपने लेखों और भाषणों में बार बार कहते थे कि “हम हिंदू लोग सदियों से हरिजनों और दलितों पर अत्याचार करते आए है। अब हमें उसका प्रायश्चित करना चाहिए।” इसी कारण गांधी ने कभी अंबेडकर और अन्य हरिजन नेताओं का विरोध नहीं किया।

महात्मा गांधी का पूना पैक्ट और दलितों के के अधिकारों के लिए उनका प्रयास, हिंदू धर्म में उन्हें बनाए रखने के लिए एक महत्वपूर्ण कदम था। गांधी की वर्णाश्रम व्यवस्था में अटूट आस्था थी। लेकिन उनका जो पहले जाति व्यवस्था को लेकर सोच थी, उसमें जरूर थोडा बदलाव देखा गया। उनका कहना था कि वर्णाश्रम से भिन्न “पापपूर्ण और घृणित प्रथा” नहीं मानता। उस प्रथा की अपनी मर्यादाएं और दोष अवश्य है, लेकिन अस्पृशयता की तरह पापपूर्ण नहीं है, और यदि अस्पृशयता जाति-प्रथा की उपज है, तो उसी अर्थ में उपज है जिस अर्थ में शरीर का कोई बढा हुआ अंग होता है या फसल के साथ उग आने वाले घास-पात होते है। अस्पृशयता के कारण जाति को नष्ट करना उसी तरह गलत होगा जिस तरह शरीर में बडे हुए किसी भद्दे अंग के कारण पूरे शरीर को नष्ट करना। इसलिए अस्पृशयता जाति प्रथा की उपज नहीं है, परंतु उस ऊँच-नीच के भेद की उपज है जो हिंदू धर्म में बैठ गया है और उसे घुन की तरह अंदर के खाए जा रहा है। इसलिए अस्पृशयता पर किया जाने वाला आक्रमण इस ऊँच-नीच के भेद पर किया जाने वाला आक्रमण है। जिस क्षण अस्पृशयता का अंत हो जाएगा, उसी समय जाति प्रथा भी अपने आप सुधर जाएगी। वे अपने आंदोलन के दौरान दलित समाज को भी अंदर की बुराइयों को दूर करने के लिए प्रेरित करते थे। उन्हें शिक्षा का प्रचार प्रसार करने तथा अपने समाज

के भीतर छुआछूत समाप्त करने हेतु अभिप्रेरित करते थे।

मोहन दास करमचंद गांधी ने जहां पदानुक्रमित जाति व्यवस्था और अस्पृश्यताओं की आलोचना क, वहीं उन्होंने वर्ण व्यवस्था और वंशानुगत व्यवसाय का बचाव किया। गांधी के लिए, घर पर अपने माता-पिता से आजीविका चलाना सीखना हमें अपना अधिकांश समय पैसे के बजाय आध्यात्मिक गतिविधियों पर बिताने की अनुमति देता है।

महात्मा गांधी ने अपने सर्वोदय सिद्धांत में अर्थव्यवस्था को एक नैतिक आधार प्रदान करने का समर्थन किया। उन्होंने कहा कि धर्म विहीन अर्थव्यवस्था मृत देह के सामन है। यहाँ धर्म से आशय नैतिकता से है।

नैतिक अर्थव्यवस्था की पहली आवश्यकता अपरिग्रह का सिद्धांत है। व्यक्ति को अपनी आवश्यकतायएँ अत्यंत न्यून रखनी चाहिये। अन्यदायी श्रम की धारणा भी महत्त्वपूर्ण है। इसका अर्थ है कि ईमानदारी में परिश्रम किये बिना व्यक्ति को भोजन करने का नैतिक अधिकार नहीं हैं।

- गांधी जी का दावा था कि विभिन्न श्रमों का मूल्य समान होता है। बौद्धिक श्रम तथा शारीरिक श्रम की बराबर आंकना चाहिये। गांधी जी एक ऐसी अर्थव्यवस्था चाहते थे, जो सभी की आवश्यकताओं का समान रूप से ध्यान रखे।
- वर्णव्यवस्था संबंधी विचारों पर गौर करें तो हम पाते हैं कि गांधी जी वर्णव्यवस्था के समर्थक थे, उनके अनुसार वर्णव्यवस्था मनुष्य द्वारा निर्मित नहीं बल्कि प्राकृतिक या ईश्वरीय व्यवस्था है।
- गांधीजी के अनुसार वर्ण व्यवस्था श्रम विभाजन की प्रणाली है जो समाज में श्रम की जरूरत तथा श्रम की उपलब्धता में समन्वय करती है। गांधी जी वर्ण व्यवस्था को वंशनुगत माना है अर्थात् वो मानते थे कि वर्ण का निर्धारण जन्म से ही होता है।
- गांधी जी स्पष्ट रूप से मानते थे कि हर व्यक्ति को अपना पैतृक व्यवसाय अपनाना चाहिये। किंतु इसका अर्थ यह नहीं कि वे निम्न वर्ण के व्यक्तियों को ज्ञान प्राप्ति से वंचित करते है। वे चाहते थे कि ज्ञान प्राप्ति

हर व्यक्ति करें किंतु आजीविका का निर्धारण अपने वर्ण के अनुसार करें।

गांधी, हिंदू धर्म के लिए वर्ण व्यवस्था के महत्व को समझतेहुए भी आगे चलकर उन्होंने इसके खिलाफ काम किया। उन्होंने अपने ही वर्ण व्यवस्था के विचार पूरी तरह त्याग दिया।गांधी मानने लगे कि सभी मनुष्यों को समान अधिकार और सम्मान मिलना चाहिए। वर्ण व्यवस्था इस सिद्धांत के विपरीत थी क्योंकि यह लोगों को उनके जन्म के आधार पर उच्च और निम्न वर्गों में बाँटती है।

भारत की स्वतंत्रता की लड़ाई के दौरान, गांधी ने महसूस किया कि सामाजिक विभाजन वर्ण व्यवस्था के कारण हिन्दू समाज को कमजोर कर रहा है। उन्होंने इस व्यवस्था को समाप्त करने की आवश्यकता को राष्ट्रीय एकता के लिए आवश्यक माना। गांधी ने वर्ण व्यवस्था के खिलाफ लड़ाई को भारतीय समाज के समग्र सुधार और राष्ट्रीय एकीकरण के लिए आवश्यक माना, जो उनके बड़े सपने "राम राज्य" या आदर्श समाज के निर्माण का हिस्सा था।

वर्ण की अवधारणा पर गांधी का अंतिम प्रहार फरवरी 1947 में हुआ। अब उन्होंने वर्ण भेद की संरचना को समाप्त कर देते हुए वर्ण की श्रेणी को एक नई दिशा में मोड़ दिया। यह कहते हुए कि अगर हिंदू धर्म को जीवित रखना है तो जाति को खत्म करना होगा, उन्होंने आगे कहा: 'वर्ण के लिए एक कर्तव्य के रूप में जगह थी।' उनके अनुसार: 'यह सभी धर्मों के लिए सच था, चाहे नाम वर्ण के अलावा कोई और क्यों न हो। एक मुस्लिम 'मौलवी' या एक ईसाई पुजारी क्या है, सिवाय एक ब्राह्मण के, अगर वह अपने झुड को उसका सच्चा कर्तव्य सिखाता है, पैसे के लिए नहीं बल्कि इसलिए कि उसके पास व्याख्या करने का उपहार है? और यह अन्य विभाजनों के लिए भी सच था।' महत्वपूर्ण बात यह है कि इस्लामी समाज में मौलवी की स्थिति किसी अंतर्निहित श्रेष्ठता का संकेत नहीं देती है और जरूरी नहीं कि यह वंशानुगत रूप से ही मिले।

महात्मा गांधी ने हिंदू धर्म के अनुसार वर्ण व्यवस्था एक हद तक मान्यता दी, लेकिन साथ ही वह राष्ट्रीय एकीकरण और भारतीय समाज में सुधार के लिए इसके खिलाफ भी आंदोलन करते रहे।

राष्ट्रीय एकीकरण और भारतीय समाज के समग्र सुधार को लेकर जो उनका वर्ण व्यवस्था का जो विरोध किया वो तब तर्कसंगत होता, जब भारत में सिर्फ हिंदू धर्म के मानने वाले होते। लेकिन भारत में अलग अलग धर्म/मजहब के लोग भी थे। जिनके भीतर जाति व्यवस्था व्याप्त थी।

गांधी ने तो वर्ण व्यवस्था का समर्थन-विरोध दोनों किया। लेकिन संघ की मूल स्थापना इस व्यवस्था के खिलाफ थी।

यदि संघ के जाति/वर्ण व्यवस्था को स्वीकार भी कर ले तो उसने कभी नहीं बताया कि उसके जगह किस व्यवस्था को अपनाना है। हिंदू धर्म में विभिन परम्पराएं है, जो अलग अलग जातियों से जुडी हुई है। अगर जाति व्यवस्था को समाप्त कर दिया जाता है, तो इन परंपराओं का भी समाप्त होना असंभव नहीं है। किसी पेड की टहनी में तो काट-छाट हो सकती है या उसको अलग दिशा दिया जा सकता है लेकिन संघ ने जड पर प्रहार करना शुरू कर हिंदू हितैषी संगठन बनाने का दावा किया।

गोलवलकर का हिंदुत्व

गोलवलकर ने 1939 में आरएसएस की सदस्यता लेने के काफी पहले अपनी पुस्तक 'वी ऑर अवर नेशनहुड डिफाइंड' लिखी थी। इस पुस्तक में वे साफ कहते हैं कि समाज का चार वर्गों में विभाजन, हिन्दू राष्ट्र का आदर्श है।

गोलवलकर के अनुसार, "शक्ति और गौरव के कारकों के अतिरिक्त, कुछ और कारक, जो देश को एक अच्छे राष्ट्र के निर्माण के लिए अन्य महत्वपूर्ण कारक भी हैं, वे हैं कि उसमें समाज के वे चारों वर्ग होने चाहिए, जिनकी परिकल्पना हिन्दू धर्म में की गई हैं और वह लुटेरों और म्लेच्छों से मुक्त होना चाहिए। यहां म्लेच्छ से अर्थ है वे व्यक्ति जो हिन्दू धर्म और संस्कृति द्वारा निर्धारित सामाजिक नियमों का पालन नहीं करते है।"

दूसरे सरसंघचालक माधव राव सदाशिव राव गोलवलकर ने ही सबसे पहले पूजा पद्धति से ऊपर उठकर एक सांस्कृतिक और सामाजिक तौर पर भारत क्षेत्र में रहने वाले लोगों को हिंदू कहा था।

बंच ऑफ थॉट्स' के प्रथम संस्करण (1966), जिसका प्रकाशन विक्रम प्रकाशन, बैंगलोर ने किया था, से इन उद्धरणों को देखें।

यहां वे ऋग्वेद से एक श्लोक का उल्लेख किया गय, जिसके अनुसार, ब्राह्मण, विराट पुरुष का सिर, क्षत्रिय उसकी भुजाएं, वैश्य उसकी जंघा और शुद्र उसके पैर हैं। वे आगे लिखते हैं, “इसका अर्थ यह है जो लोग इस व्यवस्था में विश्वास रखते हैं, अर्थात हिन्दू, वे ही हमारे ईश्वर हैं। यह सोच हमें समाज के हर व्यक्ति को, दिव्य पूर्ण के एक भाग के रूप में देखने की प्रेरणा देती है।” (पृष्ठ 25)

धर्म की हमारी व्याख्याके दो हिस्से हैं। पहला, व्यक्ति की बुद्धि का उचित पुनर्वसन और दूसरा, विभिन्न व्यक्तियों के बीच इस तरह से सामंजस्य स्थापित करना ताकि वे सामूहिक रूप से एकरस हो सकें अर्थात, ऐसी सामाजिक व्यवस्था जो लोगों को एक रख सके।” (पृष्ठ 35)

“हमने एक महान सभ्यता, महान संस्कृति और अनूठी सामाजिक व्यवस्था का निर्माण किया।” (पृष्ठ 56)

“जिन महान सांस्कृतिक मूल्यों को हमारे समाज ने पोषित किया था, उन्हें नष्ट करने का प्रयास किया गया। हमारे अतीत से हमारे संबंधों पर आघात किया गया। धर्म का मूल्य गिर गया। सामाजिक ताने-बाने के चीथडे कर दिए गए। देश और उसकी विरासत के प्रति प्रेम लगभग खत्म हो गया कि कट्टरपंथी बौद्धों ने, बौद्ध धर्म का मुखौटा पहने आक्रान्ताओं को आमंत्रित किया और उनकी सहायता की। बौद्ध पंथ, अपने मातृ धर्म और अपने मातृ समाज के प्रति विश्वासघाती हो गया।” (पृष्ठ 66)

यहां वे बौद्ध धर्म पर हमला इसलिए करते हैं क्योंकि वह वैदिक सामाजिक व्यवस्था और मातृ धर्म, अर्थात वैदिक हिन्दू धर्म, पर चोट कर रहा था।

“हमारी सामाजिक संरचना में हरसमूह के लिए निश्चित जिम्मेदारियां तय

की गई थ और वह सभी व्यक्तियों और समूहों का उनके प्राकृतिक विकास की दिशा में पथप्रदर्शन करती थी – ठीक वैसे ही जैसे बुद्धि, शरीर के असंख्य अंगों के कार्यकलापों को नियंत्रित करती है. इस प्रक्रिया से व्यक्ति का उच्चतम विकास होता था और वह समाज के 'विराट पुरुष' को अपनी श्रेष्ठतम सेवाएं दे पाता था। यह था वह अत्यधिक जटिल और सुसंगठित सामाजिक ढांचा, जिसकी हमने कल्पना की थी। जो अत्यंत व्यावहारिक था और जिसे मूर्त रूप देने का हमारा प्रयास था। दूर से देखने पर यह राज्य, सिर चकरा देने वाली विविधताओं से भरा दिखता था परन्तु वास्तव में वह एक ऐसा उच्च विकसित समाज था, जैसा दुनिया में कभी, कहीं नहीं हुआ था।" (पृष्ठ-100)

"जातियां प्राचीन समय में भी थीं और वे हमारे गौरवमयी राष्ट्रीय जीवन के हजारों वर्षों तक बनी रहीं। परन्तु कहीं भी, एक भी ऐसा उदाहरण नहीं है कि उनके कारण समाज की उन्नति में कोई बाधा आई हो या उनने सामाजिक एकता को तोडा हो। बल्कि उनने सामाजिक एकजुटता को मजबूती दी।" (पृष्ठ 108)

"हम सभी यह समझतेहैं कि हमारा उत्तर-पश्चिमी और उत्तर-पूर्वी हिस्सा, जहां बौद्ध धर्म के प्रभाव ने जाति प्रथा को छिन्न-भिन्न कर दिया था, मुसलमानों के आक्रमण के आगे आसानी से झुक गया। गांधार, जिसे अब कंधार कहते हैं, का पूरी तरह से इस्लामीकरण हो गया। पूर्वी बंगाल में भी हमें धर्मपरिवर्तन की भारी कीमत चुकानी पडी। परन्तु दिल्ली और उत्तर प्रदेश, जो पारंपरिक और कट्टरपंथी क्षेत्रों के रूप में जाने जाते थे, सदियों तक मुस्लिम सत्ता और कट्टरतावाद के केंद्र में रहने के बावजूद, मूलतः हिन्दू बने रहे।" (पृष्ठ 109)

"कुछ ज्ञानी लोग हमें बताते हैं कि कोई भी व्यक्ति हिन्दू या मुसलमान या ईसाई के रूप में जन्म नहीं लेता बल्कि मनुष्य के रूप में जन्म लेता है। यह दूसरों के बारे में सही हो सकता है। परन्तु जहां तक हिन्दुओं का प्रश्न है, उनका प्रथम संस्कार तब होता है जब वे अपनी माता के गर्भ में रहते हैं और अंतिम तब, जब उन्हें अग्नि के हवाले किया जाता है...हम जब अपनी

माता के गर्भ से बाहर आते हैं, तभी हम हिन्दू होते हैं। अन्य लोग, बाद में मुसलमान या ईसाई बनते हैं।" (पृष्ठ 119)

"हमारी सामाजिक व्यवस्था अनूठी थी और हमारी राजनैतिक संस्थाएं अत्यंत विकसित थीं।" (पृष्ठ 202)

"अगर समाजवाद से अर्थ, आर्थिक असमानता के अंत से है, तो यहां भी हिन्दू दर्शन और आचरण, सामाजिक और आर्थिक न्याय की पूरी सुनिश्चितता प्रदान करते हैं। मनु ने कहा था कि किसी व्यक्ति का संपत्ति पर अधिकार, उसकी एक दिन के भोजन की आवश्यकता तक सीमित है।" (पृष्ठ 324)

"अपने एक हाथ में अच्छाई को आशीर्वाद देने के लिए कमल और दूसरे हाथ में, बुराई का विनाशकरने के लिए वज्र हाथों में लिए भारत माता, ब्रह्म तेज और क्षत्र तेज का मूर्त रूप हैं।" (पृष्ठ 325)

मुंबई से प्रकाशित मराठी दैनिक 'नवा काल' के 1 जनवरी 1969 के अंक में, गोलवलकर का साक्षात्कार प्रकाशित हुआ था, जिसमें उन्होंने बताया था कि अनुशासित और चिर-स्थाई समाज के निर्माण के लिए, वर्ण व्यवस्था कितनी महत्वपूर्ण है। वर्ण व्यवस्था ईश्वर की निर्मिती है और मनुष्य कितना भी चाहे, उसे नष्ट नहीं कर सकता।

करपात्रीजी महाराज का संघ पर प्रहार

गोलवलकर के इन विचारों से स्पष्ट है कि चातुर्यवर्ण या वर्ण व्यवस्था, हिन्दू राष्ट्र की परिकल्पना का मूलाधार है।

राष्ट्रीय स्वयं सेवक संघ के बारे में कहा जाता है कि वे हिन्दू धर्म और हिन्दुत्व को मानने वाले हैं और अहर्निश उसका प्रचार भी करते रहते हैं। हक़ीक़त यह नहीं है। संघ की विचारधारा का हिन्दू धर्म और सनातन हिन्दू धर्म की परंपराओं और उनके विचारों से तीन-तेरह का संबंध है। इस पहलू की ओर बहुत पहले स्वामी करपात्री जी महाराज ने विस्तार से लिखकर ध्यान खींचा है।

स्वामी करपात्री जी महाराज के विचारों का हिन्दू धर्म, वैदिक परंपर और शास्त्रों गहराई से जुड़े हुए हैं। वे संघ की विचारधारा की आलोचना करते हुए अपने विचारों को हिन्दू धर्म संबंधी मान्यताओं और शास्त्रों के साथ उसके समन्वय तक सीमित रखते हैं।

करपात्री जी ने 'राष्ट्रीय स्वयंसेवक संघ और हिन्दू धर्म' नामक पुस्तक में विस्तार के साथ आर.एस.एस. के हिंदू धर्म के प्रौपेगैंडा की पोल खोली है। करपात्रीजी ने संघ के हिन्दुत्व को शास्त्रविहीन कुतर्क के रूप में पेश किया है।

तत्कालीन आर.एस.एस. प्रमुख माधव सदाशिव गोलवरकर की चर्चित पुस्तक 'विचार नवनीत' के तर्कों की हिन्दू परंपरा और शास्त्रीय प्रमाणों के आधार पर आलोचना लिखी। करपात्रीजी ने माधव सदाशिव गोलवलकर सरसंघचालक आर.एस.एस. द्वारा लिखी किताब 'नवनीत विचार' के बारे में व्यक्त विचारों का खंडन करते हुए अनेक प्रश्न उठाए हैं और लिखा है हिन्दू धर्म में 'प्रमाण' का महत्व है, जबकि आरएसएस के हिन्दू धर्म में प्रमाण का कोई महत्व नहीं है।

इसके समान संघ का मत है की भारत में जो जन्मा है वह हिन्दू है, इस धारणाको करपात्री जी ने प्रमाणों के साथ अस्वीकार किया है। उनका मानना है 'जन्मना हिन्दू' की धारणा बहुत ही ख़तरनाक और हिन्दू विरोधी है। करपात्री जी ने आरंभ में सबसे महत्वपूर्ण बात लिखी है। उन्होंने लिखा, 'प्रमेय की सिद्धि प्रमाण पर निर्भर होती है। प्रमाणशून्य विचारवान, सिद्धांत सब अप्रामाणिक, भ्रान्त, विनश्वर अथ च हेय समझे जाते हैं।' (पृ. 1) आशय यह कि किसी भी विचार या विचारधारा के प्रतिपादन के लिए प्रमाण पेश किए जाने चाहिए। इस नज़रिए को आधार बनाकर करपात्री जी ने गोलवलकर के विचारों की तीखी टिप्पण पेश की है।

'विचार नवनीत' में माधव सदाशिव गोलवलकर ने लिखा, "हमारी सांस्कृतिक परम्परा का दूसरा विशिष्ट पहलू यह है कि हमने किसी भी ग्रंथ को अपने धर्म और संस्कृति की एकमेव सर्वोच्च सत्ता नहीं माना है। संघ ने

अपने विचारों को प्रकट करने के लिए किसी एक पुस्तक को अधिकृत रुप से न स्वीकृत किया है और न तैयार किया है।"

गोलवलकर के इस कथन के कई गहरे अर्थ हैं। उनका यह कहना कि संघ ने किसी विशेष पुस्तक को अधिकृत रुप से स्वीकृत नहीं किया है। सवाल उठता है आरएसएस, भारत के संविधान और भारतीय दंड संहिता को मानता है या नहीं? वैदिक शास्त्रों को मानते हैं या नहीं?

करपात्री जी ने इस प्रसंग में लिखा 'हर एक राष्ट्र एवं जाति को अपने धर्म, संस्कृति, सभ्यता एवं राष्ट्रीयता का आधार कोई न कोई ग्रंथ मानना ही पड़ता है। हाँ, आप एक पुस्तक का प्रामाण्य न मानें, अनेक पुस्तकों का प्रामाण्य न मानें, अनेक पुस्तकों का प्रामाण्य मानें, पर कम से कम एक ग्रंथ को प्रामाण्य मानना ही पड़ेगा।'

करपात्री जी ने आगे कहा, "वस्तुतः आप लोग एक नहीं वेद से लेकर रामचरित मानस तक की अनेकपुस्तकों को प्रमाण मानते हैं। लेकिन आप इनके अनुसार नहीं चलत। किसी पुस्तक में आप लोगों के अनुकूल जो वचन हैं, उन्हें मान लेंगे, आपके मन्तव्यों, व्यवहारों के विरुद्ध जो वचन होंगे उन्हें आप बेखटके ठुकरा देंगे, पर यह अर्ध- कुक्कुटी - न्याय है। जैसे कोई मुर्ग़ी के आधे अंश को खाना चाहे, आधे को अण्डा देने के लिए रखना चाहे।विचार-विनिमय के लिए आवश्यक है कि जिस प्रमाण को माना जाय उसे संपूर्ण रूप से माना जाय।"

आगे लिखा, "जो शास्त्र-विधि को छोड़कर मनमाना काम करता है वह सिद्धि, सुख, परागति कुछ भी नहीं पाता। मनु की खूब प्रशंसा करेंगे, मनु के वचनों का अपने मन्तव्य सिद्धि के लिए खूब प्रयोग करेंगे। परन्तु जब मनु का ही "धर्म जिज्ञाससमानां प्रमाणं परमं श्रुतिः। धर्म जिज्ञासुओं के लिए श्रुति परम प्रमाण है, यह वचन आपके समक्ष रखा जायगा तब आप उसे ही अस्वीकार कर देंगे।"

इस संदर्भमें करपात्री जी महाराज ने महत्वपूर्ण बिंदु उठाया कि संघ के लोग जिन ग्रंथों का संदर्भ लेते हैं, उन्हें वे स्वयं स्वीकार क्यों नहीं करत।

यदि वे ग्रंथों को मानते ही नहीं हैं तो उनके ग्रंथों द्वारा उद्धृत प्रमाणों को स्वीकार नहीं किया जा सकता। यह तो शास्त्रहीनता है। यह शास्त्रहीनता संघ के प्रचार अभियान की धुरी है। वे प्रत्येक अवधारणा में शास्त्रहीनता का सहारा लेते हैं। वे किसी भी बात को अवधारणा और प्रमाणों के साथ पेश नहीं करते, बल्कि ऊलजुलूल तर्कों के साथ पेश करते हैं। मसलन्, संघ द्वारा प्रचारित राष्ट्रीयता की धारणा को ही लें। गोलवलकर ने लिखा है, "प्रेरणा का वास्तविक एवं चिरकालिक स्रोत राष्ट्रीयता की शुद्ध भावना से ही प्राप्त किया जा सकता है।' इस पर करपात्रीजी ने तीखा प्रहार करते लिखा 'शास्त्रादि प्रमाणशून्य भावना सिवा भ्रान्ति के और कुछ भी नहीं।"

अपने तर्क को आगे विकसित करते हुए करपात्री जी ने लिखा, "शालिग्राम में विष्णु बुद्धि नर्मदेश्वर में शिव बुद्धि का आधार शास्त्र ही हैं। शास्त्र के बिना प्रतीकोपासना बन ही नहीं सकती। प्रभा या यथार्थ ज्ञान प्रमाण से ही होता है। प्रमाण प्रत्यक्ष, अनुमान, आगम आदि के रूप में मौजूद होते हैं। भक्ति या भावना स्वतंत्र रुप से प्रभाजनक प्रमाण नहीं होते।"

करपात्रीजी ने भगवा ध्वज के संदर्भ में गोलवलकर का उद्धरण देते हुए लिखा कि 'आप कहते हैं कि कोई व्यक्ति चाहे वह कितना ही महान क्यों न हो, राष्ट्र के लिए आदर्श नहीं बन सकता। श्री राम को इष्टदेव पूजा करते हैं। इसीलिए भगवाध्वज को परम सम्मान के अधिकार-स्थान पर अपने सामने रखा है।' (विचार नवनीत, पृ.334-335)

इस विचार का विरोध करते हुए करपात्रीजी ने लिखा 'क्या भगवाध्वज को सार्वभौम कहा जा सकता है? यदि कुछ लोग राम के पूजक नहीं हैं तो भगवाध्वज के भी बहुत लोग पूजक नहीं हैं। भारत की विभिन्न जातियों के अपने ध्वज अलग-अलग हैं। अपने -अपने ध्वजों का महत्व गान सभी करते हैं। कोई भी ध्वज भावना की दृष्टि से पूज्य होता है। भावना बिना झंडा और दंडा दोनों जड़ कपड़ा और काष्ठ ही तो है। भारत के विभिन्न राज्यों के अलग प्रकार के ध्वज होते थे। महाभारत संग्राम में भीष्म, द्रोण, कर्ण, भीम, अर्जुन के रथ के ध्वज अलग-अलग थे। अर्जुन तो कपिध्वज के रूप

में प्रसिद्ध ही है। अतः सभी हमारे पूर्वज भगवाध्वज को ही मानते थे, यह तो नहीं ही कहा जा सकता। स्वामी समर्थ रामदास के संसर्ग से ही शिवाजी ने भगवाध्वज अपनाया, संघ ने उसी को अपना आदर्श मान लिया, यह ठीक है। परंतु यह सार्वभौम, सर्वमान्य नहीं कहा जा सकता।'

गोलवलकर ने लिखा, 'भगवाध्वज हमारे राष्ट्रत्व का प्रतीक है।' (विचार नवनीत, पृ.334)

करपात्री जी ने लिखा, 'यह कथन ही सिद्ध करता है कि इसके लिए प्रमाण अपेक्षित है। कारण प्रतीकोपासना अवश्य ही प्रमाण सापेक्ष है। ध्वज स्वयं प्रत्यक्ष, अनुमान, आगम आदि प्रमाणों में से कोई प्रमाण नहीं है। भावना वाला भक्त भावना के साथ उसकी पूजा करता रहे, उनसे भले प्रेरणा लेता रहे पर वह सप्रमाण होने से ही सजीव हो सकता है। प्रमाण के बिना वह जीवंत नहीं हो सकता।' उसी तरह 'शास्त्र बिना धर्म सिद्ध नहीं होता। श्री गोलवलकर और उनके राष्ट्रीय स्वयं सेवक संघ ने शास्त्र का प्रामाण्य अंगीकार नहीं किया। इसीलिए वे धर्मस्वरुप के निर्णय में भी सफल नहीं हुए।'

करपात्रीजी ने लिखा संघ के लोग, 'सामूहिक रुप से मनमानी खान-पान, कबड्डी खेलने एवं राष्ट्र माहात्म्य बोधक गीत को ही संस्कृति मानते हैं।'

आरएसएस प्रमुख की आलोचना करते हुए करपात्री जी ने लिखा, "धर्म की व्याख्या भी आपकी अपनी स्वतंत्रता है जो किसी धर्मग्रंथ से नहीं मिलती है।' करपात्री जी ने सामाजिक-सांस्कृतिक-धार्मिक बहुलतावाद पर ज़ोर देते हुए सवाल किया कि क्या राष्ट्रीय वर्णों, जातियों की विशिष्टताओं की रक्षा क्या आवश्यक नहीं है? यदि है तो क्या आप अपने संगठन में ब्राह्मणों, क्षत्रियों, वैश्यों एवं शूद्रों की विशिष्टता की रक्षा कर रहे हैं? वेदाध्ययन, संध्या, अग्निहोत्र, भोजन, पान, संबंध एवं आचार की रक्षा कर रहे हैं? क्या सबके खानपान आचार को नष्ट कर उनकी विशेषताओं को नहीं नष्ट कर रहे हैं? क्या मन्वादि शास्त्रों में ब्राह्मणादि वर्णों के आचारों का विधान है उनका आपके संघटन में कोई स्थान है? इस संबंध में आप जो कह देते हैं कि हम

कोई पुस्तक ही नहीं मानेंगे, पर राष्ट्रों की विशेषताओं की रक्षा बात करते हैं। क्या राष्ट्रीय वर्णों, जातियों की विशेषताओं को मिटाकर राष्ट्रीय संघटन किया जा सकता है?" (करपात्रीजी, उपरोक्त, पृ.33)

गोलवलकर ने कहा था, "संघ का उद्देश्य है 'विविधता के बीच एकता की पहचान' स्थापित करना, इस कथन की आलोचना करते हुए करपात्री जी ने सवाल किया 'क्या यह वर्ण, जाति एवं राष्ट्र के संबंध में नहीं लागू होना चाहिए? वैधर्म्य विविधता है, सामर्थ्य एकता है। पार्थिव विविध पदार्थों में पार्थिकता के सर्वत्र समान होने में वही साधर्म्य है। वही एकता है। इससे मानवरुप के सभी राष्ट्रों, जातियों में एकता का अनुभव किया जा सकता है।" (पृ. 34)

करपात्री जी ने सरसंघ संचालक के द्वारा मनगढ़ंत और आधारहीन बातों को अपनी किताब 'नवनीत विचार' में लिखने के लिए तीखी आलोचना की है। (पृ.37)

साथ ही आगे लिखा, "आरएसएस और जनसंघ के सदस्य भी यद्यपि हिन्दूकरण के लिए कुछ संस्कार आवश्यक समझते हैं तथापि वे किसी शास्त्र का प्रामाण्य नहीं मानते हैं। शास्त्रनिरपेक्ष उनका काल्पनिक संस्कार या मान्यता मात्र ही उनके हिन्दुत्व का आधार है। उनकी दृष्टि में हिन्दुत्व की परिभाषा नहीं हो सकती फिर भी ब्रह्म की तरह अपरिभाष्य होने पर भी हिन्दू है।" (पृ. 42)

आरएसएस के प्रमुख का यह विचार है कि भारत में जन्म लेने वाला प्रत्येक व्यक्ति हिन्दू है। इस धारणा का करपात्री जी ने खंडन किया और लिखा कि 'जन्म लेने मात्र से जाति मानना ग़लत और असंगत है। क्योंकि इस तरह गो, हिरण, बकरे आदि सब एक जाति के गिने जायेंगे क्योंकि वे सब भी तो जन्म लेते हैं। प्रसव तो उनमें भी समान है। इस प्रकार, गोलवलकर प्रसव के कारण सबको हिन्दू मान रहे हैं यह धारणा बुनियादी तौर पर ग़लत है।' (पृ. 44)

गोलवलकर ने कहा है कि हिन्दू को परिभाषित नहीं किया जा सकता। इस पर करपात्री जी ने लिखा 'आश्चर्य है कि जो हिन्दुत्व के संबंध में जो कुछ भी नहीं जानता, जो उसकी परिभाषा भी नहीं कर सकता, वही दुनिया के सामने बढ़ चढ़कर घमंड की बात करता है। ऐसे समूहों की संसार में कमी नहीं जो संसार में अपने को ही सर्वोत्कृष्ट मानते हैं। ईश्वर आत्मा या परम सत्य का अनुभव करने का दावा करने वाले लोगों की भी कमी नहीं है।' (पृ. 61-62)

करपात्री जी ने संघ के 'हिन्दुत्व' के बारे में लिखा 'इनका 'हिन्दुत्व' 'मुस्लिम-विरुद्धत्व' ही है।' (पृ. 71) अन्यत्र यह भी लिखा, 'वस्तुतः आधुनिक राष्ट्रवाद एक अन्धविश्वास और प्रतिक्रिया मात्र है।' (पृ. 77)

गोलवलकर की राष्ट्र की धारणा की प्राचीन शास्त्रों के प्रमाणों के आधार पर करपात्रीजी ने आलोचना पेश करते हुए उनके प्रमाणहीन नज़रिए पर लिखा, 'शास्त्र का प्रामाण्य आप मानते ही नहीं, प्रमाणहीन परंपरा भी अंध परंपरा ही है, फिर कौन संस्कार महत्वपूर्ण और कौन तुच्छ इसका निर्णय कैसे होगा?' (पृ. 80-81)

इसके अलावा गोलवलकर ने अपनी पुस्तक में हिन्दू शास्त्रों से कई उदाहरण देकर जो व्याख्या की है, उसकी करपात्री जी ने कड़ी आलोचना की है। साथ ही रेखांकित किया कि किस तरह गोलवलकर ने अर्थ का विकृतिकरण किया है। अर्थ के अनर्थ करने के करपात्री जी ने अनेक उदाहरण गोलवलकर की किताब से पेश करके प्राचीन शास्त्रों के आधार पर उनका खंडन किया और एक तरह से यह दर्शाने की कोशिश की है कि गोलवलकर को शास्त्रों के सही अर्थ का ज्ञान तक नहीं था। उनको तर्क और बुद्धि मान्य नहीं थी। जब तर्क और बुद्धि ही मान्य नहीं है, हिन्दू धर्म की किसी किताब को प्रमाण नहीं मानते तो चीजों के बारे में निर्णय किस आधार पर लिया जाएगा।

करपात्री जी ने गोलवलकर के लेखन पर टिप्पणी करते हुए कहा, 'वस्तुतः शास्त्र विश्वास और शास्त्र ज्ञान न होने से ही आपने ऐसी असंगतियों का

समुच्चय संगृहीत कर रखा है।' (करपात्री जी, उपरोक्त, पृ.109) अपने कथन की पुष्टि के लिए करपात्रीजी ने गोलवलकर ने विभिन्न क़िस्म के अंतर्विरोधी विचारों को प्रमाण स्वरुप पेश किया है।

करपात्रीजी ने संघ प्रमुख के नज़रिए पर लिखा 'आप शास्त्रों का प्रामाण्य मानने से भागते हैं, यदि शास्त्र प्रामाण्य मान लेंगे तो आपका कोई सिद्धांत एक मिनट भी टिक नहीं पायेगा। एक तरफ़ तो आप शाश्वत धर्म, शाश्वत संस्कृति, शाश्वत हिन्दुत्व की बात करते हैं दूसरी तरफ़ आप शाश्वत सनातन शास्त्र एवं शास्त्रोक्त शाश्वत धर्म या नियम नहीं मानते।' (करपात्रीजी, पृ.114)

'वस्तुतः आपलोग भी उसी शिक्षा के प्रभाव से ही प्रभावित होकर जाति पाति वर्णाश्रम व्यवस्था मिटाकर सबको एक करके वेद, दर्शन एवं धर्मशास्त्र को ठुकराकर, एक ऐसे विचित्र ढंग का राष्ट्र बनाना चाहते हैं, जो न हिन्दू होगा, न मुसलमान, न अंग्रेज ही।' (उपरोक्त, पृ. 115)

करपात्री जी ने लिखा 'यदि धर्म संस्कृति एवं राष्ट्र के गौरव के मूल हमारे वेद, धर्मशास्त्र, दर्शन, राजनीति आदि पर आस्था नहीं रहेगी, तो धर्म संस्कृति की दुहायी देते रहने का कुछ भी अर्थ नहीं रह जायगा। जिसका कोई आधारभूत प्रामाणिक प्रकाश सम्भव नहीं होता, वह यों ही भटकता है। कभी रूस या चीन का अंधानुकरण करता, कभी इंग्लैंड या अमेरिका का, कभी अंतर्राष्ट्रीयता का, कभी राष्ट्रीयता का नारा लगाता है।' (उपरोक्त, पृ.116)

विश्व हिंदू परिषद का गठन

आरएसएस सरसंचालक माधव सदाशिव गोलवलकर (गुरु जी) ने मुंबई के साधनाशाला में एक सम्मेलन आयोजित किया। इस सम्मेलन में हिंदू, सिख, जैन और बौद्ध के कई प्रतिनिधि शामिल थे। इस सम्मेलन में गोलवलकर ने कहा कि भारत के सभी मताबलंबियों को एकजुट होने की जरूरत है। उन्होंने आगे कहा कि हिंदू, हिंदुस्तानियों के लिए प्रयुक्त होने वाला शब्द है और यह धर्मों से ऊपर है।

सम्मेलन में यह तय किया गय कि प्रस्तावित संगठन का नाम "विश्व हिंदू परिषद" रखा जाएगा। पूज्य स्वामी चिन्मयानंद जी (चिन्मय मिशन के संस्थापक) की अध्यक्षता में मुम्बई स्थित आश्रम "सांदीपनी साधनालय" में आयोजित बैठक में मास्टर तारा सिंह, ज्ञानी भूपेन्द्र सिंह (अध्यक्ष-शिरोमणि अकाली दल), डॉ0 के. एम. मुंशी, श्रीगुरु जी (तत्कालीन सरसंघचालक-राष्ट्रीय स्वयंसेवक संघ), स्वामी शंकरानंद सरस्वती, राष्ट्र सन्त तुकड़ो जी महाराज, वी. जी. देशपांडे (तत्कालीन महामंत्री-हिन्दू महासभा) बैरिस्टर एच.जी. आडवाणी, पद्मश्री के. का. शास्त्री, श्रीपाद् शास्त्री किंजवड़ेकर, डॉ0 वी. ए. वणीकर, प्रिंसीपल महाजन, के. जे. सोमय्या, राजपाल पुरी, श्री सूद एवं श्री पोद्दार (नैरोबी), श्रीराम कृपलानी (त्रिनिदाद), धर्मश्री मूलराज खटाऊ, डॉ0 नरसिंहाचारी आदि 40 से भी अधिक सन्तों एवं विचारकों ने चिन्तन किया। इस अवसर पर मास्टर तारा सिंह ने स्पष्ट कहा कि हिन्दू और सिख दो अलग जातियां नहीं हैं। सिखों का उत्थान तभी संभव है, जब तक हिन्दू धर्म जीवित है।

संस्था का नाम "विश्व हिन्दू परिषद" की घोषणा भी इन्हीं श्रेष्ठजनों ने विक्रमी संवत 2021, 29 अगस्त, 1964 ई0 श्रीकृष्ण जन्माष्टमी (भगवान श्रीकृष्ण का जन्मदिन) को की।

डॉ0 के. एम. मुंशी ने परिषद के उद्देश्यों को निम्नलिखित प्रकार से रखा-

1. हिंदू समाज को सुसंगठित एवं सुदृढ़ बनाने की ओर अग्रसर रहना।
2. आधुनिक युग के अनुकूल समस्त विश्व में हिंदू धर्म के नैतिक एवं आध्यात्मिक सिद्धांतों तथा आचार-विचार का प्रचार करना।
3. विदेश स्थित समस्त हिंदुओं से सुदृढ़ संपर्क स्थापित करना तथा उनकी सहायता करना।

संस्था का पंजीकरण एक्ट 1860' के अंतर्गत दिल्ली में 08 जुलाई, 1966 को हुआ (पंजीकरण संख्या एस 3106) और पंजीकृत संविधान में उद्देश्य लिखे गए-

1. भारत तथा विदेशस्थ हिंदुओं में भाषा, क्षेत्र, मत, सम्प्रदाय और वर्ग सम्बन्धी भेदभाव मिटाकर एकात्मता का अनुभव कराना।
2. हिन्दुओं को सुदृढ़ और अखंड समाज के रूप में खड़ा कर उनमें धर्म और संस्कृति के प्रति भक्ति, गौरव और निष्ठा की भावना उत्पन्न करना।
3. हिंदुओं के नैतिक एवं आध्यात्मिक जीवन मूल्यों को सुरक्षा प्रदान कर उनका विकास और विस्तार करना।
4. छुआछूत की भावना समाप्त कर हिन्दू समाज में समरसता पैदा करना।
5. हिंदू समाज के बहिष्कृत और धर्मान्तरित, पर हिंदू जीवन पद्धति के प्रति लगाव रखने वाले भाई-बहिनों को हिंदू धर्म में वापस लाकर उनका पुनर्वास करना।
6. विश्व के भिन्न-भिन्न देशों में बसे हिंदुओं को धार्मिक एवं सांस्कृतिक आधार पर परस्पर स्नेह के सूत्र में बांधकर उनकी सहायता करना और उन्हें मार्गदर्शन देना।
7. संपूर्ण विश्व में मानवता के कल्याण हेतु हिन्दू धर्म के सिद्धांतों और व्यवहार की व्याख्या करना।

आरएसएस ने अपना अनुसांगिक संगठन विश्व हिंदू परिषद बनाया लेकिन इस संगठन का धर्म से सीधा संबंध नहीं है और 'हिंदू' शब्द का अर्थ हिंदुस्तान से है। विहिप ने भी हिंदू धर्म के मूल वर्ण व्यवस्था को खारिज कर दिया और मनुस्मृति को भी ना मानने की बात कही। इनके पास स्वामी विवेकानंद है। जिनका नारा 'गर्व से कहो की हम हिंदू है' है। इनकी शुरुआत ही इस आधार पर हुई कि हम हिंदू की पौराणिक परंपरा को नहीं मानेंगे और ऐसा हिंदू धर्म बनाएंगे, जो हर किसी के लिए स्वीकार्य हो। अगर सीधे तौर पर कहे तो ऐसा हिंदू जो खुद को हिंदू बोलता हो। बाकी उसका धर्म में आस्था है या नहीं, ये मायने नहीं रखता। इन्होंन आधुनिक युग के अनुसार हिंदू बनाने पर जोर दिया। जिसका शास्त्र और धार्मिक मान्यता से कोई लेना देना नहीं था। ये कदम हिंदुओ में नास्तिकतावाद बढाने के लिए था।

विहिप के गठन के पीछे संघ की रणनीति

आरएसएस ने विश्व हिंदू परिषद को धार्मिक संगठन के रूप में प्रचार किया क्योंकि उनका मानना था कि हम सांस्कृतिक संघठन है। धार्मिक दृष्टि से कोई हिंदू हमें स्वीकार नहीं करेगा। विहिप ने हिंदुओ के बीच अपना आधार स्थापित करने के लिए हिंदुओ के मुद्दे को लेकर आक्रामक दिखने का दिखावा करने लगा।प्रारम्भ में राष्ट्रीय, प्रांतीय और स्थानीय स्तर पर हिन्दू सम्मेलन आयोजित किए गए। समर्पित और प्रशिक्षित कार्यकर्ताओं द्वारा जगह-जगह पर इकाइयाँ बनाई गईं। संगठन विस्तार के लिए जन-जागरणात्मक, आंदोलनात्मक और रचनात्मक तीन प्रकार के कार्य किए गए।

प्रथम विश्व हिन्दू सम्मेलनः 22, 23 और 24 जनवरी, 1966 – प्रयागराज (उत्तर प्रदेश) गंगा, यमुना और सरस्वती के संगम पर कुंभ अवसर पर आयोजित हुआ। इसमें चारों पूज्य शंकराचार्यों सहित हिंदुओं के सभी संप्रदायों और पंथों के प्रमुख धर्माचार्यों ने भाग लिया। सम्मेलन में उन हिन्दुओं के लिए, जो अपना धर्म एवं समाज किन्हीं परिस्थितियों में त्याग चुके थे, एक महत्वपूर्ण प्रस्ताव आया कि "आज यह बहुत ही आवश्यक हो गया है कि ऐसे जो भी व्यक्ति बिना किसी दबाव के स्वेच्छा से अपने पूर्वजों के धर्म में वापस आना चाहते हैं उन्हें आत्मसाथ कर लिया जाए।" स्वीकार किया गया। इस प्रकार स्वधर्म में वापसी को पूज्य सन्तों द्वारा मान्यता मिली, इस सम्मेलन की यह महत्वपूर्ण उपलब्धि है।

प्रयाग के कुंभ मेले में एक विश्व सम्मेलन के साथ ही इस संगठन का स्वरूप सामने आया। आगे यह फैसला किया गया कि यह गैर-राजनीतिक संगठन होगा और राजनीतिक पार्टी का अधिकारी विश्व हिंदू परिषद का अधिकारी नहीं होगा।

आरएसएस ने अपनी राजनीतिक शक्ति को मजबूत करने के लिए जनसंघ का गठन किया था, जबकि हिंदुओं को धार्मिक रूप से संगठित करने के लिए विश्व हिंदू परिषद की स्थापना की गई। इसका उद्देश्य था कि वे समाज

और व्यवस्था को अपनी इच्छानुसार मोड़ सकें। विहिप का धार्मिक मामलों मे दखल के लिए गठन हुआ।

आरएसएस ने विश्व हिंदू परिषद के जरिए अखाडों पर कब्जा कर लिया। जो सरकारी कंट्रोल में मंदिर नहीं है, उनमे से ज्यादातर मंदिरों पर कब्जा कर लिया। सबसे बडी बात रही कि दूसरे किसी प्रभावी हिंदू संगठन को नहीं बनने दिया। योगी आदित्यनाथ ने हिंदू युवा वाहिनी जरूर बनाया था, जिसे स्वयंसेवक नरेंद्र मोदी ने खत्म करा दिया। किसी हिंदू हित से जुडे आंदोलन में शामिल हुए तो उसे हाईजैक कर लिया। सबसे बडी बात रही कि जब लाठी खाने की बात आई तो ये निकल लिए।

संघ और समलैंगगिकता

विहिप का अखाडों पर नियंत्रण का परिणाम रहा कि जो अखाडे धर्म रखा के लिए बने थे, वहां संघ के समलैंगगिकता का एजेंडा चलने लगा। वर्ष 2014 में आरएसएस नेता राम माधव ने कहा था, "जहां तक धारा 377 का सवाल है, देखते हैं सरकार इस मुद्दे पर क्या रुख अपनाती है। लेकिन मैं यह कह सकता हूं, कि सामाजिक व्यवहार के कुछ रूपों का महिमामंडन कुछ ऐसा नहीं है, जिसका हम समर्थन करते हैं, लेकिन दंड और अपराधीकरण के पहलुओं पर गौर करने की आवश्यकता है। वर्तमान समय में समलैंगिकता को अपराध कहना और उसे अपराध मानना संदिग्ध है।"

2015 नवंबर में, समलैंगिक वयस्कों के बीच सहमति से यौन संबंधों को अपराध की श्रेणी से बाहर करने के दिल्ली उच्च न्यायालय के आदेश को पलटने के लिए सर्वोच्च न्यायालय की आलोचना करते हुए वित्त मंत्री अरुण जेटली ने कहा था: "जब दुनिया भर में लाखों लोग वैकल्पिक यौन प्राथमिकताएं रखते हैं, तो यह विचार प्रस्तुत करने में बहुत देर हो चुकी है कि उन्हें जेल भेजा जाना चाहिए। दिल्ली उच्च न्यायालय का दृष्टिकोण अधिक स्वीकार्य प्रतीत होता है।"

बेशक, ये हालिया टिप्पणियां और कदम संगठन की लंबे समय से चली आ रही मान्यताओं और घोषित पदों, विशेष रूप से समलैंगिकता के संदर्भ में,

के बिल्कुल विपरीत हैं।

दरअसल, साल 2009 में दिल्ली हाई कोर्ट ने धारा 377 के कुछ हिस्सों असंवैधानिक करार दिया। जिसे सुप्रीम कोर्ट ने साल 2013 में रद्द कर दिया।

राष्ट्रीय स्वयंसेवक संघ (आरएसएस) के संयुक्त महासचिव दत्तात्रेय होसबोले ने 17 मार्च, 2016 को इंडिया टुडे कॉन्क्लेव में अपने विचार व्यक्त करते हुए कहा ,"आरएसएस को समलैंगिकता पर कोई राय क्यों रखनी चाहिए? यह तब तक अपराध नहीं है जब तक कि यह दूसरों के जीवन को प्रभावित नहीं करता। यौन प्राथमिकताएं व्यक्तिगत मुद्दे हैं।"

जब विवाद बढने लगा तो अगले दिन ही अपने बयान से पलट गए। 18 मार्च , 2016 को अपनी टिप्पणी पर सफाई देते हुए उन्होंने ट्वीट किया, "समलैंगिकता कोई अपराध नहीं है, बल्कि हमारे समाज में सामाजिक रूप से अनैतिक कृत्य है। इसे दंडित करने की जरूरत नहीं है, बल्कि इसे मनोवैज्ञानिक मामले के तौर पर देखा जाना चाहिए।"

होसबोले की टिप्पणी इसलिए खास थी क्योंकि यह ऐसे समय में आई, जब आरएसएस भारतीय युवाओं के लिए खुद को नए सिरे से स्थापित करने के लिए लंबे समय से चली आ रही प्रथाओं में बदलाव लाने पर विचार कर रहा था।

दरअसल, ये संघ की रणनीति का हिस्सा रहा है कि जब कोई विवाद बढे तो पलट जाओ। संघ में किसी का कोई आधिकारिक बयान नहीं होता। इनके पास लिखित में कोई अपना सिद्धांत नहीं है। ये विभिन्न विचारधाराओं से खुद को जोड लेते है। आप इनके आत्मगिलानी का अंदाजा इस बात से लगा सकते है कि बिहार की पूर्व मुख्यमंत्री राबडी देवी ने 18 जनवरी, 2016 को कहा, 'आरएसएस कैसा संघठन है, जहां बूढा बूढा (उम्रदराज) सब हाफ पैंट पहनता है। क्या उन्हें सार्वजनिक जगहों पर जाने में शर्म नहीं महसूस होती।'

राबडी देवी के बयान का परिणाम रहा कि ये हाफ पैंट से फूल पैंट में आ गए।

आरएसएस द्वारा अपनी पोशाक में बदलाव किये जाने के फैसले के बाद आरजेडी प्रमुख लालू प्रसाद यादव ने 14 मार्च, 2016 को ट्वीट कर कहा, "राबडी देवी जी के एक 'तर्कपूर्ण आक्रामक बयान' ने मात्र दो महीने में आरएसएस को 'हाफ पैंट से फूल पैंट' करने पर मजबूर कर दिया।"

समलैंगिकता को लेकर मोदी सरकार ने सुप्रीम कोर्ट में हलफनामा पेश करते हुए कहा कि यह कोर्ट तय करे कि इसे अपराध की श्रेणी से हटाया जाए या नहीं। सुप्रीम कोर्ट ने फैसला दिया कि दो बलिगों के बीच आपसी सहमतिं से संबंध बनते है तो इसे अपराध नहीं माना जा सकता। कोर्ट ने साल 2018 में धारा 377 को आंशिक रूप से रद्द कर दिया। 24 अगस्त, 2022 को मोदी सरकार ने ट्रांसजेंडर समुदाय से संबंधित व्यक्तियों को आयुष्मान भारत योजना का लाभ प्रदान करने की घोषणा की। नए बदलाव के तहत ट्रांसजेंडरों को मुफ्त लिंग परिवर्तन की सुविधा दी गई। इसके बाद, मोदी सरकार ने 1 जुलाई 2024 भारतीय न्याय संहिता (बीएनएस) के जरिए धारा 377 को पूरी तरह समाप्त कर दिया।

मोहन भागवत ने समलैगकता को सही ठहराने के लिए महाभारत का हवाला देते हुए कहा, "महाबलशाली राजा जरासंध के दो शक्तिशाली

सेनापति हंस और डिम्भक के बीच समलैंगिक संबंध थे। जब इन ताकतवर सेनापतियों को हराना मुश्किल हो गया, तो कृष्ण ने डिम्भक के मरने की अफवाह उडाई। ये सुनकर उसके परम मित्र हंस ने नदी में डूबकर आत्महत्या कर ली। फिर हंस की मौत का समाचार जब डिम्भक के पास पहुंचा, तो उसने अपने मित्र के वियोग में उसने भी नदी में कूदकर जान दे दी।

महाभारत के इन चरित्रों के हवाले से मोहन भागवत ने समलैंगिक समुदाय का समर्थन किया। उन्होंने कहा कि हम भारत की प्राचीन परम्परा से उदाहरण लेते है तो इसका जिक्र महाभारत जैसे ग्रंथों में भी आया है।

मोहन भागवत ने संघ के हिंदू विरोधी एजेंडा के महाभारत जैसे ग्रंथ को भी दूषित करने का प्रयास किया। उनके इस बयान को लेकर विवाद भी हुआ क्योंकि हंस और डिम्भक की जो कहानी उन्होंने सुनाई वो पूरी तरह उनकी कल्पना थी। सबसे पहला तो दो सगे भाइयों हंस और डिम्भक को मित्र बताया। उनके समलैंगिक होने का कही कोई जिक्र नहीं मिलता।

11 जनवरी, 2023 को आरएसएस प्रमुख मोहन भागवत ने 'ऑर्गेनाइजर' और 'पांचजन्य' को दिए साक्षात्कार में ट्रांसजेंडर समुदाय का समर्थन किया और कहा कि उनकी निजता का सम्मान किया जाना चाहिए। संघ इस विचार को प्रोत्साहित करेगा।

उन्होंने आगे कहा, "इस तरह के झुकाव वाले लोग हमेशा से थे। जब से मानव का अस्तित्व है यह जैविक है, जीवन का एक तरीका है। हम चाहते है कि उन्हें उनकी निजता का हक मिले और वो महसूस करे कि उन्हें उनकी निजता का हक मिले और वो महसूस करें कि वह भी इस समाज का हिस्सा है। यह एक साधारण मामला है। तृतीय पंथी लोग (ट्रांसजेंडर) समस्या नहीं है। उनका अपना पंथ है, उनके अपने देवी देवता है। अब तो उनके महामंडलेश्वर है।"

अखाडों में संघ का प्रभाव

वर्ष 2015-2016 में हुए सिंहस्थ कुंभ में किन्नर अखाडे की स्थापना हुई। पूर्व में टीवी कलाकार रही लक्ष्मी नारायण त्रिपाठी को आचार्य महामंडलेश्वर

बनाया गया। वर्ष 2019 के प्रयागराज कुंभ किन्नर अखाडे का जूना अखाडे से लिखित अनुबंध हुआ। हिमांगी सखी को किन्नर महामंडलेश्वर को उपाधि मिली।

हालांकि, वर्ष 2024 लोकसभा चुनाव के दौरान सखी ने वाराणसी से नरेंद्र मोदी के खिलाफ हिंदू महासभा के टिकट पर चुनाव लड़ने का निर्णय लिया। हिंदू महासभा के स्वामी चक्रपाणि ने नरेंद्र मोदी को समर्थन देते हुए उनका नाम वापस ले लिया। उसके बाद सखी ने निर्दलीय चुनाव लडने की घोषणा की। लेकिन उन्होंने भी नरेंद्र मोदी को समर्थन देते हुए अपना फैसला बदल दिया। सभी किन्नर समाज को भाजपा के पक्ष में मतदान करने की अपील की। आगे उन्होंने कहा, "भाजपा पदाधिकारियों ने उन्हें चुनाव ना लडने के लिए मनाया। अब मैं घर घर जाकर उनके लिए प्रचार करूंगी।"

15 मई, 2024 को हिमांगी सखी भाजपा में शामिल हो गई। जिन्हें भाजपा के क्षेत्रीय अध्यक्ष दिलीप पटेल ने बीजेपी में शामिल कराया। सखी ने प्रयागराज के फूलपुर विधानसभा उपचुनाव में भाजपा प्रत्याशी दीपक पटेल के समर्थन में वोट मांगा।

प्रयागराज कुंभ गें 7 दिसंबर, 2024 को हिमांगी सखी परी अखाडे में शामिल हुई। इस अखाडे ने उन्हें जगद्गुरु की उपाधि दी।

विशेष बात रही कि उनके पट्टाभिषेक समारोह में उनके पीछे बीजेपी के नेता खडे थे। जो ऊपर दी गई तस्वीर में देखा जा सकता है। इस कार्यक्रम के दौरान कहा गया कि महाकुंभ आयोजन के दौरान उन्हें परी अखाडे की तरफ से शंकराचार्य के पद पर भी विभूषित किया जाएगा। जिसका जगद्गुरु शंकराचार्य अविमुक्तेश्वरानंद सरस्वती ने विरोध करते हुए कहा कि शंकराचार्य बनने के लिए दांडी संयासी होना जरूरी है, जो कोई भी महिला नहीं हो सकती और जब महिला इस पद के लिए अयोग्य हैं, तो किन्नरों की योग्यता पर तो बात ही नहीं उठती।गौरतलब है कि परी अखाडे का स्थापना वर्ष 2013 में महिलायों और किन्नर समाज के लिए किया गया।

कुंभ मेला 2025 में कई प्रयोग देखने को मिले। ममता कुलकर्णी को किन्नर अखाडे का महामंडलेश्वर बनाए जाने पर काफी चर्चा हुई। 24 जनवरी, 2025 को अपना पिंडदान कर ममता कुलकर्णी से यमाई ममता नंद गिरी बन गई। जो बिना किसी परंपरा के सीधा महामंडलेश्वर बन गई। जिनको महामंडलेश्वर बनने को लेकर विवाद हुआ कि वो पहले संन्यासी नहीं रही और सीधा उन्हें महामंडलेश्वर बना दिया गया। जिसको लेकर ममता ने कहा, “साल 2000 से मैंने तपस्या शुरू की। मेरे गुरु श्री चैतन्य गिरी गुरु नाथ है। उनसे मैंने दीक्षा ली थी। उनका कुपोली में आश्रम है। 23 साल से मेरी तपस्या चल रही है।”

ममता कुलकर्णी ने एक अहम खुलासा किया कि उन्हें जूना अखाडे से भी जाने का प्रस्ताव मिला था, लेकिन वहां मुंडन कराना पड़ता, इसलिए उन्होंने किन्नर अखाड़े को चुना। किन्नर अखाडा एक स्वतंत्र अखाडा है। यह मुझे किसी पहनावे के लिए जोर नहीं देगा। न ही बताएगा कि क्या करना है, क्या नहीं करना है। इन सब कारणों से मैंने किन्नर अखाडे को चुना।

हिमांगी सखी ने मोर्चा खोलते हुए कहा कि ममता कुलकर्णी का डी कंपनी के साथ संबंध है। ड्रग्स केस में जेल जाने का उनका इतिहास है। क्या यह केवल प्रचार का साधन है? आचार और संस्कार पर ध्यान देना जरूरी है। इस मामले की जांच होनी चाहिए। मैं इसकी कडी निंदा करती हूँ। किन्नर

अखाडा किन्नरों के लिए है, एक महिला को महामंडलेश्वर का पद क्यों दिया गया। वो भी तब जब उसके अंडरवर्ल्ड से संबंध है।

शांभवी पीठाधीश्वर श्री स्वामी आनंद स्वरूप महाराज ने कहा था, किन्नर अखाडे को मान्यता देकर पिछले कुंभ में महापाप हुआ था, जिस प्रकार की अनुशासनहीनता हो रही है, वो बहुत घातक है। ये सनातन धर्म के साथ एक धोखा है, छल है। मैंने ममता से कहा- इन लोगों के जाल में मत पडो। स्त्री के लिए संन्यास नहीं है। तमाम ऐसी परंपरा है, जिसमें तुम विरक्त होकर रह सकती हो। उन्होंने कहा कि ऐसी जगह न गिरो कि लोग तुम्हारे ऊपर थूकें। किन्नर अखाडे को लोग मजाक में ले रहे हैं।

यहां ज्ञान भक्ति की बात नहीं हो रही। कुंभ का मजाक बनाने का प्रयास हो रहा है। जब-जब अधर्म होगा, तब-तब मेरी आवाज उठेगी। ममता का नाम बहुत बडा है। ये लोग उसके नाम पर व्यापार करेंगे। ममता कुलकर्णी का मामला बहुत घातक और धर्म के खिलाफ है।

कई संत ममता कुलकर्णी के समर्थन में आ गए। इनमें अखिल भारतीय अखाड़ा परिषद के अध्यक्ष रविंद्र पुरी ने कहा, "वैराग्य कभी भी आ सकता है। मैं चाहूँगा कि सही मायने में महामंडलेश्वर का जो अर्थ है, अगर ममता जी उसके अनुसार चलेंगी तो पूरे देश में हमारी अध्यात्म परंपरा उच्च शिखर पर पहुँचेगी। वैराग्य किस पर आए, यह कोई नहीं कह सकता। हमारी परंपरा में कई जाने-माने ऋषि रहे, जो डाकू थे, वो बहुत बड़े संत हो गए। ममता जी को आध्यात्मिक जगत में प्रवेश बहुत अच्छी बात है।"

उन्होंने बताया कि महामंडलेश्वर का अर्थ है 'मंडल का ईश्वर'... एक मंडल लेकर उनको चलना है। उनके साथ सैकड़ों संत होने चाहिए। वो धर्म का प्रचार-प्रसार करें। ममता पर ड्रग्स के आरोपों को लेकर रवींद्र पुरी ने कहा, "इससे पूर्व में वो क्या थीं, वो जानने की आवश्यकता नहीं है। उन पर पूर्व में जो भी आरोप लगे, वो सिद्ध नहीं हो पाए। देश में कई बड़ी हस्तियों पर आरोप लगते रहते हैं।"

वहीं, जूना अखाड़े के आचार्य महामंडलेश्वर अवधेशानंद गिरि ने कहा कि संन्यास लेने का अधिकार सबको है। उन्होंने कहा, "अपनी मोह-माया और हर प्रकार की सांसारिकता त्याग कर कोई व्यक्ति श्रेष्ठ कार्यों के लिए, लोक कल्याण के लिए, परमार्थ के कार्य करने के लिए आना चाहता है तो उसका स्वागत है।"

जूना अखाड़े के प्रवक्ता नारायण गिरी ने कहा, "फिल्म अभिनेत्री बनना कोई दोष नहीं है। हमारे यहाँ एक वेश्या को भी गुरु बनाया गया था। योग्यता से किसी को भी महामंडलेश्वर बनाया जा सकता है। इसमें कोई भी पुरुष, महिला या किन्नर कोई भी पदवी प्राप्त कर सकते हैं।" उन्होंने कहा कि देश के विद्वान, राष्ट्रहित में कार्य करने वाले, आध्यात्मिक या सामाजिक कार्यकर्ता को महामंडलेश्वर की उपाधि देते हैं।

उन्होंने आगे कहा, "किन्नर अखाड़ा 2019 में रजिस्टर्ड हुआ था। वो जूना अखाड़े की एक शाखा है। किन्नरों को हिंदू परंपरा से जोड़ने के लिए श्री महंत जी महाराज ने अखाड़े में शामिल किया था। जब कोई अखाड़ा पूर्ण रूप से बन जाता है तो उसे अधिकार है कि वो किसी को महंत, साध्वी या महामंडलेश्वर बनाएँ। हर अखाड़े के अपने मापदंड होते हैं और वे फैसले लेने के लिए स्वतंत्र होते हैं।"

खुद को किन्नर अखाड़े का संस्थापक बताने वाले ऋषि अजय दास भी विरोध में उतर आए। अजय दास ने दावा किया था- मैंने लक्ष्मीनारायण त्रिपाठी और अभिनेत्री ममता कुलकर्णी को महामंडलेश्वर पद से हटा दिया है। ममता को महामंडलेश्वर बनाने में प्रक्रिया का पालन नहीं किया गया, जिस पर (ममता पर) देशद्रोह का आरोप हो। उसे महामंडलेश्वर कैसे बनाया जा सकता है?

दास ने ये भी कहा था कि ये कोई बिग बॉस का शो नहीं है, जिसको कुंभ के दौरान एक महीने चला दिया जाए। लक्ष्मीनारायण त्रिपाठी को मैंने किन्नर समाज के उत्थान और धर्म के प्रचार-प्रसार के लिए आचार्य महामंडलेश्वर बनाया था, लेकिन वह भटक गईं। ऐसे में मुझे एक्शन लेना पडा।

इन विवादों से परेशान होकर ममता कुलकर्णी ने महामंडलेश्वर पद से इस्तीफा दे दिया। ममता कुलकर्णी के इस्तीफे के बाद किन्नर अखाडा की आचार्य महामंडलेश्वर डॉ. लक्ष्मी नारायण त्रिपाठी ने कहा, ममता कुलकर्णी के किन्नर अखाड़ा में महामंडलेश्वर बनने से कुछ लोग बेहद चिंतित हैं। जबकि यही ममता कुलकर्णी अगर इस्लाम में चली जातीं तो धर्म के तथाकथित ठेकेदार तब क्या करते? इस बारे में तब कोई कुछ नहीं बोलता। आज सनातन धर्म के बहुत से लोग इस्लाम और क्रिश्चियन बन रहे हैं, इस मुद्दे को गंभीरता से लेते हुए इसको रोकने के लिए किन्नर अखाड़ा व्यापक स्तर पर काम कर रहा है।

गौरतलब है कि जुलाई 2013 में ममता कुलकर्णी ने दुबई में इस्लाम कबूल किया था। जिसका आज तक उन्होंने खंडन नहीं किया।

ममता कुलकर्णी के बॉलीवुड इतिहास के बारे में बात करें तो वो हॉट सीन देने के लिए जानी जाती हैं। वर्ष 1993 में स्टारडस्ट मैगजीन के लिए टॉपलेस फोटोशूट भी काफी चर्चित रहा था। आरोप लगता है कि वर्ष 2013 में ममता कुलकर्णी ने ड्रग माफिया विक्की गोस्वामी से शादी कर ली थी। जिसे दुबई में ड्रग्स तस्करी के लिए 12 वर्षों की जेल हुई थी। हालांकि ममता कुलकर्णी इन आरोपों को गलत बताती है, लेकिन सच्चाई ये है कि वर्ष 2016 में मुंबई पुलिस ने ड्रग्स तस्करी के एक मामले में उनके खिलाफ गिरफ़्तारी वारंट जारी किया था। मुंबई पुलिस ने बताया था कि उसने मुंबई से 80 लाख रुपये की ड्रग्स बरामद की थी, जिसका संबंध ऐसी कंपनी से थी, जिसकी डायरेक्टर ममता कुलकर्णी थी। हालांकि बॉम्बे हाईकोर्ट ने उनके खिलाफ मामला खारिज कर दिया। वो खुद बताती है कि वो विक्की गोस्वामी से प्यार करती थी।

प्रयागराज महाकुंभ के दौरान विभिन्न अखाड़ों में 7,000 से अधिक महिलाओं ने संन्यास की दीक्षा ली। आधिकारिक बयान के मुताबिक, जूना अखाड़े के आचार्य महामंडलेश्वर स्वामी अवधेशानंद गिरी, श्री पंचदशनाम आवाहन अखाड़े के आचार्य महामंडलेश्वर स्वामी अरुण गिरी और वैष्णव

संतों के धर्माचार्यों के अंतर्गत सनातन से जुड़ने वालों में महिलाओं की संख्या अधिक रही। सभी प्रमुख अखाड़ों में इस बार 7, 000 से अधिक महिलाओं ने गुरु दीक्षा ली और सनातन की सेवा करने का संकल्प लिया।

संन्यासिनी श्री पंच दशनाम जूना अखाड़े की अध्यक्ष डॉ. देव्या गिरी ने कहा, "इस बार महाकुंभ में 246 महिलाओं को नागा संन्यासिनी को दीक्षा दी गई। इससे पूर्व 2019 के कुंभ में 210 महिलाओं को नागा संन्यासिनी की दीक्षा दी गई थी।"

आदिगुरु शंकराचार्य ने सनातन धर्म की सुरक्षा के लिए करीब 2700 साल पहले4 शंकराचार्य पीठ और अखाडे बनाए। उनके द्वारा लिखे गए ग्रंथों और उनकी परंपराओं ये संकेत मिलता है कि संन्यास की जीवन शैली संन्यास के लिए उपयुक्त नहीं है। जिसका परिणाम रहा कि उन्होंने मठों और अखाडों को पुरुषों के लिए बनाए।

जूना अखाडे के आचार्य ने वर्ष 2010 से महिलायों को नागा संन्यासी बनाने का काम शुरू किया। वर्ष 2019 में किन्नर अखाडे को मान्यता दे दी। किन्नर अखाडा बनाते समय खबर चलाई गई कि किन्नर भारी संख्या में इस्लाम अपना रहे, जिन्हें रोकने के लिए इनका गठन किया जा रहा है।

जूनागढ अखाडा परिषद से निकाले जाने के बाद बीजेपी के पूर्व सांसद महंत महेश गिरी ने एक वीडियो के जरिए आरोप लगाया कि अखाडे में वेशयाएं आती है।

जूना अखाडे के आचार्य महामंडलेश्वर अवधेशानंद गिरी और अखाडा परिषद के अध्यक्ष रवींद्र पूरी का संघ-भाजपा से रिश्ते जगजाहिर है। संघ का प्रयोग रहा है कि समानता और सबको शामिल करने के नाम पर प्राचीन परंपरा पर प्रहार करो।

अगर संघ को महिला, किन्नर या कोई अन्य को परंपरा के विरुद्ध जाकर कही स्थापित करना है तो उन्हें संघ का सरसंचालक क्यों नहीं बनाते? ये सिर्फ सनातन धर्म के परंपराओं पर प्रहार कर उसे खत्म करना चाहते है।

संघ का धोखा

आरएसएस एक अपंजीकृत संस्था है। इनके मेंबर्स का न तो रजिस्ट्रेशन होता है और न ही इन्हें कोई आईडी कार्ड या बिजनेस कार्ड दिया जाता है। देश का हर नागरिक कभी भी इसमें आ सकता है और कभी भी इससे अलग हो सकता है। लेकिन स्वयंसेवक के बारे में कहा जाता है कि एक बार का संघी हमेशा के लिए संघी होता है।

संघ में किसी का रजिस्ट्रेशन ना होने के कारण ये किसी से भी आसानी से पाला बदल लेते है। इससे ये साबित नहीं किया जा सकता कि वो संघ से जुडा हुआ है। संघ या संघ से जुडी कोई भी संस्था हो, जब कोई उनका आदमी मुसीबत में पड जाए और उसको लेकर इनको बनाया जाने लगे तो उससे किनारा कर लेते है जबकि राजनीतिक लाभ के समय उसका इस्तेमाल अवश्य करते हैं। गौरक्षक मोनू मानेसर का ही केस देख लीजिए, जब उसका नाम मेवात दंगे में आया। जबकि वो विश्व हिंदू परिषद के द्वारा आयोजित ब्रजमंडल यात्रा में शामिल भी नहीं था, लेकिन उसने विडिओ जारी कर लोगों को इकट्ठा होने की बात कही थी। जिसका परिणाम था कि उसे निशाना बनाया जाने लगा। विश्व हिंदू परिषद के नेता सुरेंद्र गुप्ता ने कहा, "यात्रा के साथ अर्पायप्त सुरक्षा बल था, जिसकी वजह से यह हिंसा हुई। मोनू मानेसर से हमारा कोई नाता नहीं है। कोई भी युवा अपने आप को बजरंग दल का सदस्य कह सकता है, लेकिन जब तक वो संयोजक नहीं बन जाता है तब तक कोई बजरंग दल का कार्यकर्ता नहीं हो सकता है। इसलिए उससे हमारा कोई नाता नहीं है, ना ही वह बजरंग दल का हिस्सा है। जो इंसान संविधान के खिलाफ बात करता है वो बजरंग दल का हिस्सा हो ही नहीं सकता है।"

मोनू मानेसर के मामले में राजस्थान के भरतपुर के रहने वाले कथित गौ तस्कर नासिर और जुनैद का हरियाणा के भिवानी में बोलेरो गाडी में दोनों के जले हुए शव मिले थे। मोनू के ऊपर उनकी हत्या का आरोप था। 22 फरवरी, 2023 को राजस्थान पुलिस ने उसे वांटेड की सूची से हटा दिया

था। 2 अगस्त, 2023 को संघ के प्रचारक रहे हरियाणा के मुख्यमंत्री मनोहर लाल खट्टर ने एक प्रेस कॉन्फ्रेंस में कहा कि राजस्थान पुलिस बजरंग दल के मोनू मानेसर के खिलाफ कार्रवाई करने के लिए स्वतंत्र है और इस मामले में जो भी जरूरी होगी हरियाणा सरकार उनकी मदद करेगी। इस दौरान सीएम खट्टर ने ये भी स्पष्ट करते हुए कहा कि वह मोनू मानेसर को लेकर एक पुराने मामले में राजस्थान सरकार द्वारा दर्ज की गई एफआईआर के बारे में बात कर रहे हैं, इसका नूंह में हुई हिंसा से कोई संबंध नहीं है।

14 अगस्त, 2023 को राजस्थान के पुलिस महानिदेशक (डीजीपी) उमेश मिश्रा ने कहा कि नासिर-जुनैद हत्याकांड की जांच में मोनू मानेसर की प्रत्यक्ष संलिप्तता नहीं पाई गई है। हालांकि, राजस्थान पुलिस ने इस मामले में उसे 'क्लीन चिट' नहीं दी है और डीजीपी ने कहा कि अपराध की पृष्ठभूमि में उसकी भूमिका की जांच चल रही है। डीजीपी मिश्रा ने एक संवाददाता सम्मेलन में कहा, "जो लोग घटना में सीधे तौर पर शामिल थे मौके पर मौजूद थे उनमें वो (मोनू) नहीं है दूसरा उसकी पृष्ठभूमि की जांच जारी है।"

12 सितंबर, 2023 को हरियाणा पुलिस ने सादे कपडे में मोनू मानेसर को हिरासत में लिया और भडकाऊ पोस्ट के मामले में गिरफ्तार कर कोर्ट में पेश किया। जिसे 14 दिन की न्यायिक हिरासत में भेज दिया गया। बहरहाल, हरियाणा पुलिस ने उसे राजस्थान पुलिस के हाथों में सौंप दिया।

मोनू मानेसर को राजस्थान पुलिस को सौंपे जाने के बाद 13 सितंबर, 2023 को विहिप के कार्यकारी अध्यक्ष आलोक कुमार का बयान आता है कि राजस्थान पुलिस द्वारा मोनू की गिरफ्तारी से राज्य में सत्तारूढ़ कांग्रेस को गंभीर परिणाम भुगतने होंगे। उन्होंने आरोप लगाया कि राजस्थान की कांग्रेस सरकार ने मुस्लिम वोट को साधने के लिए राज्य में विधानसभा चुनाव से पहले उसे गिरफ्तार कराया है। जिसकी उन्हें (कांग्रेस) भारी कीमत चुकानी पड़ेगी। विहिप मोनू मानेसर को हरसंभव मदद मुहैया कराएगी और जरूरत पड़ने पर उसकी गिरफ्तारी के खिलाफ विरोध प्रदर्शन भी करेगी।

15 सितंबर, 2023 को विहिप के संयुक्त महासचिव सुरेंद्र जैन का बयान आता है कि मोनू मानेसर बजरंग दल का कार्यकर्ता है, उसने हजारों गौवंश की रक्षा की है, माताओं और बहनों की रक्षा की है, सरकार को उसे गिरफ्तार नहीं सम्मानित करना चाहिए। विहिप हर प्रकार से मोनू मानेसर के साथ है। आगे कांग्रेस को अलग अलग घटनाओं को याद दिला कोसते बोलते है, "कांग्रेस का हाथ आतंकवादियों के साथ।"

जब मेवात दंगे में नाम आता है तो विश्व हिंदू परिषद बोलती है कि मोनू मानेसर का बजरंग दल से कोई संबंध नहीं है क्योंकि वहां बीजेपी की सरकार है। लेकिन जब उसे गिरफ्तार कर राजस्थान भेजा जाता है तो वो बजरंग दल का कार्यकर्ता हो जाता है क्योंकि तब वहां कांग्रेस की सरकार थी। हरियाणा पुलिस ही उसे गिरफ्तार करके राजस्थान पुलिस को सौंपती है लेकिन ये लोग हरियाणा सरकार को नहीं कोसते।

विहिप हिंदू परिषद एक गैर राजनीतिक संगठन बनी थी लेकिन इनका काम बीजेपी के माहौल बनाना और वोट मांगना है। विहिप के पदाधिकारी भाजपा का हर जगह बचाव करते देखे जाते है। अगर ये कोई हिंदू संगठन होते तो आम हिंदू के लिए खडा होते लेकिन ये अपने कार्यकर्तायों के साथ भी नहीं खडे होते। जहाँ बीजेपी को कोई लाभ हो सके, वहाँ ये बयान देने से भी नहीं चूकते।ये हिंदुओ के बीच अपनी पैठ बनाने के लिए जहां किसी हिंदू की मुसलमान हत्या कर दे, वहां बजरंग दल के जरिए उसके पक्ष नारेबाजी जरूर करवाते है। जहां इनका मकसद उस हिंदू परिवार को न्याय नहीं बल्कि इनका अपना पब्लिसिटी होता है। दूसरा इनका काम शोभा यात्रा निकालकर नारेबाजी कराना है। अगर कही हमला हो जाए और उस राज्य में बीजेपी की सरकार है तो मुसलमान दोषी है। वहीं, यदि किसी अन्य राजनीतिक पार्टी की सरकार है, तो इसके लिए उस सरकार को जिम्मेदार ठहराया जाता है। कही कोई हिंदू मारा जाए तो दूसरे पार्टी के नेताओं से तो जरूर पूछते है कि वो क्यों उस घटना पर चुप है लेकिन बीजेपी के नेताओ से कभी ये सवाल नहीं करते। वर्ष 2014 में केंद्र में बीजेपी की सरकार आने

के बाद हिंदुओ के ऊपर बेतहाशा हिंदुओ के ऊपर हमले में वृद्धि हुई लेकिन अब इनके प्रवक्ता टीवी पर बीजेपी का पक्ष रखते है। कही कोई मामला काफी उछल जाए तो वहां बयानबाजी करके काम चला लेते है। ये किसी भी हिंदू का आर्थिक या कानूनी किसी भी तरह से मदद नहीं करते।

संघ के लोगों का मानना है कि अगर कही भी कुछ हो रहा है तो वहां प्रत्यक्ष या अप्रत्यक्ष तौर पर संघ की भूमिका है। ये लोग कही ना कही संघ को भगवान मानते है। जैसे भगवान हर जगह विराजमान है, वैसे संघ के बारे में भी मानते है।

शंकराचार्य पीठ पर प्रहार

संघ का लक्ष्य सभी धार्मिक संस्थान है। ये अखाडों के बाद शंकराचार्य की पीठ पर भी अपना अधिकार जमाना चाहता है। जिसका परिणाम रहा कि वासुदेवानंद को ज्योतिषपीठ बद्रीकाश्रम मठ के फर्जी शंकराचार्य बनाएं। विश्व हिंदू परिषद की इसमें बडी भूमिका रही। इनके दावे को लेकर मामला कोर्ट में भी चला। निचली अदालत ने वासुदेवानंद को आदेश दिया कि वो शंकराचार्य के रूप में न खुद को प्रस्तुत करेंगे और चँवर एवं छत्र का प्रयोग नहीं करेंगे। इस फैंसले को वासुदेवानंद ने इलाहाबाद हाई कोर्ट में चुनौती दी। 22 सितंबर, 2016 को कोर्ट ने इनकी अर्जी खारिज कर दी।

इसके पश्चात, वासुदेवानंद ने सुप्रीम कोर्ट में हाईकोर्ट के फैसले को चुनौती दी। हालांकि, सुप्रीम कोर्ट ने भी हाईकोर्ट के निर्णय को सही माना और वासुदेवानंद की याचिका खारिज कर दी।

शंकराचार्य बनने के लिए पहला तो दांडी स्वामी होना चाहिए। वासुदेवानंद दांडी स्वामी नहीं है। दूसरा, गुरु शिष्य परंपरा से होना चाहिए, जो वर्तमान शंकराचार्य अपने किसी शिष्य को बनाते है। वासुदेवानंद गुरु-शिष्य परंपरा से भी नहीं है। तीसरा, वेतन भोगी नहीं होना चाहिए जबकि ये सरकारी शिक्षक रहे और पेंशन ले रहे।

वासुदेवानंद को इन्होंने राम मंदिर ट्रस्ट का सदस्य नियुक्त किया गया ह। जिन्होंने राम मंदिर के कलयुगी प्राण प्रतिष्ठा को सही ठहराया। ज्योतिष्पीठ

बद्रीकाश्रम मठ के वर्तमान शंकराचार्य अविमुक्तेश्वरानंद सरस्वती के अधूरे राम मंदिर में प्राण प्रतिष्ठा का विरोध का जवाब देते हुए कहा कि अविमुक्तेश्वरानंद सरस्वती किसी भी सूरत में ज्योतिष्पीठ का शंकराचार्य नहीं है और ना ही यह ब्राह्मण है तो इनको संन्यास का कोई अधिकार नहीं है।

विश्व हिंदू परिषद ने खुद तो कई शंकराचार्य तो बनाए ही साथ में कांग्रेस के द्वारा बनाए गए, पूरी के फर्जी शंकराचार्य अधोक्षजानंद सरस्वती को बीजेपी और आरएसएस के लोगों के द्वारा दौरा कराया जाने लगा। बीजेपी ने उनको सुरक्षा देकर भ्रमण कराने लगी और इनके कई कार्यक्रमों में बुलाए जाने लगे। कई बीजेपी के नेताओं ने उनसे आशीर्वाद लेकर फोटो साझा किया।

आप ऊपर दिए गए तस्वीरों में देख सकते है कि अधोक्षजानंद हुर्रियत जैसे अलगाववादी संगठन के नेता मीरवाइज उमर और आजम खान जैसे लोगों के साथ मुशायरा कार्यक्रम में शामिल होते है। जिनसे उत्तर प्रदेश के दो उप मुख्यमंत्री केशव प्रसाद मौर्य और ब्रजेश पाठक आशीर्वाद लेते है। असम के पूर्व मुख्यमंत्री और वर्तमान केंद्रीय मंत्री सर्बानंद सोनोवाल जाकर आशीर्वाद लेते है। एक कार्यक्रम में जम्मू कश्मीर के राज्यपाल और बीजेपी नेता मनोज सिन्हा के साथ शामिल होते है। त्रिपुरा के पूर्व मुख्यमंत्री और बीजेपी नेता विप्लव देव मिलते है। सबसे बडी बात है कि ये लोग उन्हें पूरी के शंकराचार्य बताते है। बीजेपी के लोग पूरी के असली शंकराचार्य निश्चलानंद सरस्वती जी से भी मिलते है।

मुख्य बात यह है कि अधोक्षजानंद सरस्वती ने 1 मई, 2014 को ऐलान किया था कि वो नरेंद्र मोदी के संसदीय क्षेत्र वाराणसी में अपराधी मोदी का पर्दाफाश करेंगे। बीजेपी में कोई भी मोदी के इच्छा के खिलाफ नहीं जा सकता। हालांकि, अधोकक्षानंद सरस्वती मोदी के प्रधानमंत्री बनने के बाद उनके प्रशंसकों में से एक बन गए।

दरअसल, जहां हिंदू आस्था के ऊपर प्रहार हो, वहां संघ के लोग खुद के सम्मान को अनदेखा कर देते है। इन्हें किसी भी तरह से शंकराचार्य की

परंपरा को खत्म कर अपना एजेंडा चलाना है। संघी के बारे में कहा जाता है कि एक बार का संघी हमेशा के लिए संघी होता है।

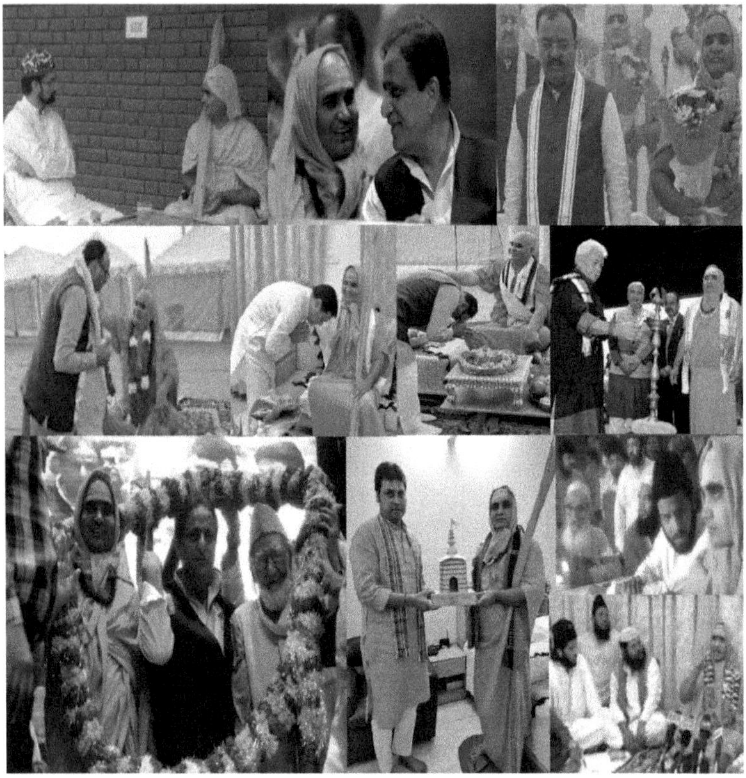

आरएसएस तो बीजेपी का ही मातृ संगठन है। ज्यादातर बीजेपी में उच्च पदों पर बैठे लोग संघ से ही जुडे रहे है।

विहिप का हिंदू धर्म से प्रयोग

विहिप, जो हिंदू पौराणिक हिंदू परंपरा को नहीं मानता और ना ही धर्म ग्रंथों में विश्वास करता है। उसने दलित पुजारियों को तैयार करने वाले दो विभाग बना रखे है। अर्चक पुरोहित विभाग और सामाजिक समानता विभाग मिलकर इस पूरे अभियान को चलाते है। धर्म-कर्म में रुचि रखने वाले दलितों को पूरे विधि-विधान से पूजा-अर्चना करने की विधि सिखाई

जाती है, फिर उन्हें सर्टिफिकेट भी मिलता है।

विहिप प्रवक्ता विनोद बंसल के मुताबिक, दक्षिण भारत के दलित पुजारियों को आंध्र प्रदेश में स्थित तिरुपति बालाजी मंदिर की ओर से सर्टिफिकेट मिला है। यह सर्टिफिकेट धार्मिक कार्यों को सफलतापूर्वक सीखने के बाद उन्हें मिला है।

विश्व हिंदू परिषद के राष्ट्रीय प्रवक्ता विनोद बंसल ने 21 अगस्त 2021 को कहा, "दक्षिण भारत में इस अभियान को बड़ी सफलता मिली है। यहां के राज्यों में दलित पुजारियों की संख्या ज्यादा है। सिर्फ तमिलनाडु में ही ढाई हजार दलित पुजारी विहिप की कोशिशों से तैयार हुए हैं। आंध्र प्रदेश के मंदिरों में भी दलित पुजारियों की अच्छी-खासी संख्या है। पूरे देश में 5 हजार से ज्यादा दलित पुजारियों को विहिप ने तैयार किया है। यह संगठन की बड़ी सफलता है।"

नवंबर 1989 को राम मंदिर का शिलान्यास भी विहिप ने दलित कामेश्वर चौपाल के हाथों कराया। राम मंदिर निर्माण के लिए बने ट्रस्ट में भी कामेश्वर चौपाल को शामिल किया गया। सबसे बडी बात रही कि जितना ये लोग हिंदू धर्म के साथ नए नए प्रयोग करते गए, दलित समाज का बडा हिस्सा उतना ही तेजी से हिंदू धर्म से कटता गया। लेकिन ये इनका प्रयोग हिंदू धर्म के मूल सिद्धांत, परंपरा और धार्मिक आस्थाओं को कमजोर करने के लिए है। विहिप का गठन भी इसी उद्देश्य को लेकर किया गया था।विहिप के अनुसार, सिख, बौद्ध, और जैन धर्म हिंदू धर्म की ही शाखाएं हैं, या कम से कम हिंदू संस्कृति का अभिन्न अंग हैं।अगर कोई हिंदू सिख, बौद्ध, या जैन धर्म अपनाता है, तो विहिप इसे धर्मांतरण नहीं मानता, क्योंकि ये धर्म उनके लिए हिंदुत्व के दायरे में आते हैं। ये लोग आसान भाषा में एक घर से दूसरे घर में जाना बोलते है।

वर्ष 1990 में संघ ने नवबौद्धों को आरक्षण-सुविधा देने के लिए प्रस्ताव पारित किया। इसके पीछे तर्क था कि अनुसूचित जातियों द्वारा ईसाई या मुस्लिम मत अपनाना बौद्धमत अपनाने के समकक्ष नहीं माना जा सकता

क्योंकि भगवान बुद्ध और उनके द्वारा स्थापित मूल्य हमारे राष्ट्रीय सांस्कृतिक एवं आध्यात्मिक प्रवाह के अभिन्न अंग हैं।

संघ की तरफ से कहा गया कि अखिल भारतीय प्रतिनिधि सभा यह स्मरण करा देना चाहती है कि संविधान के रचयिताओं ने ये सुविधाएं केवल हिन्दु समाज में व्याप्त जातिगत असमानता एवं भेदभाव को दूर करने के लिए ही स्वीकार की थीं।

वर्ष 1990 में ही भाजपा के समर्थन से चल रही, वीपी सिंह की सरकार ने नवबौद्धों को आरक्षण का लाभ देना शुरू किया।

अब सवाल है कि बौद्ध धर्म में असमानता और भेदभाव को नकारा जाता है तो फिर किस आधार पर दिया गया।

इस आरक्षण का प्रभाव रहा कि भारी संख्या में हिंदू से बौद्ध बनने लगे। आज देवी-देवताओ का सर्वाधिक अपमान भी वही लोग करते है लेकिन संघ को इससे कोई समस्या नहीं।

ये हिंदू धर्म को कमजोर करने का इनका प्रयोग था, जिसमें ये लोग सफल रहे।

आरएसएस का दुष्प्रचार

आरएसएस ने अपने सदस्यों के माध्यम से हिंदुओ के बीच इस बात का खूब प्रचारित कराया कि आप आज हिंदू हो तो संघ की वजह से हो। अगर आरएसएस ना होता तो आपके माथे पर चंदन की जगह गोल टोपी (मुस्लिम टोपी) और आपका नाम अमित के बजाय अनवर होता।

जब संघ के इतिहास और वर्तमान को देखे तो ये स्वतंत्रता संग्राम में शामिल नहीं हुए। कोई लडाई नहीं लडी। किसी हिंदू को मदद नहीं की। कोई हिंदू फंसे तो उसको कोई आर्थिक या कानूनी मदद नहीं की। डायरेक्ट एक्शन 1946 हिंदुओ के विरुद्ध हुआ। संघ से जुडी बीजेपी केंद्र में वीपी सिंह सरकार में भागीदार रही लेकिन कश्मीरी हिंदुओ का वर्ष 1990 में नरसंहार हुआ। संघ उनके मदद या बचाव के लिए सामने नहीं आया।

संघ हिंदुओ के जाति छोडने और एकजुट रहने की अपील करता रहा है। लेकिन जब इनको सत्ता मिली इन्होंने सरकार के जरिए जातिवाद को बढावा देने का काम किया। 1 जनवरी 1979 को मोरारजी देसाई ने मंडल कमीशन का गठन किया था। जिनकी सरकार में जनसंघ की भागीदारी रही। वर्ष 1989 में बीजेपी समर्थित वीपी सिंह की सरकार ने एससी-एसटी एक्ट बनाया। उसी सरकार 31 मार्च 1990 को हिंदुओ के विरुद्ध विचार रखने वाले भीमराव अंबेडकर को मरणोपरांत भारत रत्न से सम्मानित किया। वर्ष 2015 में संघ प्रचारक रहे नरेंद्र मोदी की सरकार ने एससी-एसटी एक्ट को मजबूत किया। वर्ष 2018 में एससी-एसटी एक्ट के खिलाफ सुप्रीम कोर्ट के फैसले को पलट दिया। अगस्त 2018 में पिछडा वर्ग आयोग को संवैधनिक दर्जा दिया। वर्ष 2019 में मोदी सरकार ने आईआईटी और आईआईएम को कहा कि वो शिक्षण सदस्यों (फैकल्टी) की नियुक्ति में कोटा नीति को अपनाने को कहा। साल 2020-21 सत्र से नवोदय विद्यालय में पिछडे वर्ग के लिए आरक्षण लागू किया गया। साल 2021-22 में से सैनिक स्कूलों में ओबीसी आरक्षण लागू किया।

वर्ष 2021 में मोदी सरकार ने नीट परीक्षा में पिछड़ेवर्ग और आर्थिक रूप से कमजोर वर्गों के लिए आरक्षण का प्रावधान किया। हर तरह से समाज में विभाजन की हर संभव कोशिश की गई।नरेंद्र मोदी ने संसद समेत विभिन्न मंचों पर यह कहना शुरू कर दिया कि जवाहर लाल नेहरू से लेकर राजीव गांधी तक आरक्षण के विरोधी रहे। 7 फरवरी 2024 को संसद में मोदी ने नेहरू को कोसते हुए कहा, "उन्होंने कहा था कि मैं किसी तरह के आरक्षण को पसंद नहीं करता।"

बीआर अंबडेकर के वर्ष 2025 में जयंती के मौके पर दिल्ली भाजपा सरकार ने विद्यालयों में 15 दिवसीय कार्यक्रम करने की घोषणा की। मुख्यमंत्री रेखा गुप्ता ने कहा कि नई पीढी को अंबेडकर के आदर्शों के बारे में समझाने के लिए कई पहल की जाएंगी।

डॉ. अंबेडकर के सम्मान में वॉकथॉन को हरी झंडी दिखाते हुए गुप्ता ने कहा, "दिल्ली अब अंबेडकर जयंती को सिर्फ़ एक दिन के उत्सव के रूप में नहीं बल्कि 15 दिनों के कार्यक्रम के रूप में मनाएगी। स्कूलों में बाबा साहेब अंबेडकर के जीवन और आदर्शों पर विशेष सभा सत्र आयोजित किए जाएंगे। छात्रों को शिक्षित करने और प्रेरित करने के लिए कार्यक्रम आयोजित किए जाएंगे और शैक्षणिक संस्थानों में सामाजिक समावेश, न्याय और समानता को बढ़ावा देने के लिए जागरूकता अभियान चलाए जाएंगे।"

उन्होंने बताया कि डॉ. अंबेडकर के जीवन से जुड़ी शिक्षाओं को पाठ्यक्रम में शामिल किया जाएगा और स्कूल सभाओं के दौरान छात्र उन्हें पुष्पांजलि अर्पित करेंगे।

14 अप्रैल, 2025 को अंबेडकर जयंती के मौके पर राजस्थान की भाजपा सरकार ने 'डॉ.अंबडेकर पंचतीर्थ यात्रा योजना' की औपचारिक शुरुआत की। इसके तहत दलित समाज के लोगों को सरकारी खर्चे पर भारत सहित लंदन की यात्रा कराए जाएंगे।

संघ और अंबेडकर

भीमराव अंबेडकर के चुनाव हारने को लेकर इनका मुद्दा रहा है कि कांग्रेस ने बाबा साहेब को चुनाव हरवा दिया। इन्होंने सत्ता में आने के बाद उनका पंच तीर्थ का निर्माण किया गया। तीर्थ तो उसी का बनता है, जो भगवान हो। जिसका परिणाम रहा कि बहुत बडा धडा उन्हें भगवान मानने लगा। साल 2016 में उनके जन्मदिन पर राष्ट्रीय अवकाश घोषित किया गय। जिसकी शुरुआत 1990-91 से कई राज्यों में अनौपचारिक रूप से शुरू हो चुकी थी।

भीमराव आंबेडकर के चुनाव हारने के संबंध में उनके विचार हैं। इससे करपात्री जी महाराज के जो संघ को लेकर विचार रहे कि ये सत्ता तो भोगना चाहते है लेकिन इनका लोकतंत्र में कोई भरोसा नहीं है, वो सही साबित होता है।

देश को स्वतंत्रता मिलने के बाद जब जवाहरलाल नेहरू की अगुआई में पहली अंतरिम सरकार बनी थी तो आंबेडकर इसमें कानून मंत्री थे। आंबेडकर अनुसूचित जातियों को लेकर कांग्रेस की नीतियों से खुश नहीं थे। हिंदू कोड बिल पर कांग्रेस से मतभेद के चलते 27 सितंबर, 1951 को उन्होंने अंतरिम सरकार से त्यागपत्र दे दिया था। इसके बाद आंबेडकर अनुसूचित जातियों को संगठित करने में जुट गए। उन्होंने शेड्यूल्ड कास्ट्स फेडरेशन नामक संगठन बनाया था. उनके इस्तीफे के लगभग एक साल बाद देश में पहले आम चुनाव हुए. आंबेडकर ने भी इसमें भाग लेने का फैसला किया। लेकिन इस चुनाव में सबसे हैरानी वाला परिणाम डॉ. भीमराव आंबेडकर की हार रही थी। उनकी पहचान देश भर में अनुसूचित जातियों के कद्दावर नेता के तौर पर थी। बंबई में उनके निर्वाचन क्षेत्र में कांग्रेस ने तब आंबेडकर के सामने उनके पीए नारायण एस काजरोलकर को खड़ा किया था। वह भी बैकवर्ड क्लास से थे। इसके अलावा कम्युनिस्ट पार्टी और हिंदू महासभा से भी एक-एक प्रत्याशी था। नारायण काजरोलकर दूध का कारोबार करने वाले एक नौसिखिए नेता थे। लेकिन नेहरू की लहर इतनी तगड़ी थी कि नारायण काजरोलकर 15 हजार वोटों से जीते थे। आंबेडकर चौथे स्थान पर रहे थे।

लेकिन आंबेडकर की हार का सिलसिला यहीं नहीं थमा। 1954 में बंडारा लोकसभा सीट के लिए हुए उपचुनाव में आंबेडकर ने एक बार फिर भाग्य आजमाया। लेकिन इस बार भी कांग्रेस के उम्मीदवार ने आंबेडकर को हराकर उनका सपना तोड़ दिया. इस बार वह महज 8 हजार वोटों से हार गए। आंबेडकर अपनी हार से बेहद निराश हुए थे। कांग्रेस का कहना था कि आंबेडकर सोशलिस्ट पार्टी के साथ थे इसलिए उसके पास उनका विरोध करने के अलावा कोई और विकल्प नहीं था। फिर यह लोकतंत्र की आवश्यकताओं का भी हिस्सा था।बीजेपी के लोग कांग्रेस को इस बात को लेकर घेरते है कि नेहरू ने बाबा साहेब के खिलाफ प्रचार किया था। इससे ये साबित होता है कि ये लोग लोकतंत्र और संबिधान को नहीं मानते, जो सबको चुनाव लडने और अपनी पार्टी के प्रचार प्रसार को अनुमति देता है।

हारने-जीतने की बात रही तो वो जनता तय करती है। नेहरू ने वही किया, जो किसी भी पार्टी का नेता अपनी पार्टी के लिए करेगा।

अम्बेडकर के प्रति उनका प्रेम कोई नई बात नहीं है। यह एक निरंतर प्रक्रिया है, जो तब से चल रही है जब से उन्हें शक्ति प्राप्त हुई। हर बार जब उन्होंने सत्ता पाई, तब उन्होंने इस प्रेम को स्पष्ट रूप से दिखाया।आरएसएस के अभिलेखागार में दर्ज है कि अंबेडकर की आरएसएस के साथ पहली औपचारिक बातचीत 1935 में हुई थी। उन्होंने पुणे में महाराष्ट्र के लिए पहले आरएसएस प्रशिक्षण शिविर का दौरा किया था। वह किसी काम से पुणे के पास दापोली गए थे, जहाँ उन्होंने आरएसएस की शाखा का दौरा किया था।

वर्ष 1939 में अंबेडकर को पुणे में आरएसएस के प्रशिक्षण शिविर में औपचारिक रूप से आमंत्रित किया गया, जहाँ उनकी मुलाकात आरएसएस के संस्थापक डॉ केबी हेडगेवार से हुई।

शिविर में 500 से अधिक आरएसएस के स्वयंसेवक वर्दी में उपस्थित थे। अंबेडकर इस बात से काफ़ी प्रभावित हुए कि वहां जाति के आधार पर कोई भेदभाव नहीं था। यह घटना केवल आरएसएस के अभिलेखागार में दर्ज है, बल्कि कई आरएसएस नेताओं ने अंबेडकर की इस यात्रा को बार-बार याद करके अंबेडकर की विरासत और आरएसएस की विचारधारा के बीच संबंध को स्पष्ट किया गया है।सितंबर 1949 में आरएसएस के दूसरे सरसंघचालक एमएस गोलवलकर अंबेडकर से दिल्ली में मुलाकात की और आरएसएस पर लगे प्रतिबंध को हटाने में उनकी मदद के लिए आभार व्यक्त किया। 30 जनवरी 1948 को दिल्ली में महात्मा गांधी की हत्या के बाद तत्कालीन कांग्रेस सरकार ने आरएसएस पर प्रतिबंध लगा दिया था।

1952 में, पहले आम चुनाव के दौरान, अंबेडकर के अनुसूचित जाति महासंघ और भारतीय जनसंघ ने चुनाव-पूर्व गठबंधन बनाया और मध्य प्रदेश में संयुक्त रूप से चुनाव लड़ा। एक युवा आरएसएस प्रचारक के रूप में दत्तोपंत ठेंगड़ी अंबेडकर के इतने प्रिय थे कि जब अंबेडकर अनुसूचित

जाति महासंघ के अध्यक्ष थे, तब उन्हें इसका सचिव नियुक्त किया गया था। वह भंडारा निर्वाचन क्षेत्र के लिए उपचुनाव के दौरान अंबेडकर के चुनाव एजेंट भी थे।

ठेंगड़ी ने अपनी पुस्तक 'डॉ. अंबेडकर और सामाजिक क्रांति की यात्रा' में उल्लेख करते है, "गुरुजी (दूसरे आरएसएस प्रमुख एमएस गोलवलकर) के निर्देश पर आरएसएस कार्यकर्ताओं ने बाबासाहेब (अंबेडकर) के लिए दिन-रात काम किया हालांकि बाबासाहेब यह चुनाव हार गए लेकिन जब उन्होंने चुनाव परिणामों का विश्लेषण किया तो उन्हें एहसास हुआ कि उन्हें मिले वोट अनुसूचित जातियों के कुल मतों से कहीं अधिक थे। बड़ी संख्या में उच्च वर्ग के मतदाताओं ने भी उन्हें समर्थन दिया था। वे इस नतीजे से काफी संतुष्ट थे।"

अंबेडकर तो यहां तक चाहते थे कि ठेंगडी महाराष्ट्र में भंडारा सीट के लिए होने वाले उपचुनाव में भी चुनाव लड़ें।

जून 1953 में, आरएसएस के वरिष्ठ पदाधिकारी मोरोपंत पिंगले और बालासाहेब साठे ने महाराष्ट्र के औरंगाबाद में अंबेडकर से मुलाकात की, जहां अंबेडकर ने आरएसएस की गतिविधियों के बारे में विस्तृत जानकारी मांगी।

अंबेडकर ने आरएसएस पदाधिकारियों से कहा कि अगर वे वाकई हिंदू समाज को एकजुट करना चाहते हैं तो उन्हें संगठन के विस्तार में तेजी लानी चाहिए। उन्होंने कहा कि पिछड़े लोग ज्यादा देर तक इंतजार नहीं कर सकते, इसलिए आरएसएस को जल्दी करना चाहिए।

अंबेडकर ने बाद में ठेंगड़ी से कहा, "जब तक पिछड़े वर्गों को सही दिशा और आज़ादी नहीं मिलती, उनकी स्थिति के कारण उनमें ऐसा गुस्सा पैदा होगा कि वे साम्यवाद के लिए महज साधन बनकर रह जाएंगे।"युवा आरएसएस प्रचारक दत्तोपंत ठेंगड़ी और अनुसूचित जाति महासंघ के बीच घनिष्ठ संबंध होने के तथ्य पर 13 नवंबर, 2019 के ऑर्गनाइजर लेख में अच्छी तरह से संबोधित किया गया है: "एक बार बाबासाहेब डॉ. भीमराव

अंबेडकर के अनुसूचित जाति महासंघ से जुड़े कुछ दलित नेताओं के एक समूह ने उनसे पूछा कि उन्होंने एक ब्राह्मण, दत्तोपंत ठेंगड़ी को महासंघ का महासचिव क्यों नियुक्त किया है। यह सुनकर बाबा साहेब ने कहा: 'जिस दिन तुममें से कोई ठेंगड़ी से बड़ा दलित बन जाएगा, मैं तुम्हें महासंघ का महासचिव बना दूंगा।' ये शब्द दत्तोपंत ठेंगड़ी के प्रति उनके विश्वास को दर्शाते हैं, जिन्होंने उनके साथ विशेष रूप से 1952 से 1956 तक मिलकर काम किया था।"

दत्तोपंत ठेंगडी ने लिखा, "पूज्य बाबासाहब पूर्णत: राष्ट्रभक्त, मानवतावादी, धर्मप्राण और सात्विक वृत्ति के महापुरुष थे। संकुचितता का उनके विशाल हृदय में कोई स्थान नहीं था और जब कभी उन्हें परिस्थिति के दबाव में वैसी भूमिका लेनी पडती, वे अत्यंत दुखी होते थे।" (31 मार्च, 1991 को पांचजन्य में छपा लेख)।

दत्तोपंत ठेंगडी ने 'डॉ.अम्बेडकर और सामाजिक क्रान्ति की यात्रा' पुस्तक में अनुक्रमणिका-19 का शीर्षक – भिमाय तस्मै नमः (भ़ीमाष्टकम्) लिखते है।

वर्ष 1947 संविधान सभा में, डॉ. भीमराव आंबेडकर ने सुझाव दिया था कि पुजारियों की नियुक्ति के लिए एक परीक्षा का आयोजन किया जाए। उनका मानना था कि जाति के आधार पर नहीं, बल्कि योग्यता के आधार पर पुजारियों का चयन होना चाहिए।

अंबेडकर के विचारों को ध्यान में रखते हुए भाजपा संघ ने राम मंदिर में लागू करते हुए, पुजारियों के चयन के लिए एक अधिसूचना जारी की गई। इस प्रक्रिया में लगभग 3000 से अधिक आवेदन प्राप्त हुए। आवेदकों में से योग्य उम्मीदवारों को एक प्रवेश परीक्षा देनी पड़ी। इस परीक्षा में 3000 से अधिक आवेदकों में से लगभग 200-225 अभ्यर्थियों को शॉर्टलिस्ट किया गया।

शॉर्टलिस्ट किए गए उम्मीदवारों का तीन चरणों में साक्षात्कार हुआ। इसमें वेद-शास्त्र से संबंधित कठिन प्रश्न पूछे गए, जैसे हनुमान जी का वैदिक ध्यान मंत्र, सीता ध्यान मंत्र, और श्री राम की पूजा विधि से जुड़े सवाल।

साक्षात्कार का आयोजन विश्व हिंदू परिषद के मुख्यालय कारसेवक पुरम, अयोध्या में हुआ, जिसकी अध्यक्षता एक तीन सदस्यीय पैनल ने की।

अंतिम चयनः साक्षात्कार के बाद 24 पुजारियों को प्रशिक्षण के लिए चयन किया गया। चयनित पुजारियों को रामानंदी परंपरा के अनुसार 3 से 6 महीने का कठिन प्रशिक्षण दिया गया।

चयनित 24 पुजारियों में 2 अनुसूचित जाति और 1 अन्य पिछड़ा वर्ग से थे, ट्रस्ट ने स्पष्ट किया कि चयन केवल योग्यता के आधार पर हुआ, न कि जाति के आधार पर।

भीमराव अंबेडकर भगवान राम के आलोचक रहे लेकिन अयोध्या में बीजेपी ने बाबा साहब भीमराव क्रिकेट स्टेडियम बनवाने का निर्णय लिया।आज जो भीमराव अंबेडकर की पूजा अर्चना हो रही है, इसकी शुरुआत संघ ने ही किया था।

14 अप्रैल, 2025 को कानपुर में सर संघचालक मोहन भागवत ने कहा, "यह हमारा सौभाग्य है कि आज बाबा साहब की जयंती पर हम केशव भवन का उद्घाटन कर रहे हैं। जब डॉ आंबेडकर एक बार महाराष्ट्र के कराड में संघ की शाखा में शामिल हुए थे, तो उन्होंने कहा था- कुछ मामलों पर मतभेद हो सकते हैं, लेकिन मुझे यहां अपनापन महसूस होता है।"

भागवत ने कहा, "बाबासाहब को अपने जीवन में गंभीर कठिनाइयों का सामना करना पड़ा। बचपन से ही उन्हें भेदभाव और असमानता का सामना करना पड़ा। फिर भी, उन्होंने अपने पूरे जीवन में हिंदू समाज को एकजुट करने का प्रयास किया। सामाजिक एकता और प्रगति के प्रति उनकी प्रतिबद्धता सभी के लिए प्रेरणा है।"

सरसंघचालक ने कहा, "बाबा साहब आंबेडकर और हेडगेवार दोनों ने जीवन भर हिंदू समाज के लिए काम किया। उन्होंने एक मजबूत और विकसित भारत का सपना देखा।"

भागवत ने आगे कहा, "भारत एक धर्म प्राण देश है। बाबा साहब इस धर्म तत्व के असली पुरस्कर्ता थे। उनका काम क्या था? समाज से जड-मूल

से विसमता को उखाड देना। संघ अगर एक स्टार्टर है तो बाबा साहब का काम भी एक स्टार्टर था। संघ को आप चाभी घुमाने वाला स्टार्टर कह सकते है। बाबा साहब का किक वाला स्टार्टर था क्योंकी हिंदू समाज सुन नहीं रहा था।"

मोहन भागवत जिस अंबडेकर को हिंदू समाज के लिए एक करने वाला बता दिया। उन्होंने 1956 में 22 प्रतिज्ञा लेकर हिंदू धर्म को त्याग कर बौद्ध धर्म अपना लिया था। भगवान राम और कृष्ण के ऊपर सवाल उठाए। मनुस्मृति जलाई और हिंदू धर्म के आलोचक रहे।

क्या मोहन भागवत ये सब नहीं जानते? मैं ये पाठकों के ऊपर छोड देता हूँ कि क्या किसी हिंदू संगठन का मुखिया इस तरह की बातें कर सकता है?

संघ और फुले

दत्तोपंत ठेंगडी ने अपनी किताब 'तीसरा रास्ता' ने ज्योतिबा फुले की प्रसंशा की है। इस किताब में, उन्होंने ज्योतिबा फुले को एक समाज सुधारक के रूप में उजागर किया है, जिसने जाति व्यवस्था के खिलाफ, शिक्षा के अधिकार और महिला सशक्तिकरण के लिए काम किया। ठेंगडी ने फुले के विचारों और कार्यों की सराहना करते हुए उन्हें एक ऐसे व्यक्ति के रूप में चित्रित किया जो भारतीय समाज में समानता और न्याय के लिए संघर्ष कर रहा था।

24 मार्च, 2025 को महाराष्ट्र विधानसभा ने ज्योतिबा फुले और सवित्रीबाई फुले को भारत रत्न से सम्मानित करने का प्रस्ताव सर्वसम्मति से पारित किया। संघी मुख्यमंत्री देवेंद्र फडनवीस ने उनके योगदान को 'राज्यमान्यता' देने की आवश्यकता पर जोर देते हुए आज की पीढी के लिए प्रेरणा बताया।

आज बीजेपी के सत्ता मिलने के बाद संघ अपने पुराने एजेंडा को लागू कर रहा है। इनका हिंदुत्व सिर्फ सत्ता प्राप्ति का जरिया है, जिसमें हिंदू धर्म को कोई स्थान नहीं है।

संघ का समाज में दखल की रणनीति दत्तोपंत ठेंगडी ने ही भारतीय मजदूर संघ, भारतीय किसान संघ, स्वदेशी जागरण मंच, सामाजिक समरसता मंच, सर्व पंथ समादर मंच, पर्यावरण मंच की स्थापना की। इसके अतिरिक्त, अखिल भारतीय विधार्थी परिषद, अखिल भारतीय ग्राहक पंचायत और भारतीय विचार केंद्र के सह संस्थापक रहे।

ये सब संघ के उस रणनीति का हिस्सा था, जिसके तहत ये हर जगह अपना दखल चाहते है। राजनीति, धर्म और बाकी अलग अलग क्षेत्र में अपने कब्जे को लेकर ये सब किया गया।

सबसे महत्वपूर्ण बात रही कि संघ के लोगों के द्वारा चलाई जा रही मोदी सरकार ने हिंदुओ के हित में कोई काम तो नहीं किया लेकिन हिंदुओ को विभाजित और कमजोर करने के लिए कई प्रयासकिए। हजारों मंदिरों को तुडवाया। संघी सत्ता में रहकर देश और हिंदू धर्म का कितना नुकसान कर सकते है, इसका उल्लेख विशाल सिंह द्वारा लिखित 'नरेंद्र मोदी का धोखा और सच' पुस्तक में मिलता है।

अब सवाल यह उठता है कि जो संगठन हिंदू को भौगोलिक मानता है, जिसका धर्म से कोई संबंध नहीं है। इनके हिंदुत्व की विचारधारा राजनीतिक है। हिंदू धर्ग को बिना किसी शास्त्र के प्राचीन परंपरा को आधुनिक युग के अनुसार ढालने का प्रयास कर रहे हैं। हिंदू धर्म और देवी-देवताओं के अपमान करने वालों को अपना आदर्श बनाते है और उसे आगे भी बढाते है। ये काम कोई भी हिंदू संगठन तो नहीं कर सकता।

संघ और हिंदू

यदि हिंदू की ही बात करें तो आरएसएस के पहले सरसंचालक हेगडेवार ने मुस्लिम और ईसाई को हिंदू नहीं माना, जो सावरकर की विचार थी। संघ के दूसरे सरसंचालक गोलवलकर ने भारत में जन्मे सभी को लगभग शामिल करते हुए, यहां तक बोल दिया कि कोई भी खुद को भारत के मातृभूमि और संस्कृति से जोडता है, वो सभी हिंदू कहलाते हैं।गोलवलकर के बाद के सरसंचालको ने इसी सिद्धांत को आगे बढाया। मोहन भागवत के

सरसंचालक बनने के बाद संघ की छुपी हुई चीजे खुलकर लोगों के सामने आना शुरू हुई। भागवत ने स्पष्ट कर दिया कि भारत में रहने वाले सभी हिंदू है और सबके पूर्वज एक है।

आरएसएस के विचारक राकेश सिन्हा ने कहा, "हिंदू अस्तित्व की पहचान है कि आप अपनी आस्था से, जन्म से, मन से हिंदू है। लेकिन अपनी पहचान के प्रति सजग होना और उसके प्रति चेतना का विकास होना हिंदुत्व है।" अर्थात पहचान से हिंदू होने का तात्पर्य है कि क्षमाभाव, प्रेम भाव और आचरण की शुद्धता होना, अहिंसा के रास्ते पर चलना और विविधता को महत्व देना।

हिंदू शब्द भाववाचक है। इसे हम संज्ञा नहीं मानते है। जब हम कहते है कि हिंदू तो उसका मतलब होता है विविधता को महत्व देना। ये विविधता कृत्रिम नहीं है, ये हिंदू के अंतरमन में बैठी हुई है। विविधता के बिना हिंदू शब्द की कल्पना करना अर्थहीन है। हिंदू होने का मतलब इन सभी विशेषताओ के प्रति सजग होना, इनका क्षरण ना होने देना हिंदुत्व है।

हिंदुत्व का एक अन्य पहलू यह है कि हिंदू विशेषताओं, हिंदू के अपने अस्तित्व के प्रति भीतरी और बाहरी चुनौतियों से लडना है। जैसे जातिवाद या छुआछूत की समस्या भीतरी चुनौती है। हिंदुत्व की कोई स्थिर परिभाषा नहीं है। समय, परिस्थिति और चुनौतियों के हिसाब से हिंदुत्व का स्वरूप बदलता राहत है।

12 अक्टूबर, 2024 को संघ की पत्रिका 'पांचजन्य' में आरएसएस को लेकर लेख प्रकाशित हुआ है। इसके अनुसार, "संघ में हिन्दू शब्द का प्रयोग उपासना, पंथ, मजहब या रिलिजन के नाते नहीं होता है। इसलिए संघ एक धार्मिक या रिलिजियस संगठन नहीं है। हिंदू की एक जीवन दृष्टि है, एक जीवन का दृष्टिकोण है और एक जीवन जीने का तरीका है। इस अर्थ में संघ में हिंदू का प्रयोग होता है। सर्वोच्च न्यायालय ने भी एक महत्त्वपूर्ण निर्णय में कहा है कि हिंदू कोई धर्म नहीं, बल्कि जीवन जीने का तरीका है। उदाहरणार्थ सत्य एक है। उसे बुलाने के नाम अनेक हो सकते

हैं। उसे प्राप्त करने के मार्ग भी अनेक हो सकते हैं। वे सभी समान है यह मानना यह भारत की जीवन दृष्टि है। यह हिन्दू जीवन दृष्टि है। एक ही चैतन्य अनेक रूपों में अभिव्यक्त हुआ है। इसलिए सभी में एक ही चैतन्य विद्यमान है, इसलिए 'विविधता में एकता' यह भारत की जीवन दृष्टि है। यह हिन्दू जीवन दृष्टि है। इस जीवन दृष्टि को मानने वाला, भारत के इतिहास को अपना मानने वाला, यहाँ जो जीवन मूल्य विकसित हुए हैं, उन जीवन मूल्यों को अपने आचरण से समाज में प्रतिष्ठित करनेवाला और इन जीवन मूल्यों की रक्षा हेतु त्याग और बलिदान करनेवाले को अपना आदर्श मानने वाला हर व्यक्ति हिन्दू है, फिर उसका मजहब या उपासना पंथ चाहे जो हो।भारत में रहने वाला ईसाई या मुस्लिम भारत के बाहर से नहीं आया है। वे सब यहीं के हैं. हमारे सबके पुरखे एक ही है। किसी कारण से मजहब बदलने से जीवन दृष्टि नहीं बदलती है।इसलिए उन सभी की जीवन दृष्टि भारत की यानि हिन्दू ही है। हिन्दू इस नाते वे संघ में आ सकते हैं, आ रहे हैं और जिम्मेदारी लेकर काम भी कर रहे हैं। उनके साथ मजहब के आधार पर कोई भेदभाव या कोई स्पेशल ट्रीटमेंट उनको नहीं मिलती है। सभी के साथ हिन्दू इस नाते वे सभी कार्यक्रमों में सहभागी होते हैं।"

अगर पांचजन्य के नियमित लेखों का अवलोकन करें, तो हमें विषय जैसे घर वापसी, हिंदू-मुसलमान, लव जिहाद, हिंदुओ का पलायन आदि होता है।

इस पर विचार करने पर एक सवाल उठता है: जब भारत में सभी लोग हिंदू हैं, तो फिर किसी अन्य समूह द्वारा हिंदुओं की प्रताड़ना की खबरें साझा करने का क्या औचित्य है? लव जिहाद की अवधारणा का संदर्भ किससे है, और यह प्रक्रिया वास्तव में कौन अंजाम दे रहा है? घर वापसी की बात करें, तो इसका प्रासंगिकता भी इस संदर्भ में समाप्त हो जाती है, क्योंकि यहां सभी भारतीय नागरिक हिंदू हैं। "हिंदू कोई धर्म नहीं है" ये बोलने का चलन लगभग हर संघी में है। संघ के प्रचारक रहे नरेंद्र मोदी तो एक साक्षात्कार में अर्णव गोस्वामी से इस बात को लेकर भीड गए थे कि अर्णव ने बीजेपी के

घोषणापत्र में हिंदू को लेकर सवाल कर दिया। मोदी का जवाब था, "हम मानने के लिए ही तैयार नहीं की हिंदू कोई धर्म है। आप धर्म के अनुसार व्याख्या कर रहे, हम सुप्रीम कोर्ट के निर्णय के अनुसार चलते है कि हिंदू कोई धर्म नहीं है।"

बीजेपी के कई नेता बोल चुके है कि हिंदू कोई धर्म नहीं बल्कि जीवन जीने का तरीका है।

अब सवाल है कि कौन सा धर्म/मजहब जीवन जीने का तरीका नहीं है? सभी अपनी धार्मिक/मजहबी मान्यताओं के साथ ही जीवन जीते है। हर धर्म/मजहब से जुडी हुई, अपनी परम्पराएं है। जिसका पालन उस धर्म/मजहब को मानने वाले करते है।

ये जिस सुप्रीम कोर्ट के फैसले से लोगों को गुमराह करते है। दरअसल, साल 1990 में महाराष्ट्र में शिवसेना के मनोहर जोशी ने कांग्रेस के भाऊराव पाटिल को हराया। पाटिल ने जन प्रतिनिधित्व अधिनियम की धारा 123 के तहत भ्रष्ट आचरण के आधार पर जोशी के चुनाव को चुनौती दी और कहा कि हिंदू धर्म के नाम पर वोट मांगना जन प्रतिनिधित्व अधिनियम (आरपीए) के अनुसार भ्रष्ट आचरण है। मामला सुप्रीम कोर्ट पहुंचा। सुप्रीम कोर्ट ने वर्ष 1995 के अपने फैसले में कहा था कि चुनाव में हिंदुत्व का इस्तेमाल गलत नहीं है क्योंकि हिंदुत्व धर्म नहीं बल्कि एक जीवन शैली है। जस्टिस जेएस वर्मा की अगुआई वाली बेंच ने यह फैसला दिया था।

कोर्ट ने कहा, "हिंदुत्व शब्द भारतीय की जीवन शैली का प्रतिनिधित्व करता है। इसे सिर्फ उन लोगों तक सीमित नहीं किया जा सकता, जो अपनी आस्था की वजह से हिंदू धर्म को मानते हैं।"

वर्ष 2016 में तीस्ता सीतलवाड ने एक याचिका पर सुप्रीम कोर्ट के मुख्य न्यायधीश जस्टिस टी एस ठाकुर की अध्यक्षता वाली बेंच ने वर्ष 1995 के फैसले को बरकरार रखते हुए कहा कि वो फिलहाल धर्म के मुद्दे पर विचार नहीं करेगी।

कोर्ट के फैसले को तोड मरोडकर संघ से जुडे लोग हमेशा अपना हिंदू धर्म विरोधी एजेंडा चलाने का प्रयास करते है।

मोहन भागवत ने एक स्वयंसेवकों के कार्यक्रम मेंकहा, "हिंदू पीट रहा है, हिंदू लूट रहा है। अपने आप को हिंदू कहने वालों मार खाते रहते है। अपने आप को हिंदू कहने वाले लोग स्वयं ही परेशानियों का सामना कर रहे है। सामाजिक समरसता की कमी है। जाति के भेद, पंथ के भेद लडते रहते है। एक दूसरे को नीचा दिखाने का प्रयास करते हैं। ऐसे हिंदुओ के साथ रहकर क्या करना है? और इसलिए सारी दुनिया को एकता के सूत्र में पिरोने का एकमात्र रास्ता 'हिंदुत्व' है। और वो सबके समझ में आ जाए, इसका एकमात्र रास्ता है 'हिंदू संगठन' का निर्माण आवश्यक है।वही संघ का काम है। संघ ये किसके लिए करता है? देश और दुनिया के लिए एकमात्र उपाय है, वो एकमात्र उपाय कर सकने वाला सामर्थ, सम्पन्न, समरसता युक्त वैभव सम्पन्न जिसकी ओर आंख टेढी करके किसी की देखने की हिम्मत न हो, जिसका हाथ इसपर उठे तो उसका हाथ टूट जाए। ऐसी ताकत वाला भारतवर्ष खडा करना। ये संघ का काम है। ये संघ का काम नहीं है। ये आपका हमारा सबका काम है क्योंकि इसी में हमारा आपका सबका सुख निहित है। और इसलिए संघ ये सारे काम करता है और ऐसे कार्यक्रमों में आपको बुलाता है और आपका सहयोग मांगता है।"

केरल, बंगाल व अन्य देश के हिस्सों में आरएसएस के कार्यकर्ता मारे जाते है। संघ का प्रतिकार तो दूर कोई प्रतिक्रिया भी नहीं आता। लेकिन मोहन भागवत ऐसी बातें करके स्वयंसेवकों को बहलाते रहते है।

संघ का देवी-देवताओं से घृणा

आज कुछ लोगों का मानना है कि मोहन भागवत ने आरएसएस के मूल से भटक गए। हालांकि, ये लोगों शुरुआत से ही हिंदू मान्यता, देवी-देवताओं, शास्त्रों और हिंदू परम्पराओं के विरोधी रहे है।

आरएसएस के गठन के समय कोई हिंदू संगठन होते तो किसी काल्पनिक 'भारत माता' को मानने और 'भारत माता की जय' के उद्घोष करके के

बजाय किसी देवी-देवता को मानते और उनका उद्घोष करते। यह ध्यान देने योग्य है कि भारत का नाम राजा भरत के नाम पर रखा गया है। इस संदर्भ में, उन्होंने पुलिंग को स्त्रीलिंग में बदल दिया।प्राचीन भारतीय ग्रंथों (जैसे वेद, पुराण) में धरती को "माता" (माँ) के रूप में पूजा जाता था, जैसे "पृथ्वी माता"। ऋग्वेद में "पृथिवी सूक्त" (अथर्ववेद 12.1) में धरती को माँ के रूप में संबोधित किया गया है:

"माता भूमिः पुत्रोऽहं पृथिव्याः" (धरती मेरी माँ है, मैं उसका पुत्र हूँ)।

ये जिस काल्पनिक 'भारत माता की जय' का नारा लगाते है, इसको लेकर दावा किया जाता है कि अज़ीमुल्ला ख़ान ने सन 1857 के स्वतंत्रता संग्राम के दौरान लगाया। "भारत माता" की अवधारणा को औपचारिक रूप से साहित्य और कला में स्थापित करने का श्रेय बंकिम चंद्र चट्टोपाध्याय को दिया जाता है, जिन्होंने वर्ष 1882 में अपने उपन्यास "आनंदमठ" में "वंदे मातरम्" गीत के जरिए इसे प्रसिद्ध किया। इसके अलावा, अवनींद्रनाथ टैगोर ने वर्ष 1905 में भारत माता का चित्र बनाकर इसकी छवि को और मजबूत किया।

बहरहाल, संघ भारत माता को दूसरे के साहित्य से उठाकर ले आया, जिसका धर्म शास्त्रों में कही कोई जिक्र नहीं है।

मोहन भागवत ने 18 अक्टूबर, 2013 को अहमदाबाद के एक कार्यक्रम के दौरान कहा कि देश के युवायों को अगले 50 साल तक देवी-देवताओं को भूलकर सिर्फ भारत माता की सेवा करनी चाहिए।

भागवत कई अवसरों पर अपनी बातें रख चुके हैं। 1 जनवरी, 2020 को मोहन भागवत का बयान सामने आया। भागवत ने कहा, "स्वामी विवेकानंद जी ने कहा था कि आने वाले 50 वर्षों तक सब देवी-देवताओं को भूलकर "भारत माता" की आराधना करो। उस आह्वान को आज याद करने की जरूरत है। विश्व आज भारत की ओर देख रहा है।"

यहां मोहन भागवत ने सरासर झूठ बोला क्योंकि स्वामी विवेकानंद ने कभी भी देवी देवताओं को भूलने की बात नहीं कही।

संघ स्वामी विवेकानंद को एक महान संत बताने का प्रयास करता है। 22 नवंबर, 2017 'द हिंदू बिजनस लाइन' के मुताबिक विवेकानंद फ्रीमेसन सोसाइटी के हिस्सा थे।

स्वामी विवेकानंद और मांसाहार

स्वामी विवेकानंद ने अपने लेखन और भाषणों में यह उल्लेख किया है कि प्राचीन भारत में विभिन्न कालखंडों में मांसाहार, जिसमें गौमांस भी शामिल और प्रचलित था।

उन्होंने उल्लेख किया कि वैदिक काल में कुछ वर्गों में गौमांस का सेवन किया जाता था, परंतु सामाजिक और धार्मिक परिवर्तन के कारण यह परंपरा धीरे-धीरे समाप्त हो गई। उनका मानना था कि यदि किसी को शारीरिक रूप से मजबूत बनने के लिए मांसाहार की आवश्यकता है, तो इसे तर्कसंगत रूप से देखा जाना चाहिए।

विवेकानंद का मानना था कि किसी भी व्यक्ति का मूल्य उसके खाने की पसंद से निर्धारित नहीं होता। वे इस विचार के विरुद्ध थे कि कोई भोजन केवल धार्मिक आधार पर वर्जित हो और इस पर कट्टरता से विवाद किया जाए।

स्वामी विवेकानंद ने एक बार कहा था,"अगर गौमांस खाने से मेरा देश शक्तिशाली बनता है, तो मैं इसे खाने के लिए तैयार हूँ।"

हालांकि, वे यह भी मानते थे कि भारतीय संस्कृति में गाय को पवित्र माना जाता है, और इसलिए समाज की भावनाओं का सम्मान किया जाना चाहिए। The Complete Works of Swami Vivekananda" (Volume 5, Conversations and Dialogues) में एक जगह उनके शिष्य शरतचंद्र चक्रवर्ती के साथ उनकी बातचीत में विवेकानंद कहते हैं:

"I have no objection to eating fish or meat. It depends on the need of the body and the environment."

(अनुवाद: “मुझे मछली या मांस खाने से कोई आपत्ति नहीं है। यह शरीर की जरूरत और पर्यावरण पर निर्भर करता है।”)

उनके शिष्य और पश्चिमी मित्र, जैसे मैरी लुईस बर्क (Sister Nivedita) ने भी उनके मांसाहार की पुष्टि की है। मैरी लुईस बर्क ने अपनी पुस्तक “The Master as I Saw Him” में लिखा है कि स्वामी विवेकानंद पश्चिम में मांस और मछली खाते थे, और वे इसे स्वास्थ्य के लिए आवश्यक मानते थे।

उनके शिष्य स्वामी निरंजनानंद ने एक बार बताया कि स्वामी विवेकानंद मछली को पसंद करते थे और इसे स्वास्थ्य के लिए अच्छा मानते थे।

“The Complete Works” (Volume 7, Conversations and Dialogues) में एक जगह वे कहते हैं:

“Fish is a good food for the brain and body. In Bengal, it is a staple, and I see no reason to avoid it.”

(अनुवाद: “मछली दिमाग और शरीर के लिए अच्छा भोजन है। बंगाल में यह मुख्य भोजन है, और मुझे इसे न खाने का कोई कारण नहीं दिखता।”)

संघ में बौद्धिक क्षमता की कमी

संघी अपने आपको बौद्धिक और विचारक होने का दावा करते हैं, लेकिन वास्तव में उनके पास अपने विचारों को प्रस्तुत करने के लिए एक भी संक्षिप्त सिद्धांत नहीं है। वे जो बातें अच्छी लगती हैं, उन्हें मान लेते हैं और जब कोई आलोचना होती है, तो इससे दूर भाग जाते हैं। आरएसएस पिछले 100 वर्षों से बौद्धिकता की बातें की हैं, लेकिन आजतक कोई एक बुद्धिजीवी नहीं पैदा कर सका, जिसका नाम आरएसएस के बाहर कोई जानता हो। इसके बाद भी जब इनके ऊपर कोई सवाल करे तो बोलते है कि संघ को समझना आम लोगों के बस की बात नहीं। संघ को समझना है तो शाखा में आओ, अगर कोई शाखा जाता है तो बताते है कि उन्हें अखबार भी नहीं पढने देते।

हिंदू धर्म में गुरु शिष्य परंपरा का महत्व रहा है। ये आम बोल चाल के भाषा में कहा जाता है कि बिना गुरु के ज्ञान नहीं हो सकता। लेकिन इन्होंने भगवा झंडा को ही गुरु बना लिया। इन्होंने गुरु शिष्य परंपरा पर भी आघात किया।

भगवा का अपमान

जनवरी 2025 में, अधिवक्ता सुनील कुमार ने राष्ट्रीय स्वयंसेवक संघ के प्रमुख डॉ. मोहन भागवत को कानूनी नोटिस भेजा, जिसमें संघ की शाखाओं में भगवा ध्वज को एक हाथ से प्रणाम करने की प्रथा पर सवाल उठाए गए।

नोटिस में कहा गया कि जिस तरह से संघ की शाखाओं में आपके और संघ के पदाधिकारियों व स्वयंसेवकों द्वारा परम पवित्र भगवा ध्वज को प्रणाम किया जाता है, वह तरीका अनुचित है। भगवा ध्वज सनातन, हिंदू संस्कृति और धर्म का शाश्वत प्रतीक है। सनातन परंपरा के अनुसार प्रणाम दोनों हाथ जोडकर किया जाता है, न कि एक हाथ से। सनातन के अनुसार गुरु को भी दोनों हाथ जोडकर प्रणाम किया जाता है, न कि एक हाथ से। इससे धार्मिक भावनाएं आहत हो रही हैं। उन्होंने 60 दिन के अंदर कानूनी नोटिस का जवाब नहीं मिलने पर न्यायालय की शरण लेने की बात कही।

हिंदू परिवार व्यवस्था पर चोट

आरएसएस ने अपने प्रचार और प्रसार के उद्देश्य से पूर्णकालिक प्रचारक बनाने शुरू किया। इसके लिए शर्त थी कि प्रचारक अविवाहित रहकर समाज सेवा करेंगे। ऐसा करके इन्होंने हिंदू परिवार व्यवस्था और संत परंपरा पर भी चोट किया। संयासी बनने के लिए साधना और शास्त्र का अध्ययन जरूरी है। जो इनके पास मौखिक बातों के अलावा कुछ भी नहीं है।

मोहन भागवत ने 5 जनवरी 2013 को इंदौर, मध्य प्रदेश में एक रैली को संबोधित करते हुए विवाह को एक "सामाजिक अनुबंध" के रूप में वर्णित किया था। उनके बयान के अनुसार, "पति और पत्नी एक अनुबंध में बंधे होते हैं, जिसमें पति कहता है कि तुम मेरे घर की देखभाल करो और मैं

तुम्हारी सभी जरूरतों का ख्याल रखूंगा, तुम्हें सुरक्षित रखूंगा। जब तक पत्नी इस अनुबंध का पालन करती है, पति उसके साथ रहता है, और यदि पत्नी इस अनुबंध का उल्लंघन करती है, तो वह उसे छोड़ सकता है।"

जब विवाद बढा तो संघ नेता राम माधव ने बाद में स्पष्टीकरण दिया कि भागवत का इशारा पश्चिमी विवाह प्रणाली की ओर था, न कि भारतीय विवाह प्रणाली की, और उनके बयान को गलत तरीके से प्रस्तुत किया गया।

जबकि भागवत ने विवाह का जिक्र किया था, जो सिर्फ हिंदुओ में होती है और हिंदू मान्यता के अनुसार, सात जन्मों का साथ होता है। अन्य धर्मों में अलग-अलग नाम से जाना जाता है और वहां अनुबंध की बात है।

संघ का वर्णाश्रम पर प्रहार

संघ प्रमुख ने मुंबई में एक कार्यक्रम को संबोधित करते हुए कहा था कि शास्त्रों के अनुसार हिंदू धर्म में कोई जाति या वर्ण उच्च या निम्न नहीं है। भागवत ने कहा कि उच्च जाति या निम्न जाति की अवधारणा पंडितों ने बाद में की और इसका कोई आधार नहीं है। उन्होंने आगे बताया कि भगवान के लिए सभी मनुष्यों का स्थान समान हैं।

जब मोहन भागवत के बयान पर विवाद बढता देख आरएसएस के अखिल भारतीय प्रचार प्रमुख सुनील अम्बेकर मीडिया के सामने आए। उन्होंने स्पष्ट किया कि भागवत ने अपने भाषण में पंडित शब्द का उपयोग किया, वह मराठी में बोल रहे थे, जिसमें पंडित का अर्थ विद्वान् होता है। इससे ब्राह्मण का अर्थ नहीं लगाया जाना चाहिए। उनके बयान को एकजुट हिंदू पहचान बनाने की कोशिशों के संदर्भ में ही देखा जाना चाहिए। उनके बयान को सही अर्थों में लिया जाना चाहिए। संघ प्रमुख डॉ भागवत के कहने का अर्थ था कि जो शास्त्रों का आधार लेकर पंडित अर्थात विद्वान लोग जातिवाद उंची-नीची की बात करते है वह झूठ है।

आरएसएस की एक प्रमुख समस्या रही है कि यहां किसी का भी बयान आधिकारिक मान्यता नहीं मिलती। इनका अपना लिखा एक पन्ने का भी

सिद्धांत नहीं है। जब ये किसी भी बयान को लेकर घिर जाए तो तुरंत स्पटिकरण आ जाता है और ये हिंदू के आड में छिपने का प्रयास करते है। ये कभी इमाम, पादरी या अन्य को किसी समस्या का जिम्मेदार ठहराने से कतराते हैं। जबकि इनके अनुसार भारत में रहने वाले सभी हिंदू है।

भागवत ने कहा कि हमारे ग्रंथों में जाति/वर्ण/ऊंच-निम्न नहीं है। ये खुद बोल चुके है कि मेरे नाम में भागवत है लेकिन मैंने कभी भगवत गीता नहीं पढी। अगर इन्होंने अध्ययन किया होता तो गीता के अध्याय 4, श्लोक 13 में भगवान श्रीकृष्ण कहते हैं:

"चातुर्वर्ण्यं मया सृष्टं गुणकर्मविभागशः।"

अर्थः "मैंने चार वर्णों की रचना गुण और कर्म के विभाग के आधार पर की है।"

ब्राह्मण के गुणः शम (शांति), दम (संयम), तप (त्याग), ज्ञान।

क्षत्रिय के गुणः शौर्य, तेज, युद्ध में दृढ़ता।

वैश्यः व्यापार, कृषि।

शूद्रः सेवा।

हिंदू धर्म के आचार, व्यवहार, आचरण और नीति के मूल ग्रंथ 'मनुस्मृति' को ये लोग मानते नहीं, अगर मानते और अध्ययन करते तो पाते कि वहां भी चार वर्णों का जिक्र है। ये मूल भारतीय परंपरा (हिंदू परंपरा) को खत्म कर फिर से विश्वगुरु बनने की बात करते है।

जब भारत विश्वगुरु था तब न्याय व्यवस्था मनुस्मृति के अनुसार संचालित होती थी। इसी आधार पर समाज का ढांचा स्थापित था, जिसका परिणाम था कि हर किसी को अपने कार्यों का बोध था। सभी का कार्य सर्वोत्तम था। लोग एक दूसरे का टांग खींचने के बजाय मददगार थे। जिसका परिणाम रहा कि अर्थव्यवस्था के मामले में भी भारत के सामने किसी अन्य देश का कोई मुकाबला नहीं था। समाज धर्म के साथ जुडा था और लोगों के लिए झूठ बोलना भी पाप था। आरएसएस सभी प्राचीन परंपराओं को खत्म करके

भारत को विश्वगुरु बनाना चाहता है, जो आज कही से भी संभव नहीं है।

अब सवाल यह उठता है कि संविधान के अनुसार धर्म तो बदला जा सकता है लेकिन जाति नहीं बदली जा सकती। कोई लडकी दूसरी जाति के लडके से विवाह भी कर लेती है तो उसके जन्म वाली जाति नहीं बदलती। संघ के लोगों की अटल बिहारी वाजपेयी की सरकार रहने के दौरान और वर्तमान में वर्ष 2014 से केंद्र में मोदी सरकार है। इन्होंने आज तक कोई संविधान में ऐसा संशोधन क्यों नहीं किया कि जो जाति छोडना चाहे वो छोड सकते है। उल्टा इन्होंने जाति आधारित ही योजना चलाई। संघ से प्रभावित लोग हिंदू एकता यात्रा निकालते है। 'जात पात की करो विदाई हिंदू हिंदू भाई भाई' के मनमोहक नारे लगाए जाते है। हिंदू भिक्षा यात्रा भी आयोजित की जाती है।हिंदुओ को जात पात में नहीं बटने के कसमें दिलाई जाती है। हिंदुओ में एकजुटता नहीं है और जात पात है बोलकर कोसा जाता है। बिना किसी ठोस काम किए, ये सारी बातें खोखली है। मोहन भागवत भी कई मचों से हिंदुओ के एकजुटता का आह्वान कर चुके है। ये भी तय है कि जब विवाद बढे तो बोल देंगे कि हम भारत में रहने वाले सभी को हिंदू मानते है। ये हिंदू के नाम पर अपना अलग प्रयोग चला रहे तो इन्हें हिंदू के जगह कोई दूसरे नाम का इस्तेमाल करना चाहिए। लेकिन ये नहीं कर सकते क्योंकि हिंदुओं को भ्रमित करके रखना ही इनका मुख्य उदेश्य है।

हिंदू राष्ट्र पर मोहन भागवत का स्पष्टीकरण

आरएसएस की स्थापना हिंदुओं को एकजुट कर सशक्त बनाने के साथ हिंदू राष्ट्र बनाने को लेकर हुई थी। लेकिन मोहन भागवत ने कई अवसरों पर यह विचार व्यक्त किया है कि भारत को हिंदू राष्ट्र बनाने की जरूरत नहीं है, क्योंकि यह पहले से ही एक हिंदू राष्ट्र है। उनका यह बयान भारत की सांस्कृतिक और ऐतिहासिक पहचान पर आधारित है। वर्ष 2023 में नागपुर में एक कार्यक्रम के दौरान उन्होंने कहा कि भारत का हिंदू राष्ट्र होना एक सत्य है, जिसे कोई बदल नहीं सकता। उनका तर्क है कि भारत की प्राचीन संस्कृति, परंपराएं और जीवन मूल्य, जिन्हें वे "हिंदुत्व" कहते हैं, इस देश

की मूल प्रकृति को परिभाषित करते हैं।

भागवत के अनुसार, “हिंदू” शब्द केवल एक धार्मिक पहचान नहीं, बल्कि इस भूमि पर निवास करने वाले सभी लोगों की साझा सांस्कृतिक विरासत का प्रतीक है। वर्ष 2024 में राजस्थान के बारां में एक सभा को संबोधित करते हुए उन्होंने कहा कि भारत प्राचीन काल से हिंदू राष्ट्र रहा है और यहां रहने वाले सभी संप्रदायों के लोग इस व्यापक अर्थ में “हिंदू” हैं। उनका यह भी कहना है कि हिंदुत्व समावेशी है, जो सभी को अपनाता करता है और विविधता में एकता को बढ़ावा देता है।

मोहन भागवत ने संविधान को लेकर भी कई बार अपने विचार व्यक्त किए हैं, और उनका एक उल्लेखनीय बयान यह है कि वह इसे एक “ग्रंथ” के रूप में देखते हैं। इस संदर्भ में, भागवत का तात्पर्य यह है कि भारत का संविधान केवल एक कानूनी दस्तावेज नहीं है, बल्कि यह देश के मूल्यों, सिद्धांतों और सामाजिक ढांचे को निर्देशित करने वाला एक पवित्र और मार्गदर्शक ग्रंथ है।

वर्ष 2023 में नागपुर में एक व्याख्यान के दौरान उन्होंने कहा कि संविधान भारत की आत्मा का प्रतीक है और इसे सभी को सम्मानित करना चाहिए। उन्होंने यह भी उल्लेख किया कि राष्ट्रीय स्वयंसेवक संघ संविधान के प्रति पूरी तरह प्रतिबद्ध है और इसके मूल ढांचे का समर्थन करता है। भागवत ने यह स्पष्ट किया कि संविधान में निहित समानता, स्वतंत्रता और न्याय जैसे मूल्य वही हैं, जो हिंदुत्व के व्यापक दर्शन के अनुरूप हैं।

गोमांस खाने का प्रोत्साहन

सितंबर 2023 में महाराष्ट्र के नागपुर में अग्रसेन छात्रावास में छात्रों की एक सभा को संबोधित करते हुए, मोहन भागवत ने कहा कि आरएसएस के कार्यकर्ता को गाय का मांस खाने में कोई हिचकिचाहट नहीं होगी अगर इससे वंचित वर्गों का हिंदू धर्म में समावेश सुनिश्चित हो जाए।

भागवत ने आरएसएस के स्वयंसेवकों द्वारा वंचित वर्गों को नाराज न करने के लिए एक अंतरजातीय सामुदायिक भोज में गाय का मांस खाने में भी

कोई हिचकिचाहट ना करने का किस्सा भी सुनाया।

उन्होंने कहा, "एक बार शाकाहारी स्वयंसेवकों का एक समूह अंतरजातीय भोज में शामिल होने के लिए गया। वहां उन्हें मांस परोस दिया गया। उन्होंने खाना शुरू कर दिया ताकि उनके मेजबान को बुरा ना लगे। हद तो तब हो गई जब एक मेजबान ने कहा कि भोजन में गाय का मांस मिलाया गया है और अब यह खाने वाले सभी 42 पीढियों तक नर्क में सडेंगे।

भागवत आगे वर्णन करते है, "इस पर भोजन कर रहे एक वृद्ध व्यक्ति ने कहा, देखिए, सदियों से आप और हम अलग-अलग रहे है। लेकिन अब आपको आत्मसात करने के लिए हमें यह भी स्वीकार है। बाद में पता चला कि खाने में गाय का मांस नहीं था और मेहमानों की परीक्षा ले रहे थे।"

अब सवाल है कि जो मांसाहार का सेवन नहीं करता वो गाय का मांस सेवन करने के लिए किस तरह मानसिक रूप से तैयार हो सकते है? वो गाय का मांस खाना तो दूर मुर्गे का भी मांस खाने के लिए तैयार नहीं होगा। हिंदू समाज में कोई भी वर्ग गाय मांस परोसने की बात कर सकता है? कोई भी समाज गाय मांस का सेवन नहीं करता (किसी संघी के बारे में कह पाना मुश्किल है) लेकिन मोहन भागवत ने काल्पनिक कहानी सुनाकर लोगों के बीच में संदेश देना चाहते थे कि गाय के मांस खाने में कोई समस्या नहीं है।

आरएसएस के प्रसिद्ध शोधकर्ता और संगठन पर 42 किताबों के लेखक दिलीप देवधर ने जुलाई, 2015 में इकोनॉमीक टाइम्स को बताया था कि "आरएसएस सरसंचालक बनने तक मोहन भागवत मांसाहारी भोजन का आनंद लेते थे। मैंने संघ के तृतीय सरसंचालक बाला साहब देवरस को भी आरएसएस प्रमुख बनने तक खुलेआम चिकन-मटन खाते देखा है। आरएसएस के अधिकांश प्रचारक मांसाहारी भोजन करते है।"

एन.पी.उल्लेख अपनी किताब 'The Untold Vajpayee:Politician and Paradox' में लिखते है कि संघ के सदस्य और भाजपा नेता अटल बिहारी वाजपेयी न सिर्फ मांसाहारी भोजन खाते थे, बल्कि उनके व्यंजनों में भैंस के मांस से बने व्यंजन शामिल होते थे। खाने के साथ वह व्हिस्की लेना

पसंद करते थे।

वाजपेयी के बारे में ये किस्सा भी प्रसिद्ध है कि वो विदेशों में गाय का मांस भी खाते थे। जब सवाल होते थे तो उनका जवाब होता था कि कोई देशी गाय का थोडी है।

वैसे, राष्ट्रीय स्वयंसेवक संघ (आरएसएस) के प्रमुख मोहन भागवत ने गौ हत्या को रोकने के लिए कई मौकों पर अपनी बात रखी है। उन्होंने गौ रक्षा को भारतीय संस्कृति और मूल्यों का हिस्सा बताते हुए इसके लिए कड़े कदम उठाने की वकालत की है। अप्रैल, 2017 में एक कार्यक्रम के दौरान मोहन भागवत ने कहा था कि गौ हत्या के खिलाफ पूरे देश में एक समान कानून बनाया जाना चाहिए। उनका मानना था कि इससे गौ रक्षा के उद्देश्य को स्पष्टता मिलेगी और इस नाम पर होने वाली हिंसा को रोका जा सकेगा।

दिसंबर, 2022 में उज्जैन में मोहन भागवत ने कहा था कि शाकाहार होना वैज्ञानिक दृष्टि से अच्छा है। मांसाहार नहीं होगा तो कत्लखाने बंद हो जाएंगे।

आरएसएस के प्रचारक और बीजेपी के महासचिव राम माधव ने बयान दिया कि गोमांस खाना किसी धर्म का हिस्सा नहीं है, बल्कि यह जीवन शैली का मामला है।

आरएसएस से संबंधित पत्रिका पंचजन्य ने जुलाई, 2022 में आईआईटी रुडकी के कैंटीन में मांसाहारी भोजन परोसने को 'हिंदू विरोधी' करार दिया था। लेकिन, सितंबर 2022 में गुवाहाटी में आरएसएस के बौद्धिक संगठन प्रज्ञा प्रवाह के प्रमुख नंद कुमार ने कहा था कि "मांसाहार वर्जित नहीं है और देश में इसे प्रतिबंधित नहीं किया जा सकता है, लेकिन गोमांस से बचना चाहिए।"

अब सवाल है कि किसी मुद्दे पर अपने एक राय क्यों नहीं रख पाता या इतना विरोधाभासी बयान क्यों आते है? इसका स्पष्ट जवाब है कि इन्हें अपना हिंदू विरोधी एजेंडे को आगे बढ़ाना चाहते हैं, लेकिन वे यह दिखाना भी चाहते हैं कि वे हिंदू हितों के समर्थक हैं।संघ परिवार अपने आराध्य सावरकर और स्वामी विवेकानंद के गोमांस को लेकर विचार को आगे बढा रही है।

संघ और राम स्वरूप

राम स्वरूप ने राष्ट्रीय स्वयंसेवक संघ की आलोचना की है। उनकी आलोचना मुख्य रूप से संघ के विचार और उसके काम करने के तरीकों पर केंद्रित है। राम स्वरूप का मानना था कि संघ का ध्यान अधिक हिंदू राष्ट्रवाद पर है और उसका दृष्टिकोण कभी-कभी अधिक संकीर्ण हो जाता है। उन्होंने संघ के सांस्कृतिक राष्ट्रवाद की समीक्षा करते हुए कहा कि यह भारतीय समाज के विविधतापूर्ण स्वभाव को पूरी तरह से नहीं समझता या सम्मान नहीं देता।

इसके अलावा, राम स्वरूप ने संघ के कार्यों में पारदर्शिता की कमी और इसके संगठनात्मक ढांचे की केंद्रीकृत प्रकृति को भी आलोचित किया। उनका मानना था कि संघ को अपने प्रयासों में अधिक समावेशी और लोकतांत्रिक होने की आवश्यकता है।

संघ और सीता राम गोयल

सीता राम गोयल ने राष्ट्रीय स्वयंसेवक संघ की काफी तीखी आलोचना की है। उनकी आलोचना में निम्नलिखित बिंदु उल्लेखनीय हैं:

हिंदू राष्ट्रवाद की संकीर्णता: गोयल ने स्पष्ट किया कि संघ का हिंदू राष्ट्रवाद एक संकुचित और सतही दृष्टिकोण है जो हिंदू धर्म की विशाल और विविध परंपरा को न्याय नहीं देता। उन्होंने संघ को हिंदू समुदाय को एक 'गड्ढे' की ओर ले जाने वाला कहा जिससे निकलना मुश्किल होगा।

संघ की विचारधारा और कार्यशैली: गोयल ने आरएसएस की विचारधारा को 'वज्र-मूर्खता' (वज्र-मूर्खों का सबसे बड़ा जमावड़ा) कहा है, जिसका अर्थ है कि उनके अनुसार संघ का नेतृत्व और उसके सदस्य अन्धविश्वास और संकीर्ण विचारों से ग्रस्त हैं।

हिंदू समाज के लिए खतरा: उनका मानना था कि यदि संघ और उससे जुड़े संगठनों का प्रभाव जारी रहा, तो हिंदू धर्म और समाज का विनाश हो सकता है। उन्होंने संघ को एक 'भवर जाल' के रूप में देखा जो हिंदुओं को

फँसा रहा है। उनका मानना था कि यह हिंदू समाज को विभाजित करने के बजाय एकजुट करने वाला नहीं है। संघ की गतिविधियों के परिणामस्वरूप हिंदू समाज को दीर्घकालिक नुकसान झेलना पड़ सकता है। संघ की **राजनीतिक गतिविधियाँः** गोयल ने संघ के राजनीतिक महत्वाकांक्षाओं को भी आलोचित किया, जिसका उदाहरण भाजपा से उसका संबंध है। उनके अनुसार, यह संघ हिंदुओं को राजनीतिक रूप से भी भ्रमित कर रहा है।

इतिहास और सच्चाईः गोयल ने राष्ट्रीय स्वयंसेवक संघ को इतिहास की व्याख्या में अपने एजेंडे को बढ़ावा देने के लिए भी आलोचित किया, जो उनके अनुसार, सच्चाई से दूर था।

संघ और करपात्री जी महाराज करपात्री जी महाराज ने राष्ट्रीय स्वयंसेवक संघ की आलोचना की है। उनकी आलोचना के कुछ महत्वपूर्ण बिंदु निम्न हैंः

अध्यात्मिकता की कमीः करपात्री जी महाराज का विचार था कि आरएसएस में अध्यात्मिक गहराई का अभाव है। उन्होंने संघ के कार्यों को अधिक राजनीतिक और भौतिकवादी माना जिसमें धार्मिक और आध्यात्मिक मूल्यों की कमी है।

हिंदू धर्म की सही समझ का अभावः उन्होंने संघ के हिंदू धर्म की समझ की आलोचना की, कहा कि संघ हिंदू धर्म के वास्तविक स्वरूप को नहीं समझता और उसे सिर्फ एक राजनीतिक उपकरण के रूप में इस्तेमाल करता है।

संगठन की संरचना और कार्यशैलीः करपात्री जी ने संघ की संगठनात्मक संरचना और कार्यशैली को भी आलोचित किया। उन्होंने कहा कि संघ का कार्यकर्ताओं को प्रशिक्षित करने का तरीका और उसका अनुशासन केवल बाहरी अनुशासन को प्राथमिकता देता है, न कि आंतरिक आध्यात्मिक विकास को।

गोहत्या विरोधी आंदोलनः उन्होंने संघ को गोहत्या विरोधी आंदोलनों में कम सक्रिय पाया। करपात्री जी महाराज ने गोरक्षा के लिए बड़े आंदोलन चलाए थे और उन्हें लगता था कि संघ इस मुद्दे पर पर्याप्त गंभीर नहीं है।

विविधता और समन्वय की कमीः उन्होंने संघ को हिंदू धर्म की विविधता और विभिन्न संप्रदायों के बीच समन्वय के प्रति असंवेदनशील माना।

महंत दिग्विजयनाथ और आरएसएसः एक वैचारिक असहमति

महंत दिग्विजयनाथ, गोरखनाथ मठ के पीठाधीश्वर और हिंदू महासभा के प्रखर नेता, हिन्दू राजनीति के ऐसे व्यक्तित्व थे जो स्पष्ट विचार, आक्रामक तेवर और तेजस्वी राष्ट्रवाद के लिए जाने जाते थे। यद्यपि राष्ट्रीय स्वयंसेवक संघ (आरएसएस) भी हिन्दुत्व आधारित राष्ट्रवाद का प्रतिनिधित्व करता है, लेकिन दिग्विजयनाथ और संघ के बीच वैचारिक और कार्यप्रणालीगत भिन्नता जगजाहिर थी। महंत दिग्विजयनाथ ने न केवल संघ की कार्यशैली पर गंभीर प्रश्न उठाए, बल्कि उसे हिन्दू जागरण की दिशा में बाधक भी माना।

गोपनीयता बनाम खुलापन

दिग्विजयनाथ संघ की 'गोपनीय' कार्यशैली से असहमत थे। उनका मानना था कि हिन्दू समाज की रक्षा और पुनरुत्थान के लिए संघर्ष गुप्त नहीं, बल्कि सार्वजनिक और सशक्त होना चाहिए। वे मंचों से खुलेआम अपने विचार प्रकट करते थे, जबकि संघ शाखाओं में सीमित संवाद और अनुशासित गतिविधियों तक केंद्रित रहता था। महंत का तर्क था कि जब शत्रु सार्वजनिक रूप से सक्रिय है, तब हिन्दू शक्ति का भी खुलकर प्रदर्शन आवश्यक है।

महंत दिग्विजयनाथ का विश्वास था कि हिन्दू चेतना को जगाने का कार्य छिपकर नहीं, बल्कि खुले मैदान में होना चाहिए। उन्होंने आरएसएस की शाखा-आधारित प्रणाली को "संगठित मौन" करार दिया। एक अवसर पर उन्होंने कहा:

"हमें ऐसे संगठन की आवश्यकता नहीं, जो अंधेरे में मशाल लेकर चले; हमें ऐसे योद्धा चाहिए जो दिनदहाड़े राष्ट्र के लिए लड़े।"

— दिग्विजयनाथ, हिन्दू महासभा अधिवेशन, 1951

वे मानते थे कि जब समाज के समक्ष संकट स्पष्ट है, तब संगठनों को भी उतनी ही स्पष्टता से अपने विचार और संघर्ष को प्रस्तुत करना चाहिए

राजनीतिक निष्क्रियता पर प्रहार

महंत दिग्विजयनाथ के विचार में, हिन्दू संगठन को केवल सांस्कृतिक नहीं, बल्कि राजनीतिक रूप से भी सशक्त होना चाहिए। जबकि आरएसएस उस समय तक स्वयं को राजनीतिक दल मानने से परहेज़ करता था और 'राजनीति से परे' की नीति पर चलता था। महंत इसे एक प्रकार का पलायनवाद मानते थे। उनका मत था कि जब तक सत्ता के केंद्रों पर हिन्दू विचारधारा स्थापित नहीं होगी, तब तक समाज का कायाकल्प असंभव है।

आरएसएस लम्बे समय तक स्वयं को 'गैर-राजनीतिक' संगठन बताता रहा, जबकि दिग्विजयनाथ की दृष्टि में यह नीति हिन्दू समाज को सत्ता से दूर रखने की रणनीति थी। उन्होंने कहा:

"जो संगठन सत्ता को छूने से डरता है, वह समाज का नेतृत्व कैसे करेगा?"

— महंत दिग्विजयनाथ, गोरखपुर भाषण, 1952

दिग्विजयनाथ के अनुसार, यदि हिन्दू संगठन केवल सेवा और संस्कार में लगे रहेंगे, तो राजनीतिक निर्णयों पर अन्य विचारधाराएं नियंत्रण कर लेंगी

गांधी वध और वैचारिक विभाजन

1948 में महात्मा गांधी की हत्या के बाद, आरएसएस और हिन्दू महासभा दोनों संदेह के घेरे में आए। दिग्विजयनाथ ने नाथूराम गोडसे के कार्य का समर्थन करते हुए इसे 'राष्ट्रहित में किया गया कार्य' कहा। इसके विपरीत, आरएसएस ने स्वयं को हत्या से अलग करते हुए एक सुरक्षात्मक रुख अपनाया। इस स्थिति में महंत ने संघ की नीति को अवसरवादी

और कायरता से भरी बताया। उनके अनुसार, राष्ट्रवाद का अर्थ केवल वंदेमातरम् का नारा नहीं, बल्कि सत्य के साथ खड़ा होना भी है – चाहे वह कितना भी कठोर क्यों न हो।

गांधी वध और नैतिक साहस का प्रश्न

नाथूराम गोडसे द्वारा गांधी की हत्या के बाद, जब आरएसएस ने स्वयं को घटना से अलग कर लिया, तब दिग्विजयनाथ ने संगठन की नैतिक प्रतिबद्धता पर सवाल उठाए। उन्होंने कहा:

“जिसने राष्ट्र को उसकी आँखों के सामने नष्ट होते देखा, वह मूकदर्शक नहीं रह सकता था।”

— दिग्विजयनाथ, विशेष सभा, काशी, 1949

इस टिप्पणी के माध्यम से वे न केवल गोडसे की कार्रवाई को वैचारिक समर्थन दे रहे थे, बल्कि आरएसएस के ‘पीछे हटने’ को एक रणनीतिक पलायन के रूप में देख रहे थे।

संघ की संरचना पर कटाक्ष

महंत दिग्विजयनाथ का यह भी मानना था कि आरएसएस की संगठनात्मक संरचना व्यक्ति की बौद्धिक स्वतंत्रता को सीमित करती है। वे संघ के अनुशासन को ‘बुद्धि की गुलामी’ की संज्ञा देते थे। वे चाहते थे कि हिन्दू संगठन स्वतंत्र विचार, खुली बहस और नेतृत्व में स्पष्टता को बढ़ावा दें। उनका मानना था कि विचारधारा केवल पुस्तकों में नहीं, व्यवहार और राजनीति में भी दिखनी चाहिए।

इस प्रकार, महंत दिग्विजयनाथ की आलोचना केवल संगठनात्मक मतभेद तक सीमित नहीं थी, बल्कि यह हिन्दू राजनीति की दिशा और उद्देश्य पर एक गंभीर वैचारिक बहस को जन्म देती है। यह स्पष्ट करता है कि हिन्दुत्व की परिधि में भी विभिन्न दृष्टिकोणों और रणनीतियों के लिए स्थान है – और यही विमर्श किसी भी विचारधारा को जीवंत और प्रासंगिक बनाए रखता है।

दिग्विजयनाथ का यह भी मानना था कि आरएसएस में वैचारिक स्वतंत्रता का स्थान सीमित था। उन्होंने लिखा:

"यह संगठन विचारों का निर्माण नहीं करता, वह केवल आदेश मानने वाले सैनिकों का समूह बनाता है।"

— दिग्विजयनाथ, 'हिंदू राजनीति की दिशा', 1954 व्याख्यान

वे नेतृत्व को केवल 'शाखा प्रमुखों' तक सीमित मानने के पक्ष में नहीं थे, बल्कि जननायकत्व और बहस की संस्कृति को हिन्दू संगठनों में आवश्यक मानते थे।

धर्मांतरण पर संघ का विरोधाभास

19 नवंबर, 2021 को छतीसगढ के मुंगेली जिले के मदकूद्वीप में आयोजित घोष शिविर को संबोधित करते हुए मोहन भागवत ने कहा, "हमें किसी का धर्म परिवर्तन कराने का प्रयास नहीं करना चाहिए, बल्कि जीने का तरीका सिखाना है। ऐसी सीख सारी दुनिया को देने के लिए हमारा जन्म भारत भूमि में हुआ है। हमारा पंथ किसी की पूजा पद्धति, प्रांत और भाषा बदले बिना अच्छा मनुष्य बनाता है। कोई किसी को बदलने या मतांतरण की चेष्टा न करें। सबका सम्मान करें।"

15 दिसंबर, 2021 को चित्रकूट में आयोजित तीन दिवसीय हिन्दू एकता महाकुंभ में संघ प्रमुख मोहन भागवत ने शपथ दिलाते हुए कहा, "मैं हिन्दू संस्कृति के धर्मयोद्धा मर्यादा पुरुषोत्तम प्रभु श्री राम की संकल्प स्थली पर सर्वशक्तिमान परमेश्वर को साक्षी मानकर संकल्प लेता हूं कि मैं अपने पवित्र हिन्दू धर्म, हिन्दू संस्कृति और हिन्दू समाज के संरक्षण संवर्धन और सुरक्षा के लिए आजीवन कार्य करूंगा। मैं प्रतिज्ञा करता हूं कि किसी भी हिन्दू भाई को हिन्दू धर्म से विमुख नहीं होने दूंगा। जो भाई धर्म छोड़ कर चले गए हैं, उनकी भी घर वापसी के लिए प्रयास करूंगा। उन्हें परिवार का हिस्सा बनाऊंगा।"

25 सितंबर, 2022 को राष्ट्रीय स्वयंसेवक संघ के सरसंघचालक मोहन भागवत ने मेघालय के शिलॉन्ग में विशिष्ट नागरिक सम्मेलन को संबोधित करते हुए कहा, "मोहन भागवत ने कहा कि हिंदू बनने के लिए किसी को धर्म बदलने की जरूरत नहीं, क्योंकि भारत में हर कोई हिंदू है। भारत एक पश्चिमी अवधारणा वाला देश नहीं है। यह अनादि काल से एक सांस्कृतिक देश रहा है। वास्तव में यह एक ऐसा देश है, जिसने दुनिया को मानवता का पाठ पढ़ाया है। हिंदू धर्म नहीं, बल्कि जीवन जीने का एक तरीका है। भारत में रहने वाले सभी लोग पहचान के मामले में हिंदू हैं।"

गौरतलब है कि संघ से जुडे राम बहादुर राय के अनुसार, "जेपी ने बाला साहब देवरस के मुलाकात के दौरान चर्चा के बारे में बताया। मैंने (जेपी) ने बाला साहब से पूछा कि आपकी नजर में हिंदुत्व क्या है? उनका (बालासाहब) का जवाब था, 'हिंदुत्व धर्म नहीं है, हिंदुत्व राष्ट्रीयता है।' इससे मैं (जेपी) बहुत प्रभावित हुआ।"

14 नवंबर, 2022 को छत्तीसगढ़ के जशपुर जिले में 'जनजातीय गौरव दिवस' के अवसर पर एक समारोह को संबोधित करते हुए भागवत ने जनजातियों से उन लोगों के खिलाफ ताकतवर रहने का आह्वान किया जो उनके भोलेपन का फायदा उठाकर उन्हें ठगने की कोशिश करते हैं।अपने देश, धर्म के लिए पक्का रहना है। हमें अपने संस्कारों और देवी-देवताओं को नहीं भूलना है। वनवासी कल्याण आश्रम की ओर से यहां के रंजीता स्टेडियम में आयोजित इस कार्यक्रम में बड़ी संख्या में आदिवासी समुदाय के लोग शामिल हुए।

30 मार्च, 2023 को आरएसएस प्रमुख मोहन भागवत ने उत्तराखंड के हरिद्वार में 'संन्यास दीक्षा' समारोह में भाग लेते हुए कहा कि सनातन धर्म जो बहुत पहले से था, आज भी है और कल भी रहेगा। 'सनातन धर्म' को किसी प्रमाणपत्र की आवश्यकता नहीं है, क्योंकि यह समय की कसौटी पर खरा साबित हुआ है। उन्होंने कहा कि आज आप भगवा रंग धारण करके इस धर्म की गरिमा को बढ़ाने का संकल्प ले रहे हैं।

मोहन भागवत के एक ही मुद्दे पर अलग-अलग बयान से स्पष्ट है कि लोगों को भ्रमित करके रखना चाहते है या फिर मंच के हिसाब से भाषण देते है। क्योंकि इन्हें पता है कि ये सब संघ की रणनीति के तहत ही लिया जाएगा।ये सब देख पाठक तय कर सकते है कि जो संघठन हिंदू धर्म के जड पर प्रहार कर रहा है। इसकी सारी गतिविधियां हिंदू धर्म के मूल के खिलाफ है। ये नए तरीके से हिंदू धर्म के साथ प्रयोग कर हिंदू के नाम पर नया अनौपचारिक रूप से नया मजहब बना चुके है। सबसे बडी बात है कि ये संगठन खुद को हिंदू संगठन होने का दावा तो नहीं करता लेकिन हिंदुओ के हर मामलें में दखल देने का जरूर प्रयास करता है।

आरएसएस खुद को सांस्कृतिक संगठन बताता है। जिस संगठन का मुखिया गोमांस खाने की वकालत करे और समलैंगिकता का समर्थन करे, उससे अंदाजा लगाया जा सकता है कि किस संस्कृति के पक्षधर है। अब रही बात इनके राष्ट्रवादी होने की तो अगले अध्याय में जानेंगे कि इनका राष्ट्रवाद कैसा है?

अब सवाल उठता है कि हिंदू ये सब देखने के बाद भी आरएसएस में क्यों जाता है? इसका सीधा सा जवाब है कि इन्होंने अपने अलग अलग संगठन के माध्यम से हिंदुओ के बीच में प्रचारित कराया कि उन्हें इस्लाम से खतरा है। आज उसका प्रभाव है कि आपको कट्टर हिंदू तभी माना जाएगा जब आप इस्लाम या मुसलमान के खिलाफ बोले। बेशक, उनके लिए पर्दे के पीछे कुछ भी करे। आज उसका परिणाम है कि मुसलमान और वामपंथी हमेशा से उनके विरोध रहे। इन्होंने कभी उनका जवाब नहीं दिया। उनकी रणनीति यह है कि संघ सिर्फ कार्यों पर ध्यान केंद्रित करता है, न कि किसी पर प्रतिक्रिया देने में।आम हिंदू को लगता है कि आखिर क्या कारण है कि मुसलमान आरएसएस के खिलाफ है। संघ में एक हिंदू इसलिए जाता है कि धार्मिक कार्य करेगा लेकिन वहां उसे पूरी तरह से धर्म से काटकर राष्ट्रवाद और व्यक्तिवाद उलझा दिया जाता है। ये संघी विचारधारा है कि धर्म से पहले राष्ट्र है। ये आम हिंदुओ तक पहुंच चुकी है। जिसका परिणाम है कि कोई

आम हिंदू, जिसका बेशक संघ से कोई संबंध न हो। वो भी बोल पडता है कि मेरे लिए धर्म से पहले देश आता है। पूर्व मुख्य चुनाव आयुक्त एस.वाई. कुरैशी व अन्य कई लोग बोल चुके है कि भारत तब तक सेक्युलर है, जब तक हिंदू बहुलता में है। जिस दिन भारत सेक्युलर नहीं रहा, भारत की मूल संस्कृति वैसे ही खत्म हो जाएगी। इसलिए धर्म हमेशा देश से बडा है, जिसकी वजह से ये राष्ट्र सुरक्षित है। पाकिस्तान में हिंदू समाप्ति के कगार पर है। जिसका परिणाम है कि वहां की मूल संस्कृति समाप्त हो गई। बेशक ये राष्ट्र प्रथम की बात करते है लेकिन सच्चाई ये है कि जो स्वयं का सगा नहीं होता, वो अपने परिवार का भी सगा नहीं होता। जो अपने परिवार का भी सगा नहीं होता, वो समाज का भी सगा नहीं होता। जो समाज का सगा नहीं होता, वो राष्ट्र का भी सगा नहीं होता।

ये आम लोगों को तो मुसलमान के खिलाफ भडकाते है लेकिन मोहन भागवत बोल चुके है कि इस्लाम के बिना हिंदुत्व अधूरा है। दरअसल, ये जिस समाज के बीच होते है, उनकी भाषा बोलते है।

आरएसएस भले ही खुद को हिंदू संगठन होने का दावा ना करे लेकिन ये हिंदुओ के धार्मिक मामलों में पूरी तरह अपना पकड चाहते है। ये हिंदू को क्या करना चाहिए और क्या नहीं करना चाहिए को लेकर निर्देश जारी करते रहे है।

दरअसल, ये हिंदुओ हिंदुओ का उच्च संस्था बनना चाहते है, जिसके निर्देशानुसार हिंदू समाज चले। इनका शुरू से हिंदुत्व के आड में हिंदुओ को अब्राहमिक बनाने का प्रयास रहा है। इसके चलते, यह संगठन प्राचीन मान्यताओं से दूर जाने की कोशिश कर रहा है।

23 मार्च, 2023 को आरएसएस सर कार्यवाह दत्तात्रेय होसबोले ने “एक राष्ट्र, एक संस्कृति पर जोर दिया।

दरअसल, ये भारत के विविधता को खत्म करना चाहते है और हिंदू ही इनके चंगुल में फंसता है। संघ हिंदुओ का इस तरह से ब्रैनवास करता है कि जो बेशक धर्म की रक्षा के लिए शामिल होता है लेकिन संघ के शिक्षा के

बाद वो धर्म का अपमान तो सहन कर सकता है लेकिन संघ का अपमान बर्दाश्त नहीं कर पाता।

संघ का शुरू से धार्मिक हिंदू संगठन के बजाय सांस्कृतिक संगठन पर रहा। इनका लक्ष्य व्यापक राष्ट्रवादी संगठन है।

भारतीय संस्कृति धर्म पर आधारित है। अब सवाल उठता है कि कोई धर्म त्याग कर के सांस्कृतिक कैसे हो सकता है?

संघ और हिंदू धर्म ग्रंथ समीक्षा

3 मार्च, 2023 को मोहन भागवत ने नागपुर के कान्होलीबारा में आर्यभट्ट एस्ट्रोनोमी पार्क के उद्घाटन के दौरान कहा, हमारे यहां पहले ग्रंथ नहीं थे। हमारा धर्म मौखिक परंपरा से चलता आ रहा था। बाद में ग्रंथ इधर-उधर हो गए और कुछ स्वार्थी लोगों ने ग्रंथ में कुछ-कुछ घुसाया जो गलत है। उन ग्रंथों, परंपराओं के ज्ञान की फिर एक बार समीक्षा जरूरी है।"

31 मार्च 2025 को नागपुर, महाराष्ट्र में 'वैदिक मैथमैटिक्स' पुस्तक विमोचन के दौरान मोहन भागवत ने कहा, "अगर भारत को विश्वगुरु बनना है तो उसे अपने पिछले 2000 सालों के ज्ञान पर विचार करने की जरूरत है, शास्त्रों की पुनर्रचना की आवश्यकता है।"

संघ के बारे में सर्वविदित है कि वो धर्म ग्रंथों को अपने सुविधा के अनुसार मानते है लेकिन किसी ग्रंथ को आतासाथ नहीं किया, लेकिन धर्म ग्रंथों की समीक्षा चाहता है ताकि उसमें अपना अजेंडा लागू कर सके। भागवत कभी किसी अन्य के धार्मिक किताब में बदलाव की बात नहीं कर सकते। बेशक उनका डीएनए मिलता है।

ये सब देख पाठक स्वयं तय करे कि इसे हिंदू संगठन कहना कितना उचित होगा?

अध्यायः 3

संघ का हिंदू-मुस्लिम पहेली

संघ से जुडी पत्रिका पंचजन्य के संघ के वरिष्ठ प्रचारक रहे नारायण हरी पालकर की पुस्तक 'डॉ. हेगडेवार चरित' में 'नागपुर दंगा' अध्याय के संपादन के अनुसार, वर्ष 1924 से नागपुर में मुसलमानों का आर्थिक बहिष्कार होने के कारण उनका पारा और भी चढ गया। अतः उन्होंने हिंदुओ को नाना प्रकार से सताने का प्रयत्न शुरू कर दिया। अकेला-दुकेला हिंदू मिल गया तो उसे पकडकर पीटते थे तथा हिंदू मोहल्लों से लडकियों को भगाकर ले जाते थे। इस प्रकार की घटनाएं दिन-प्रतिदिन बढती गईं। डॉक्टर हेगडेवार, गोविंदराव चोलकर, रामचंद्र कोष्टी, भाऊजी कावरे, अण्णा सोहोनी, बालाजी, सुखदेव तथा कृष्णाजी जोशी, सातों ऊंचे-पूरे भीमकाय सप्तर्षि हाथ में डंडा लेकर मुसि्लम मोहल्लों में घूमने लगे। एकाध बार तो केवल उनके जाने मात्र से भालदारपुरा के मुसलमानों ने भगाई हुई एक हिंदू लडकी को को वापस कर दिया। स्वयंसेवक भी गुट बनाकर इधर-उधर घूमते तथा जहां भी गुंडई देखते, वहां जैसे-को-तैसा व्यवहार करते। हेगडेवार के घर पर तो कई दिनों तक पथराव होता रहा तथा कभी-कभी जलते हुए पलीते भी उनके घर के छप्पर पर पडने लगे। स्वाभाविक ही स्वयंसेवकों ने डंडे तथा सीटी लेकर हेगडेवार के घर के चारों ओर पहरा लगाना शुरू कर दिया।

नागपुर में वातावरण गरम होते हुए भी डॉक्टर जी ने कुछ तरुणों का गर्मियों में एक प्रशिक्षण-वर्ग लगाया। वे उन्हें इस योग्य बना देना चाहते थे कि वे कहीं भी जाकर स्वतः के बल पर संघ का कार्य कर सकें। साथ ही इस प्रशिक्षण का यह भी उद्देश्य था कि उसमें भाग लेने वाले लोग शाखाओं में योग्य अधिकारी के नाते काम कर सकें। इस वर्ग के लिए 'अधिकारी शिक्षण वर्ग' नाम अनेक वर्षों तक रूढ रहा। इस वर्ग के कार्यक्रम मोहिते बाडे के मैदान पर प्रातः पांच बजे से नौ बजे तक चलते थे। वर्ग को सफल बनाने में श्री अण्णा सोहोनी तथा श्री मार्तण्डराव जोग ने बहुत अधिक परिश्रम किया। प्रथम वर्ग में केवल 17 चुने हुए स्वयंसेवकों को प्रवेश दिया गया था। संघ स्थान पर तहखाने में दोपहर साढे बारह बजे से सायं पांच बजे तक बातचीत, चर्चा, टिप्पणियां आदि विविध कार्यक्रम होते थे।

हिंदू बस्तियों में मुसलमानों की टोलियां कुछ देखभाल करती हुई नजर आती थीं तथा मस्जिद में बार-बार होने वाली बैठकों के समाचार भी आगे आने वाले संकट की सूचना दे रहे थे। हेगडेवार जहां एक ओर अपने समाज को जाग्रत एवं सुसज्ज करने का प्रयत्न कर रहे थे, वहीं दूसरी ओर मुसलमानों द्वारा हिंदू मोहल्लों में आक्रमण का व्यूह किस प्रकार रचा जा रहा है, इसकी भी खोज-खबर रखते थे। इसी कारण गणेशोत्सव में महालक्ष्मी तथा गौरी के प्रसाद के दिन महाल क्षेत्र में दंगा करने की मुसलमानों की योजना का उन्हें पहले ही पता लग गया था। अतः झगडे के सम्भाव्य क्षेत्र में स्थान-स्थान पर उन्होंने लाठियां इकट्ठी करके रखवा दीं। साथ ही असुरक्षित दिखने वाले क्षेत्रों में हेगडेवार ने स्वयं जाकर लोगों को सचेत रहने की सूचना दी।

मुसलमान मोहल्लों में 4 सितंबर, 1927 को निकलने वाले एक जुलूस के हस्तपत्रक बांटे गए। यह जुलूस किसी पुण्यतिथि का बहाना लेकर निकाला जाने वाला था। हस्तपत्रक के ऊपर 'फातेहा रब्बानी' (पुण्यतिथि), यह शीर्षक दिया था। उस हस्तपत्रक में लिखा हुआ था, "मुसलमान भाइयों को इत्तिला दी जाती है कि तीन साल पहले सय्यद मीर साहब की मृत्यु हुई। उनकी पुण्यतिथि के निमित्त 4 सितंबर, 1927 को दिन के दो बजे एक

जुलूस हंसापुरी कब्रिस्तान की ओर जाने के लिए नवाब मोहल्ले से महाल, वाकर रोड तथा गांजा खेत के रास्ते से जाएगा। अतः सभी इस्लामी बंधुओं से प्रार्थना है कि उपर्युक्त तारीख को जुलूस निकलने के पहले ही बारह बजे नवाबपुरा की मस्जिद में इकट्ठा होकर जुलूस में शामिल हों। इससे जुलूस में जोश और गर्मी आएगी तथा आप सब सवाब के हकदार होंगे।" नीचे किसी हुसैन शरीफ के हस्ताक्षर थे।

इस यात्रा के लिए महालक्ष्मी के दिन दोपहर दो बजे का समय निश्चित करने के पीछे मुसलमानों की चाल थी। नागपुर-बरार भाग में महालक्ष्मी का उत्सव बडे वैभव तथा साज-बाज के साथ मनाया जाता है। उस दिन बडी सजावट की जाती है। लोग दोनों देवी-प्रतिमाओं का रेशमी तथा जरी के कीमती वस्त्रों से शृंगार करते हैं तथा घर के हीरे, मोती, सोने आदि मूल्यवान गहनों से उन्हें अलंकृत कर घर-घर पूजा की जाती है। नैवेद्य के लिए नाना प्रकार की चीजें पकायी जाती हैं। दोपहर दो बजे से सायंकाल तक देवी आरोगती हैं।

मुसलमानों के नेताओं ने यह योजना बनायी थी कि दोपहर को भोजन की दौडधूप में यदि हिंदू मोहल्लों पर हमला बोल दिया तो भगदड मच जाएगी तथा उस स्थिति का लाभ उठाते हुए महालक्ष्मी की प्रतिमाओं को तोड-फोडकर उनके अलंकार लूटने का अक्षरशः स्वर्ण-अवसर हाथ लग जाएगा। इसी प्रकार के मनमोदक खाते हुए दिन के बारह बजे नवाबपुरा की मस्जिद के पास नागपुर तथा आसपास के गांवों से मुसलमानों का इकट्ठा होना शुरू हो गया।

उस समय हेगडेवार नागपुर में नहीं थे। वे प्रतिवर्ष के अनुसार गणेशोत्सव में भाषण देने के लिए चांदा, वर्धा आदि स्थानों के दौरे पर गए थे, किंतु जाने से पहले उन्होंने मुसलमानों की तैयारी तो हेर ली थी, किंतु हिंदुओं की सजगता का पता नहीं चलने दिया था। डॉक्टर जी की सूचना के अनुसार श्री अण्णा सोहोनी के नेतृत्व में स्वयंसेवक मोहिते बाडे की टूटी दीवार की आड में बारह बजे दोपहर से ही इकट्ठा होने लगे। अण्णा ने उनको ठीक

प्रकार से बांट दिया तथा डॉक्टर मुंजे के घर से महाल तक सभी गली-कूचों में उन्हें सावधानी के साथ छिपकर बैठने की सूचना दी। कुल सोलह टुकडियां बनायी गयी थीं। सब मिलाकर सौ-सवा सौ तरुण होंगे। जैसा कि निश्चित हुआ था रविवार, दिनांक 4 सितंबर, 1927 को दोपहर के दो बजे मुसलमानों का जुलूस निकला। 'अल्ला हू अकबर' तथा 'दीन दीन' के नारे गला फाड-फाडकर लगाए जा रहे थे। जुलूस में सहस्रावधि मुसलमान लाठी, तलवार, भाला, छुरिका आदि शस्त्रास्त्र से सज्ज अत्यंत उन्मत्त जैसा बर्ताव करते हुए जा रहे थे। फिर भी पुलिस ने उनकी ओर अंगुली भी नहीं उठायी। वह अत्यंत डरावना दृश्य था। कालीकर गली, वाइकर गली, केलीबाग, सिटी हाईस्कूल का प्रवेशद्वार, डॉ. हरदास का अस्पताल आदि सभी क्षेत्रों में घरों में बैठे हुए हिंदू डर रहे थे। परंतु दूसरी ओर इन्हीं गलियों में छिपे स्वयंसेवक भी निर्भयता से जुलूस की बाट देख रहे थे। थोडी ही देर में सडक से जाने वाला जुलूस वाइकर गली में गाली-गलौज तथा मार-पीट करता हुआ घुस पडा; किंतु गली में एक ओर चुपके से खडे हुए स्वयंसेवकों ने उस संकरी गली में घुसे हुए गुंडों के ऊपर अपने प्रहार के हाथ दिखाने शुरू कर दिए। गुंडे उल्टे पांव भागने लगे। यह वार्ता बिजली की तरह सारे क्षेत्र में घर-घर में फैल गई।

अंत में अंधेरे का आश्रय लेकर भालदारपुरा की ओर भागने के सिवाय मुसलमानों के सम्मुख और कोई चारा नहीं बचा। रविवार रात्रि को सारे शहर में झडपें (टक्कर) होती रहीं; किंतु उनमें हिंदुओं का ही पलडा भारी था। रात-भर लोगों ने स्वयंप्रेरणा से अपने-अपने क्षेत्र मे पहरा लगाया। इसके बाद तीन दिन सोमवार, मंगलवार तथा बुधवार मारधाड में ही बीते। सोमवार को मुसलमानों ने हिंदुओं की एक अर्थी पर हमला किया। इस घटना से हिंदू एकदम क्षुब्ध हो गए तथा उन्होंने मुसलमानों के कुछ घरों तथा एक मस्जिद को आग लगा दी। सोमवार सायंकाल सेना बुला ली गई। गोरे सिपाही चारों ओर गश्त लगाने लगे। तीन-चार दिन तक हिंदुओं ने जो एकता और जागरूकता दिखायी उसके कारण मुसलमानों के पैर उखड गए तथा वे सेना की छत्रछाया में अपने बाल-बच्चों को गोंड राजा के किले में ले गए। इस

संघर्ष में नागपुर के जीवन पर हिंदुओं का सिक्का जम गया।

इस घटना के बाद कहा जाता है कि अण्णा सोहोनी ने जुम्मे की नमाज के दिन पथसंचलन निकालने का सुझाव दिया था। ताकि ऐसी घटनाएं होने से रोक जाए क्योंकि जुम्मे के नमाज के बाद ही उपद्रव होते थे।

इस पर डॉ. हेडगेवार ने स्पष्ट रूप से आपत्ति जताई और कहा कि संघ का उद्देश्य किसी समुदाय को उकसाना या अनावश्यक टकराव पैदा करना नहीं है। उनका मानना था कि संघ का कार्य अनुशासन और समाज में समरसता बनाए रखना है, न कि किसी भी धार्मिक समुदाय को उकसाना। इस मतभेद के कारण अन्ना सोहनी और हेडगेवार के बीच मनमुटाव हो गया, और कहा जाता है कि अन्ना सोहनी ने संघ से दूरी बना ली।

इसके बावजूद भी वर्ष 1930 जंगल सत्याग्रह के दौरान नागपुर और आस पास के क्षेत्रों में ब्रिटिश वन नियमों के खिलाफ हेगडेवार और अण्णा सोहोनी ने बढ-चढकर हिस्सा लिया था, जिसके परिणामस्वरूप उन्हें जेल जाना पडा था।

वर्ष 1934 में गांधी और संघ के बीच पहला उल्लेखनीय संपर्क हुआ, जब गांधी ने वर्धा में संघ के एक प्रशिक्षण शिविर का दौरा किया। यह दौरा संघ के संस्थापक डॉ. केशव बलिराम हेडगेवार द्वारा आमंत्रण पर यह प्रयास किया गया था। गांधी इस यात्रा से प्रभावित हुए और उन्होंने गांवों, सादगी और नियमित स्वयंसेवकों के अनुशासन के लिए संघ की प्रशंसा की। कुछ स्रोतों के अनुसार, गांधी ने हेडगेवार के साथ बातचीत कीऔर यह सुझाव दिया कि संघ अपनी गतिविधियाँ कांग्रेस के अंतर्गत क्यों नहीं चलाता। हेडगेवार ने जवाब में कहा कि संघ की प्राथमिकता केवल राजनीतिक स्वतंत्रता नहीं, बल्कि हिंदू समाज का सांस्कृतिक और सामाजिक पुनर्जनन है, जो कांग्रेस के ढांचे में कभी संभव नहीं होगा।

गांधी हिंदू-मुस्लिम एकता के मजबूत समर्थक थे और साम्प्रदायिक तालमेलको बढ़ावा देना चाहते थे। संघ का ध्यान हिंदू संगठन पर था।

महात्मा गांधी के अंदर हिंदू चिंतन जरूर था लेकिन वो किसी मुस्लिम संघठन या कट्टर हिंदुवादी संगठन को कांग्रेस के अंतर्गत काम करने के नहीं बोल सकते थे। गांधी के प्रशंसा से स्पष्ट हो जाता है कि बेशक हेगडेवार कांग्रेस के मुस्लिम तुष्टीकरण से तंग आ आरएसएस का गठन किया था लेकिन अपने अंदर के कांग्रेसी को नहीं मार पाए थे, जिसका प्रभाव उनके संगठन आरएसएस पर भी पड़ा।

सुभाष चंद्र बोस 1939 में राष्ट्रीय स्वयंसेवक संघ के एक शिविर में गए थे। यह घटना उस समय की है जब बोस ने भारतीय राष्ट्रीय कांग्रेस से अलग होकर अपनी स्वतंत्र विचारधारा को आगे बढ़ाया था। उन्होंने आरएसएस के नागपुर मुख्यालय में जाकर संघ के कार्यकर्ताओं से मुलाकात की थी। इस दौरान उन्होंने संघ के अनुशासन और संगठनात्मक क्षमता की सराहना की थी।

बोस ने संघ के शिविर में गए और संघ के कार्यकर्ताओं से बातचीत की और उनका उत्साह बढ़ाया। वे भारतीय समाज के पुनर्निर्माण के लिए ऐसे संगठनों की जरूरत महसूस करते थे, और इसलिए संघ की ओर उनका सकारात्मक दृष्टिकोण था। हालांकि नेताजी सुभाष चंद्र बोस की बेटी अनीता बोस फाफ का दावा है कि नेताजी आरएसएस के आलोचक थे।

अगर नेता जी सुभाष चंद्र बोस के व्यक्तित्व की बात करे तो वो हिंदू-मुस्लिम एकता के प्रबल समर्थक थे। वो भारतीय समाज के विभिन्न धर्मों, जातियों और समुदायों को एकजुट करना चाहते थे। उनका मानना था कि भारत का भविष्य एकता में है, और भारतीय स्वतंत्रता संग्राम में हर वर्ग का समान योगदान होना चाहिए। वे किसी भी धर्म या समुदाय के प्रति भेदभाव के खिलाफ थे और सभी भारतीयों को एकजुट करने का प्रयासकरते थे। बोस की विचारधारा मुख्य रूप से सांप्रदायिकता से ऊपर उठकर राष्ट्रीय एकता और आजादी पर आधारित थी। वे धर्म या समुदाय से परे एक समावेशी राष्ट्रवाद के पक्षधर थे। बोस की विचारधारा मुख्य रूप से सांप्रदायिकता से ऊपर उठकर राष्ट्रीय एकता और आजादी पर आधारित थी। वे धर्म या

समुदाय से परे एक समावेशी राष्ट्रवाद के पक्ष में थे। बोस का मानना था कि भारत की स्वतंत्रता के लिए हिंदू और मुस्लिम समुदायों का एकजुट होना अनिवार्य है। वे बार-बार इस बात पर बल देते थे कि सांप्रदायिक विभाजन अंग्रेजों की "फूट डालो और राज करो" नीति का परिणाम है। अपने भाषणों और लेखों में उन्होंने हिंदू-मुस्लिम एकता को राष्ट्रीय आंदोलन की रीढ़ बताया। उदाहरण के लिए, वर्ष 1930 के दशक में कांग्रेस के अध्यक्ष के रूप में उन्होंने सांप्रदायिक सौहार्द को बढ़ावा देने के लिए कई प्रयास किए।

बोस ने मुस्लिम समुदाय की लोकप्रियता को बढ़ाने के लिए काम किए। वे मुस्लिम लीग की सांप्रदायिक राजनीति के खिलाफ थे, लेकिन व्यक्तिगत रूप से मुस्लिम नेताओं और समुदाय के साथ संवाद बनाए रखते थे। उन्होंने मुस्लिमों को यह भरोसा दिलाया कि स्वतंत्र भारत में उनकी पहचान और अधिकार सुरक्षित रहेंगे। वर्ष 1940 में ऑल इंडिया फॉरवर्ड ब्लॉक की स्थापना के बाद भी उन्होंने इस दिशा में काम किया।

बोस एक धर्मनिरपेक्ष नेता थे और उनका मानना था कि राजनीति और राष्ट्र निर्माण से धर्म को दूर रखना चाहिए। वे भारत को एक ऐसे देश के रूप में देखते थे जहां सभी धर्मों के लोग समान अधिकारों के साथ रह सकें। उनकी आजाद हिंद फौज इसका जीवंत उदाहरण थी, जिसमें हिंदू, मुस्लिम, सिख और अन्य समुदायों के लोग कंधे से कंधा मिलाकर लड़े। आईएनए के अधिकारियों में अब्दुल रशीद, शाहनवाज खान जैसे मुस्लिम नाम प्रमुख थे, जो उनके समावेशी नेतृत्व को प्रदर्शित करते हैं।

आजाद हिंद फौज में बोस ने धार्मिक समानता को व्यावहारिक रूप दिया। उनकी सेना में "जय हिंद" और "इंकलाब जिंदाबाद" जैसे नारे सभी समुदायों को एकजुट करने के प्रतीक थे। उन्होंने अपनी रणनीति में यह सुनिश्चित किया कि मुस्लिम सैनिकों और अधिकारियों को बराबरी का सम्मान मिले। उनकी सरकार (आजाद हिंद सरकार) ने भी सभी धर्मों के प्रति निष्पक्षता का वादा किया था।

“जय हिंद” नारा सबसे पहले आजाद हिंद फौज (आईएनए) के संदर्भ में लोकप्रिय हुआ। माना जाता है कि इस नारे को 1941-42 के आसपास बोस के सहयोगी अबिद हसन सैफरानी ने सुझाया था। अबिद हसन बोस के करीबी सहायक थे, जो जर्मनी और जापान में उनके साथ रहे। “इंकलाब जिंदाबाद का नारा सबसे पहले उर्दू कवि मौलाना हसरत मोहानी ने वर्ष 1921 में दिया था। नेता जी के फारसी और उर्दू वाले नारे चुनने के पीछे वजह रहा होगा कि मुस्लिम समाज खुश रहे और एकजुटता बनी रहे। अपने संगठन का नाम “आजाद हिंद फौज” भी यही सोचकर रखा होगा।

आजाद हिंद फौज में बडी संख्या में मुस्लिम शामिल थे। नेताजी की धर्मनिरपेक्षता का प्रशंसा पाकिस्तान के संस्थापक मुहम्मद अली जिन्ना तक ने की थी। आज़ाद हिन्द फ़ौज में ऊँचे पदों पर बड़ी तादाद में मुसलमान अफ़सर थे। नेताजी की सेना और उनकी घोषित स्वतंत्र भारत की सरकार में धर्म, जाति या नस्ल के भेदभाव के बग़ैर ही लोगों को नियुक्त किया गया था।

आज़ाद हिंद फ़ौज में उच्च अधिकारियों पर कार्यरत मुसलमान अफ़सरों में लेफ़्टिनेंट कर्नल अज़ीज़. लेफ़्टिनेंट ज़मन कियानी, लेफ़्टिनेंट अहसान क़ादिर, लेफ़्टिनेंट कर्नल शाह नवाज़, लेफ़्टिनेंट नज़ीर अहमद, लेफ़्टिनेंट कर्नल जनाब करीम घनी, जनाब डी. एम. ख़ान प्रमुख थे।

विदेश जाने के पहले नेताजी ने मुसलमानों के पिछड़ेपन पर बात की की और उसे दूर करने की कोशिश भी की। 1925 में कलकत्ता के मेयर के रूप में उन्होंने अपने भाषण में कहा था कि बंगाली मुसलमानों की आर्थिक स्थिति बहुत खराब है और उस पर ध्यान देने की ज़रूरत है।नेताजी ने कलकत्ता का मेयर बनते हीएलान कर दिया कि वहआहिरीटोला मुहल्ले के घरों को चौरंगी के संपन्न लोगों के मुहल्ले के घरों जैसाबनवाएंगे। इसके अलावा उन्होंने मुसलमानों को उचित रोज़गार देने का भी वादा किया।

नेताजी ने तो केवल इतना एलान ही किया, सुनिश्चित करने की भी कोशिश कि उसे संचालित किया जाए, पर उन्हें उसका समय नहीं मिला। उन्हें पद

छोड़ना पड़ा और गिरफ़्तार कर लिया गया। विदेश जाने के बाद भी सुभाष बाबू हिन्दू-मुसलमान सवाल पर विचार करते रहे। जर्मनी में प्रकाशित होनेवाली पत्रिका 'विल एंड मैक्ट' में उनका एक लेख अगस्त 1942 में प्रकाशित हुआ, 'आज़ाद भारत और उसकी समस्याएं'। इसमें उन्होंने ज़ोर देकर लिखा कि भारत में हिन्द-मुसलमान समस्या अंग्रेजी की खड़ी की हुई है और स्वतंत्र होने के बाद यह समस्या नहीं रहेगी।

नेताजी ने कभी भी मुसलमानों को राष्ट्रविरोधी नहीं देखा न ही हिन्दुओं को प्राथमिकता दी। उन्होंने बहुत ही गौरव से यह कहा था कि भारत के मुसलमान देश की आज़ादी के लिए लड़ रहे हैं।

नेताजी ने अपने लेख 'आज़ाद भारत और उसकी समस्याएं' में अल्पसंख्यकों के हितों की सुरक्षा के लिए ऐसे राज्य की कल्पना की थी जहां 'हर व्यक्ति या समूह की धार्मिक और सांस्कृतिक स्वतंत्रता की गारंटी होगी।'

नेताजी ने यूरोप यात्रा के दौरान वर्ष 1934 में 'द इंडियन स्ट्रगल' नाम की पुस्तक लिखना आरम्भ की थी। उन्होंने इसकी शुरूआती अध्याय 'भारतीय राजनीति की पृष्ठभूमि' में सांप्रदायिक सद्भाव का उल्लेख किया और लिखा कि 'मुसलमान भारत की ज़मीन के कभी अलग न किए जाने वाले हिस्सा हैं।'

नेताजी ने भारतीय इतिहास के जिन दो युगों को स्वर्ण युग क़रार दिया, वे थे, गुप्त काल और मुग़ल काल।

सुभाष चंद्र बोस ने लिखा है कि नई वस्तुओं ने संस्कृति और कला में विकसित किया हिन्दू-मुसलमानों के सहयोग तथा सहभागितामें चीजों का विकास हुआ।

नेताजी ने मुगल शासकों की तारीफ करते हुए कहा कि उन्होंने आम जनता के निजी जीव में हस्तक्षेप में नहीं किया और उन्हें अपने ढंग से जीवन जीने दिया।

नेताजी ने लिखा, "मुसलमानों के आने और उनके आगे बढ़ने के साथ ही एक नए तरह का मिश्रण बनने लगा जो आगे चल कर कामयाब रहा।

मुगलों के आने से कला-संस्कृति का विकास हुआ। मुसलमानों ने हिंदुओं का धर्म स्वीकार नहीं किया, पर भारत को अपना घर बनाया, सामाजिक जीवन में एकाकार हो गए और दुख सुख में साथ रहे।”

1943 में, भारतीय राष्ट्रीय सेना के नेता सुभाष चंद्र बोस ने जापानी कब्जे वाले यांगून में ज़फर के दफन स्थल के पास एक परेड आयोजित की, जिसमें उन्होंने अंतिम मुगल शासक बहादुर शाह जफर को “एक ऐसे व्यक्ति के रूप में वर्णित किया गया, जिसके पवित्र ध्वज के नीचे स्वतंत्रता-प्रेमी हिंदू, मुस्लिम और सिख कंधे से कंधा मिलाकर लडे।”

आज़ाद हिंद फ़ौज के शीर्ष कमांडर बतौर नेताजी सुभाषचंद्र बोस 26 सितंबर 1943 को रंगून पहुँचे और वहाँ उन्होंने अंतिम मुग़ल सम्राट बहादुरशाह ज़फ़र के मज़ार पर सजदा किया। यही नहीं, मज़ार पर 50 हज़ार रुपये बतौर नज़राना भी चढ़ाया। नेताजी ने बहादुर शाह जफर के कब्र पर भारत की स्वतंत्रता के लिए संघर्ष जारी रखने की शपथ ली थी। नेताजी की नज़र में बहादुर शाह ज़फ़र आज़ादी की पहली लड़ाई की नायक ही नहीं उस महान मुग़ल वंश के अंतिम शासक थे जिसने भारतीय इतिहास में एक ‘गौरवशाली अध्याय’ जोड़ा था। नेताजी ने अंग्रज़ों को जवाब देते हुए कहा था- “अशोक के क़रीब एक हज़ार साल बाद भारत एक बार फिर गुप्त सम्राटों के राज्य में उत्कर्ष के चरम पर पहुँच गया। उसके नौ सौ साल बाद एक बार फिर भारतीय इतिहास का का गौरवशाली अध्याय मुग़ल काल गें आरंभ हुआ। इसलिए यह याद रखना चाहिए कि अंग्रेज़ों की यह अवधारणा कि हम राजनीतिक रूप में एक केवल उनके शासनकाल में ही हुए, पूरी तरह ग़लत है। (पेज 274, खंड-12, नेताजी संपूर्ण वाङ्मय, प्रकाशन विभाग, भारत सरकार।)

नेताजी के ऐसा कहने के पीछे मुग़लकालीन भारत में आर्थिक, राजनैतिक, सामरिक और कलात्मक क्षेत्र में उन्नति के अलावा मेल-मिलाप की संस्कृति में हुए विकास की ओर ध्यान दिलाना था।

वर्ष 1943 में नेताजी भाषण में कहा था, "आजादी के बाद भारत को 20 साल क्रूर तानाशाही की जरूरत होगी।"

नेताजी की वर्ष 1935 में लंदन में प्रकाशित हुई पुस्तक 'इंडियन स्ट्रगल' से खुलासा हुआ कि बोस ने भारत में फासीवाद और कम्युनिजम से मिली जुली राजनीतिक व्यवस्था की वकालत की थी। ये सब स्वयं के नेतृत्व में चाहते थे।

अंग्रेजी अखबार 'द टाइम्स ऑफ इंडिया' की खबर के मुताबिक, अक्टूबर 1943 में बोस ने प्रविजनल गवर्नमेंट ऑफ फ्री इंडिया का ऐलान किया। उन्होंने सभी भारतीयों से कहा कि समर्पण और निष्ठा जताएं और जो कोई उनका विरोध करेगा, उसे उनकी सेना या सरकार मार सकती है।

उस दौर के अखबार 'संडे एक्सप्रेस' और 'सिंगापुर डेली' में छपे बोस के भाषण के मुताबिक, 'जब तक थर्ड पार्टी ब्रिटिश है, लड़ाई खत्म नहीं होगी। यह बढ़ती चली जाएगी। वे तब ही जाएंगे, जब कोई मजबूत तानाशाह 20 साल तक भारत पर राज करेगा। भारत में ब्रिटिश राज खत्म करने के लिए कम से कम कुछ साल तक सख्त तानाशाही चाहिए। भारत के लिए जरूरी है कि शुरुआत तानाशाही से हो।'

इंडियन नेशनल आर्मी (आईएनए) ने ऐलान किया था, 'अगर कोई शख्स हमारे या हमारे सहयोगियों के इरादों को नहीं समझता है तो ये भारत की आजादी के लिए दिक्कत करेगा, इसलिए उसे मार डाला जाएगा। आईएनए के सहयोगियों में अर्जी हुकूमत-ए-आजाद हिंद, निपों आर्मी (जापानी सेना) शामिल थे. ऐसे लोगों को क्रिमिनल लॉ के आधार पर कड़ी सजा देने की बात कही गई।

अब सवाल उठता है कि सुभाष चंद्र बोस, जो बडे मुस्लिम परस्त थे। आखिर आरएसएस की शाखा में उन्होंने क्या ऐसा देखा कि उन्होंने प्रशंसा की? जाहिर सी बात है कि संघ जिस प्रचार के साथ बना, वैसा कुछ था नहीं जो नेताजी को पसंद ना आए।

आरएसएस मुगलों को आज भी आंक्रांता, हिन्दुओं का दमन करने वाला, भारतीय इतिहास का काला अध्याय मानता है। इस विचारधारा को मानने वाले तमाम संगठन हिन्दुओं के बड़े पैमाने पर ज़बरन धर्म परिवर्तन और मुगल राज में अत्याचार की बात करते हैं।

जहां नेताजी खुले आम हिन्दू-मुसलमान एकीकरण पर ज़ोर देते हैं, कहते हैं कि मुसलमान देश की आज़ादी के लिए लड़ रहे हैं, वहीं आरएसएस सांस्कृतिक राष्ट्रवाद की बात करता है और कहता है कि जिनकी पुण्यभूमि भारत नहीं है, वे सच्चे भारतीय नहीं हैं। यानी मुसलमान और ईसाई सच्चे भारतीय नहीं हैं।

अब आखिर बीजेपी-आरएसएस की क्या मजबूरी हो गई कि नेताजी के विरासत को हथियाना चाहते है? जिसका सीधा जबाव है कि आरएसएस के पास अपने कोई महापुरुष नहीं है। जिसका परिणाम है कि दूसरों के विरासत को महापुरुष सबके होते है बोलकर हथियाने का प्रयास करते है। जो इनके कथित विचारधारा से बिल्कुल अलग ही क्यों ना हो।

नेताजी सुभाष चंद्र बोस की 127वीं जयंती के मौके राष्ट्रीय स्वयं सेवक संघ (आरएसएस) चीफ मोहन भागवत ने पश्चिम बंगाल के 24 परगना में 23 जनवरी, 2024 को एक कार्यक्रम में हिस्सा लिया।

इस मौके पर उन्होंने नेताजी को याद करते हुए कहा, “सुभाष चंद्र बोस जी ने अपने जीवन में अपने लिए नहीं सोच कर, देश के लिए सोचा। धर्म किसी में भेद नहीं करता है। धर्म सभी को एक करने का काम करता है। सभी मनुष्यों को धर्म और अध्यात्म के रास्ते पर चलने का प्रयास करना चाहिए।”

आरएसएस चीफ ने कहा, “सुभाष चंद्र बोस भी धर्म पर चलते थे। उन्होंने अपना पूरा जीवन धर्म के लिए जिया है। सुभाष बाबू के चिंतन और हमारे चिंतन में कोई भेदभाव नहीं है।”

मोहन भागवत के स्पष्ट कर दिया कि आरएसएस और सुभाष चंद्र बोस का चिंतन एक जैसा है तब आखिर इस संगठन की शुरुआत मातृभूमि और पुण्यभूमि के आधार पर हुआ, जिसे आरएसएस लंबे समय तक दोहराता

रहा बेशक बोल चुका हो कि भारतीय सांकृति को मानने वाले सभी हिंदू है तो कभी भारत में पैदा लेने वाले सभी हिंदू है। इस बदले स्वरूप से साबित होता कि पुण्यभूमि वाली बात महज 'जुमला' था। हिंदुओ को गुमराह करने का तरीका था।

मुसलमानों को लेकर सर संघचालकों के विचार कुछ इस तरह से थेः

डॉ. केशव बलिराम हेडगेवार

हेडगेवार, जो राष्ट्रीय स्वयंसेवक संघ के संस्थापक थे, का विचार हिंदू राष्ट्रवाद पर केंद्रित था। उनका मानना था कि भारत एक हिंदू राष्ट्र है और हिंदू संस्कृति इसकी मूल पहचान है।

हेडगेवार का मानना था कि भारतीय राष्ट्रीयता का आधार हिंदू संस्कृति और उसकी धार्मिक-सांस्कृतिक विरासत पर टिका होना चाहिए। उनके विचारों में "हिंदू-मुस्लिम एकता" को एक भ्रम के रूप में देखा गया, क्योंकि वे इसे व्यावहारिक रूप से असंभव मानते थे।

दूसरी तरफ, हेडगेवार का दृष्टिकोण यह भी था कि भारत में रहने वाले सभी लोगों को राष्ट्रवाद की भावना से ओत-प्रोत होना चाहिए। उन्होंने मुस्लिमों को भारत में रहने से नहीं रोका, लेकिन वे चाहते थे कि वे भारत की संस्कृति को अपनाएं और हिंदू राष्ट्र की भावना से खुद को जोड़ें।

उनका मानना था कि इतिहास में इस्लामी आक्रमणों ने भारतीय संस्कृति को क्षति पहुँचाई, लेकिन सभी मुस्लिम उनके दुश्मन नहीं हैं। वे उन मुस्लिमों को स्वीकार करते थे जो भारत की परंपराओं और संस्कृति के प्रति निष्ठावान थे।

वे यह मानते थे कि भारत में इस्लाम का आगमन आक्रांताओं के रूप में हुआ, जिसने भारतीय संस्कृति पर गहरा प्रभाव डाला। उनका विचार था कि कुछ कट्टरपंथी मुस्लिम तत्व भारतीय संस्कृति के खिलाफ रहे हैं, जिससे हिंदू समाज को सतर्क रहना चाहिए।

हेडगेवार ने ब्रिटिश सरकार द्वारा किए गए "फूट डालो और राज करो" की नीति का विरोध किया। वे मानते थे कि अंग्रेजों ने हिंदू-मुस्लिम समुदायों के बीच जानबूझकर दरारें डालीं और कुछ मुस्लिम नेताओं को अपने पक्ष में किया, जिससे समाज में विभाजन बढ़ा।

उनके विचारों में यह चिंता थी कि कुछ मुसलमान भारत की परंपराओं और संस्कृति को स्वीकार करने में हिचकिचाते हैं, लेकिन उन्होंने यह भी कहा कि यदि वे भारतीय राष्ट्रवाद को अपनाते हैं, तो उन्हें संघ में शामिल करने में कोई आपत्ति नहीं होनी चाहिए।

संक्षेप में, हेडगेवार का दृष्टिकोण सांस्कृतिक राष्ट्रवाद पर आधारित था, जहाँ उन्होंने मुस्लिमों को भारत का हिस्सा माना, लेकिन वे चाहते थे कि वे खुद को पहले भारतीय और फिर किसी अन्य धार्मिक पहचान से जोड़ें।

गुरुजी माधव सदाशिव गोलवलकर

गोलवलकर, जो राष्ट्रीय स्वयंसेवक संघ के दूसरे सरसंघचालक थे, के मुस्लिम समुदाय को लेकर विचार डॉ. हेडगेवार की विचारधारा से प्रेरित थे, लेकिन इन्हें उन्होंने अधिक स्पष्ट और कठोर रूप में व्यक्त किया। गोलवलकर ने अपनी पुस्तक "वी ऑर आवर नेशनहुड डिफाइंड" (1939) और "बंच ऑफ थॉट्स" (1966) में अपने विचारों को विस्तार से प्रस्तुत किया। उनके दृष्टिकोण को समझने के लिए उनकी हिंदू राष्ट्र की अवधारणा और राष्ट्रीयता की परिभाषा को देखना जरूरी है।

गोलवलकर ने मुस्लिम समुदाय को "आंतरिक खतरे" के रूप में देखा। उनका तर्क था कि मुस्लिमों की निष्ठा भारत के प्रति नहीं, बल्कि इस्लामिक दुनिया के प्रति होती है। "वी ऑर आवर नेशनहुड डिफाइंड" में उन्होंने लिखा कि जो लोग इस देश की संस्कृति और राष्ट्रीयता को पूरी तरह स्वीकार नहीं करते, उन्हें या तो हिंदू संस्कृति में आत्मसात होना चाहिए या फिर अधीनस्थ स्थिति में रहना चाहिए। वे इसे जर्मनी में नाजी विचारधारा के उदाहरण से जोड़ते थे, हालांकि बाद में आरएसएस ने इस तुलना से दूरी बनाई।

गोलवलकर हिंदू-मुस्लिम एकता की अवधारणा के खिलाफ थे। हिंदू-मुस्लिम एकता की अवधारणा को अव्यावहारिक और भ्रामक मानते थे। उनका मानना था कि मुस्लिम समुदाय की अलग पहचान और इतिहास में उनकी भूमिका (जैसे मंदिरों का विध्वंस या धार्मिक कट्टरता) इस एकता को असंभव बनाती है। "बंच ऑफ थॉट्स" में उन्होंने कहा कि मुस्लिमों को भारत में रहना है तो उन्हें हिंदू संस्कृति को अपनाना होगा और अपनी अलग धार्मिक-सांस्कृतिक पहचान को त्यागना होगा।

गोलवलकर का जोर इस बात पर था कि भारत में रहने वाले हर व्यक्ति की निष्ठा केवल भारत के प्रति होनी चाहिए। उनका कहना था कि मुस्लिम समुदाय की "अलगाववादी" प्रवृत्ति (उदाहरण के लिए, विभाजन की मांग) देश के लिए खतरा है। वे इसे ऐतिहासिक घटनाओं, जैसे मुस्लिम शासकों के शासन और 1947 के विभाजन से जोड़ते थे।

गोलवलकर के नेतृत्व में आरएसएस ने मुस्लिम विरोधी हिंसा को प्रोत्साहित करने के बजाय संगठन और हिंदू जागरण पर ध्यान दिया। वे मानते थे कि हिंदू समाज को इतना मजबूत करना चाहिए कि कोई बाहरी या आंतरिक शक्ति उसे चुनौती न दे सके।

गोलवलकर के विचारों की आलोचना अक्सर इस आधार पर होती है कि वे सांप्रदायिक और असहिष्णु थे। उनके लेखन में मुस्लिमों को लेकर सख्त रुख और आत्मसात करने की शर्त ने उन्हें विवादास्पद बना दिया। हालांकि, उनके समर्थक कहते हैं कि उनका उद्देश्य हिंदू समाज का उत्थान और राष्ट्रीय एकता था, न कि मुस्लिमों के खिलाफ हिंसा। यह भी ध्यान देने योग्य है कि "वी ऑर आवर नेशनहुड डिफाइंड" को बाद में आरएसएस ने आधिकारिक तौर पर अपनी विचारधारा का प्रतिनिधि ग्रंथ नहीं माना।

दूसरी तरफ, एम. एस. गोलवलकर (गुरुजी) के विचारों को आमतौर पर उनकी राष्ट्रवादी और हिंदू सांस्कृतिक दृष्टि के संदर्भ में देखा जाता है, लेकिन उनके विचारों में केवल आलोचना ही नहीं, बल्कि कुछ सकारात्मक पहलू भी थे।

गोलवलकर के मुसलमानों को लेकर सकारात्मक विचार

गोलवलकर ने यह कभी नहीं कहा कि मुसलमान भारत में नहीं रह सकते। बल्कि, उनका कहना था कि यदि मुसलमान भारत की सांस्कृतिक परंपराओं को अपनाते हैं, राष्ट्रवाद की भावना से ओत-प्रोत होते हैं और राष्ट्रहित को सर्वोपरि मानते हैं, तो वे समाज का अभिन्न हिस्सा हो सकते हैं। वे मानते थे कि धर्म एक व्यक्तिगत विषय है, लेकिन राष्ट्र की सांस्कृतिक पहचान साझा होनी चाहिए। उनका यह दृष्टिकोण समावेशी था कि यदि मुसलमान भारतीय संस्कृति में घुल-मिल जाते हैं, तो कोई समस्या नहीं होनी चाहिए।

गोलवलकर का मानना था कि भारत में रहने वाले सभी लोगों के लिए समान नागरिक अधिकार होने चाहिए। वे मुस्लिम समाज को भारतीय संविधान और कानून के दायरे में समानता के सिद्धांत पर जीने के लिए प्रेरित करते थे। उन्होंने मुसलमानों सहित सभी नागरिकों से आह्वान किया कि वे आत्मनिर्भर बनें, राष्ट्र की उन्नति में योगदान दें और समाज को मजबूत करें। वे मानते थे कि जो भी भारतीय समाज की उन्नति के लिए कार्य करेगा, उसे स्वीकार किया जाना चाहिए। उनके विचारों को लेकर कई बार कट्टरता की छवि बनाई जाती है, लेकिन वे यह भी मानते थे कि यदि मुसलमान भारत की मूल सांस्कृतिक धारा को स्वीकार करते हैं, तो हिंदू-मुस्लिम एकता संभव है। उन्होंने इस्लाम के हर अनुयायी को गलत नहीं माना, बल्कि उनकी चिंता केवल उन तत्वों को लेकर थी जो राष्ट्रविरोधी गतिविधियों में शामिल होते हैं।

बाला साहब देवरस

बालासाहब देवरस (माधव श्रीहरी भावे), जो राष्ट्रीय स्वयंसेवक संघ के तीसरे सरसंघचालक थे। उन्होंने अपनी विचारधारा में हिंदू राष्ट्रवाद को आगे बढ़ाया, लेकिन उनके दृष्टिकोण में कुछ व्यावहारिक और समकालीन बदलाव भी दिखाई देते हैं। मुस्लिम समुदाय को लेकर उनके विचार उनके पूर्ववर्तियों—डॉ. हेडगेवार और गुरु गोलवलकर—से प्रभावित थे, लेकिन उनके कार्यकाल में आरएसएस के संगठनात्मक विस्तार और सामाजिक

समन्वय पर अधिक जोर था।

देवरस ने गोलवलकर की तरह ही भारत को एक हिंदू राष्ट्र माना, जिसमें हिंदू संस्कृति को देश की मूल पहचान के रूप में देखा गया। उनके लिए "हिंदू" शब्द एक सांस्कृतिक और राष्ट्रीय पहचान था, न कि केवल धार्मिक। वे मानते थे कि भारत में रहने वाले सभी लोगों को इस सांस्कृतिक पहचान के साथ जुड़ना चाहिए। हालांकि, उन्होंने यह भी कहा कि इसमें मुस्लिम समुदाय को शामिल करने की संभावना है, बशर्ते वे अपनी "अलगाववादी" प्रवृत्ति को छोड़ दें।

देवरस का मानना था कि मुस्लिम समुदाय की निष्ठा अक्सर भारत से बाहर (जैसे मक्का या इस्लामिक दुनिया) की ओर होती है, जो हिंदू राष्ट्र की एकता के लिए चुनौती है। उन्होंने अपने भाषणों में इस बात पर जोर दिया कि भारत में रहने वाले मुस्लिमों को अपनी धार्मिक पहचान को भारतीय संस्कृति के अधीन रखना चाहिए और देश के प्रति पूर्ण निष्ठा दिखानी चाहिए। यह विचार गोलवलकर के दृष्टिकोण से मेल खाता है।

गोलवलकर के कठोर रुख की तुलना में देवरस ने व्यावहारिकता और सामाजिक समन्वय पर अधिक ध्यान दिया। उन्होंने आरएसएस को एक व्यापक सामाजिक संगठन के रूप में विकसित करने की कोशिश की और मुस्लिम समुदाय के साथ संवाद की संभावनाओं को खुला रखा। उदाहरण के लिए, उनके कार्यकाल में आरएसएस ने आपातकाल (1975-77) के दौरान विपक्षी दलों और विभिन्न समुदायों के साथ सहयोग किया, जिसमें मुस्लिम संगठन भी शामिल थे।

तत्कालीन संघ प्रचारक नरेंद्र मोदी ने 'संघर्षमा गुजरात' नामक पुस्तक गुजराती भाषा में लिखा। यह पुस्तक आपातकाल खत्म होने के बाद वर्ष 1978 में प्रकाशित हुई। इस पुस्तक में मोदी ने आपातकाल के खिलाफ लडने वालें संगठनों में जमात-ए-इस्लामी हिंद का भी जिक्र किया है। तब इंदिरा गांधी ने आरएसएस की तरह जमात-ए-इस्लामी-हिंद पर भी प्रतिबंध लगा दिया था। दोनों संगठनों ने कई सदस्य जेल में बंद थे।

मोदी लिखते है, “जेल में विभिन्न विचारधारा के लोग एक साथ थे। संघ कार्यकर्ताओं को मुसलमानों के दुश्मन के रूप में चित्रित करने की कांग्रेस की कोशिशों को संघ कार्यकर्तायों ने अपने व्यवहार से विफल कर दिया। जेल में संघ कार्यकर्तायों और उनके मुस्लिम मित्रों के अविश्वसनीय भाईचारा था। जब वे नमाज पढते थे तो सभी पूरा अनुशासन बनाए रखते थे। रमजान के महीने में संघ कार्यकर्ता रात में 2 बजे उठकर अपने मुस्लिम दोस्तों के लिए खाना बनाते थे।”

आपातकाल के दौरान आरएसएस पर प्रतिबंध लगा था, और देवरस ने जेल से ही संगठन को मजबूत करने का प्रयास किया। इस दौरान उन्होंने विभिन्न समुदायों और विचारधाराओं के साथ संवाद की नीति अपनाई। यह उनके व्यावहारिक दृष्टिकोण का उदाहरण था, लेकिन मुस्लिमों को लेकर उनकी मूल सोच में कोई बड़ा बदलाव नहीं आया।

संघ से जुडे पत्रकार राम बहादुर राय बताते है, “मैं इसका साक्षी हूं। वर्ष 1975 के आपातकाल के दौरान मुस्लिम और आरएसएस नेता साथ साथ जेलों में थे और उनमें आपस में एक सौहार्द बना था। जब जनता पार्टी की सरकार आई तो शाही इमाम वगैरह आरएसएस के दफ्तर में जाते थे और शाम को अगर नमाज का वक्त होता था, तो वही नमाज पढते थे। मोरारजी भी की आरएसएस को सलाह थी कि वो संघ को हिंदुओ तक सीमित करने के बजाय उसे सब के लिए खोल दे।”

राय के मुताबिक, “सन 1977 में आरएसएस की की प्रतिनिधि सभा में मुसलमानों के सवाल पर विचार हुआ। उस पर बहुत बहस हुई। उसमें बाला साहब देवरस का रुख था कि हमें आरएसएस में मुसलमानों के खोलना चाहिए लेकिन जो उनके सहयोगी थे, जैसे यादवराव जोशी, मोरोपंत पिंगले, दत्तोपंत ठेंगडी, इन सबने घोर विरोध किया। जब बाला साहब के अलावा सभी लोग इसके विरोध में खडे हो गए तो उन्होंने समापन भाषण में इस अध्याय को बंद कर दिया। अगर ये फैसला बाला साहब के ऊपर छोडा जाता तो वो संघ की शाखाओं में सबको आने की अनुमति दे देते।”

देवरस हिंदू-मुस्लिम एकता के पक्षधर थे, लेकिन उनकी शर्त थी कि यह एकता हिंदू संस्कृति के आधार पर हो। वर्ष 1979 में पुणे में दिए गए एक भाषण ("हिंदू संगठन और राष्ट्रीय एकता") में उन्होंने कहा,"हम सभी को एकजुट करना चाहते हैं, लेकिन यह एकता तभी संभव है जब सभी भारत की सांस्कृतिक धारा में शामिल हों।"

इस संदर्भ में, उन्होंने मुस्लिमों से अपेक्षा की कि वे अपनी धार्मिक प्रथाओं को निजी क्षेत्र तक सीमित रखें और राष्ट्रीय जीवन में हिंदू संस्कृति को प्राथमिकता दें।

देवरस ने अपने कार्यकाल में आरएसएस को आधुनिक बनाने और विभिन्न समुदायों तक पहुँचने की कोशिश की। उनके समय में आरएसएस ने सेवा कार्यों और सामाजिक कल्याण पर ध्यान बढ़ाया, जिसका लाभ मुस्लिम समुदाय को भी मिला। हालांकि, यह समावेशिता उनकी शर्तों पर थी, न कि बराबरी के आधार पर। उनका मानना था कि मुस्लिमों को हिंदू समाज के साथ "मिलकर चलना" चाहिए।

उनके कार्यकाल में ही राम जन्मभूमि आंदोलन ने जोर पकड़ा (1980 के दशक में), जिसमें RSS और इसके सहयोगी संगठनों ने सक्रिय भूमिका निभाई। इस आंदोलन ने हिंदू-मुस्लिम तनाव को बढ़ाया, और देवरस ने इसे हिंदू जागरण के रूप में समर्थन दिया। इससे उनके मुस्लिम समुदाय के प्रति रुख की कठोरता भी झलकती है।

गोलवलकर की तुलना में देवरस का दृष्टिकोण कम सैद्धांतिक और अधिक व्यावहारिक था। जहां गोलवलकर ने मुस्लिमों को आत्मसात करने पर जोर दिया, वहीं देवरस ने संवाद और सह-अस्तित्व की बात की, लेकिन यह सह-अस्तित्व हिंदू प्रभुत्व के अधीन था।

आलोचकों का कहना है कि उनका यह रुख सांप्रदायिक था और भारत की बहुसांस्कृतिक पहचान को कमजोर करता था। समर्थक इसे राष्ट्रीय एकता की दिशा में एक कदम मानते हैं।

बालासाहब देवरस का मुस्लिम समुदाय को लेकर विचार हिंदू राष्ट्रवाद पर आधारित था, जिसमें वे मुस्लिमों को भारत की सांस्कृतिक धारा में शामिल होने की शर्त पर स्वीकार करने को तैयार थे। वे हिंदू-मुस्लिम एकता की बात करते थे, लेकिन यह एकता हिंदू संस्कृति की प्रधानता पर टिकी थी। उनके दृष्टिकोण में व्यावहारिकता और संवाद की झलक मिलती है, लेकिन यह मूल रूप से आरएसएस की हिंदू केंद्रित विचारधारा से अलग नहीं था।

प्रो.राजेंद्र सिंह

रज्जू भैया, यानी प्रोफेसर राजेंद्र सिंह, राष्ट्रीय स्वयंसेवक संघ (आरएसएस) के चौथे सरसंघचालक थे। मुसलमानों के प्रति उनके विचार मुख्य रूप से राष्ट्रीय एकता और सांस्कृतिक समन्वय पर आधारित थे, जैसा कि संघ की विचारधारा में जोर दिया जाता है।

रज्जू भैया का मानना था कि भारत के सभी नागरिक, चाहे वे किसी भी धर्म को मानते हों, इस देश की साझा सांस्कृतिक विरासत से जुड़े हैं। उनके अनुसार, मुसलमानों को भी यह भावना अपनानी चाहिए कि वे भारत के मूल निवासी हैं और उनकी जड़ें इस देश की मिट्टी में हैं। वे यह नहीं मानते थे कि मुसलमान भारत में बाहरी हैं, बल्कि उनका कहना था कि वे भी भारतीय संस्कृति का हिस्सा हैं, भले ही उनकी उपासना पद्धति अलग हो। उनका यह विचार था कि धर्म बदलने से सांस्कृतिक पहचान नहीं बदलती। उदाहरण के लिए, उन्होंने कहा था कि मुसलमानों को यह समझना चाहिए कि "हम इस देश के पुत्र हैं, यह संस्कृति हमारी है, हम चार-दस पीढ़ियों पहले हिंदू ही थे।" उनका जोर इस बात पर था कि भारतीयता एक साझा पहचान है, जो सभी धर्मों को एक सूत्र में बांधती है।

रज्जू भैया का यह दृष्टिकोण संघ की उस मूल सोच को प्रतिबिंबित करता है, जिसमें हिंदुत्व को एक जीवन पद्धति के रूप में देखा जाता है, न कि केवल एक धार्मिक संकीर्णता के रूप में। वे चाहते थे कि मुसलमान अपने आपको भारतीय संस्कृति के अभिन्न अंग के रूप में देखें और देश के प्रति अपनी निष्ठा को मजबूत करें। उनका यह विचार विवादास्पद भी रहा, क्योंकि

कुछ लोग इसे मुस्लिम समुदाय की धार्मिक पहचान को कमतर करने की कोशिश के रूप में देखते हैं, जबकि संघ समर्थक इसे एकता की दिशा में उठाया गया कदम मानते हैं।

संक्षेप में, रज्जू भैया मुसलमानों को लेकर यह मानते थे कि वे भारत के अभिन्न अंग हैं और उन्हें अपनी सांस्कृतिक जड़ों को पहचानते हुए राष्ट्रीय एकता में योगदान देना चाहिए।

के.एस.सुदर्शन

के.एस. सुदर्शन (कुपहल्ली शिवरामैया सुदर्शन), जो आरएसएस के पांचवें सरसंघचालक थे। उनके मुसलमानों को लेकर उनकी हिंदुत्ववादी विचारधारा और राष्ट्रीय एकता के दृष्टिकोण से प्रभावित थे। उनके कथन और भाषण आरएसएस के मूल सिद्धांतों—भारतीय संस्कृति की सर्वोच्चता और हिंदू राष्ट्र की अवधारणा—के इर्द-गिर्द घूमते थे।

सुदर्शन का मानना था कि भारत के मुसलमानों को अपनी सांस्कृतिक जड़ों को पहचानना चाहिए। उनका कहना था कि भारत के अधिकांश मुसलमान मूल रूप से हिंदू थे, जो ऐतिहासिक कारणों (जैसे धर्मांतरण) से मुस्लिम बन गए। वे चाहते थे कि मुसलमान अपनी "हिंदू विरासत" को स्वीकार करें और भारतीय संस्कृति के साथ पूरी तरह समाहित हों। उनका यह विचार था कि धार्मिक पहचान से ऊपर एक साझा सांस्कृतिक पहचान होनी चाहिए, जो हिंदुत्व पर आधारित हो। उदाहरण के लिए, उन्होंने एक बार कहा था कि मुसलमानों को यह समझना चाहिए कि "उनके पूर्वज हिंदू थे, और उनकी सांस्कृतिक जड़ें इस देश की मिट्टी में हैं।"

सुदर्शन ने कई मौकों पर इस्लाम के कुछ पहलुओं को भारत की राष्ट्रीय एकता के लिए चुनौती के रूप में देखा। उनका बयान था, "यह देश मुस्लिमों की श्रद्धा का पात्र तब तक नहीं बन सकता जब तक यह दारुल-इस्लाम नहीं बन जाता।" इस कथन का अर्थ था कि वे इस्लामिक विचारधारा को भारतीय राष्ट्रवाद के साथ असंगत मानते थे। वे यह संदेश देना चाहते थे कि मुसलमानों को भारत के प्रति अपनी निष्ठा को धार्मिक पहचान से ऊपर

रखना चाहिए।

सुदर्शन धर्मांतरण (खासकर हिंदुओं का इस्लाम या ईसाइयत में परिवर्तन) के सख्त खिलाफ थे। उनका मानना था कि यह भारतीय संस्कृति और समाज को कमजोर करता है। वे इसे विदेशी प्रभाव का परिणाम मानते थे और इसे रोकने के लिए "घर वापसी" जैसे अभियानों का समर्थन करते थे, जिसमें मुसलमानों और ईसाइयों को वापस हिंदू धर्म में लाने की बात की जाती थी।

दूसरों के घरवापसी का समर्थन करने वाले सुदर्शन एक दिन अचानक से गायब हो गए। 20 अगस्त, 2012 को गुपचुप अपने सुरक्षा दस्ते के साथ ईद की नमाज अता करने चल दिए।सुबह करीब आठ बजे उन्होंने अरेरा कालोनी स्थित संघ के कार्यालय समिधा से अपने सुरक्षा दस्ते को ताजुल मस्जिद चलने को कहा। रवाना होते ही जैसे सुदर्शन ने कहा कि वे नमाज पढ़ेंगे तो सुरक्षाकर्मियों ने इसकी खबर ट्रैफिक पुलिस को दी और पुलिस के आला अफसरों ने सुदर्शन को रोकने की कवायद शुरू कर दी। उनके काफिले को बीच रास्ते रुकवा लिया गया, लेकिन सुदर्शन मानने को तैयार नहीं थे। सुदर्शन का तर्क था कि ईश्वर की इबादत से कौन सा मजहब रोकता है?

पुलिस अधीक्षक अरविंद सक्सेना ने नगरीय प्रशासन एवं विकास मंत्री बाबूलाल गौर को पूरे घटनाक्रम की जानकारी दी और आकर उन्हें समझाने को कहा। गौर ने पहुंच कर सुदर्शन से बातचीत की और उन्हें लेकर लौट गए। इसके बाद सुदर्शन ने जाकर शहर काजी और कुछ अन्य मित्रों के घर ईद की मुबारकबाद दी।

15 सितंबर, 2012 को सुदर्शन के मृत्यु के बाद, जमात-ए-इस्लामी हिंद ने अपने मुखपत्र दावत के 22 सितंबर, 2012 के अंक में सुदर्शन को श्रद्धांजलि देते हुए कहा कि मुसलमानों को दुख हुआ, जब उन्हें पता चला कि सुदर्शन ईद के दिन नमाज अदा करना चाहते थे, लेकिन "उनके कर्मचारियों और पुलिस अधिकारियों ने यातायात जाम के बहाने उन्हें ऐसा

करने की अनुमति नहीं दी।"

द्वि-साप्ताहिक पत्रिका ने यह भी कहा कि उर्दू अखबारों ने सुदर्शन के कृत्य पर टिप्पणी की है और "उनके दिमाग में नमाज, ईद और मुसलमानों को लेकर कुछ बात रही होगी।"

एक कट्टरपंथी इस्लामी संगठन द्वारा की गई यह 'श्रद्धांजलि' राज्य के संघ नेताओं को रास नहीं आई और उन्होंने जमात की इस 'बाएं हाथ की' प्रशंसा के औचित्य पर सवाल उठाया।

प्रांत संघचालक सतीश पिंपलीकर ने हिंदुस्तान टाइम्स को बताया, "मुझे नहीं पता कि संगठन को सुदर्शनजी की नमाज पढ़ने की इच्छा के बारे में कहां से पता चला। वास्तव में, सरसंघचालक के रूप में और सेवानिवृत्ति के बाद भी सुदर्शनजी ने विभिन्न समुदायों के लोगों के साथ सौहार्दपूर्ण संबंध बनाए रखे। अगर वह ईद पर मुसलमानों को बधाई देना चाहते थे तो इसका मतलब यह नहीं था कि वह नमाज पढ़ना चाहते थे।"

पिंपलीकर ने कहा कि जहां तक जमात की संवेदना का सवाल है, वे उनकी भावनाओं की सराहना करते हैं, लेकिन वे यह नहीं समझ पा रहे हैं कि इस्लामी संस्था "नमाज के मुद्दे को उठाकर क्या हासिल करना चाहती है, जिसे कोई भी स्थापित नहीं कर सकता।"

एचटी ने जिन अन्य आरएसएस नेताओं से संपर्क किया, उन्होंने इस मुद्दे पर जानबूझकर चुप्पी साधे रखी।

आरएसएस नेता राम माधव ने बताया कि सुदर्शन जी के सभी समुदाय से अच्छे संबंध थे। यही वजह है कि इनके अंतिम संस्कार में मुस्लिम मौलवी और क्रिश्चियन नेता शामिल हुए।

सुदर्शन का दृष्टिकोण समावेशी होने का दावा करता था, लेकिन यह समावेश उनकी शर्तों पर आधारित था। वे चाहते थे कि मुसलमान अपनी धार्मिक प्रथाओं को निजी क्षेत्र तक सीमित रखें और सार्वजनिक जीवन में भारतीयता (जिसे वे हिंदुत्व के रूप में परिभाषित करते थे) को अपनाएँ। उनका यह कहना था कि "जो इस देश को अपनी मातृभूमि और पवित्र भूमि

मानते हैं, वे ही इसके सच्चे नागरिक हैं।"

सुदर्शन के विचारों को लेकर खासा विवाद रहा। उनके कुछ बयानों, जैसे कि इस्लाम को "आक्रामक धर्म" कहना या मुस्लिम समुदाय को राष्ट्रीयता में शामिल होने के लिए बार-बार चुनौती देना, को मुस्लिम विरोधी माना गया। आलोचकों का कहना था कि उनका दृष्टिकोण मुसलमानों की धार्मिक और सांस्कृतिक पहचान को नकारता है और उन्हें हिंदू ढांचे में ढालने की कोशिश करता है। वहीं, उनके समर्थकों का तर्क था कि वे धार्मिक विभेद नहीं चाहते थे, बल्कि एक ऐसी राष्ट्रीय पहचान की वकालत कर रहे थे जो सभी को एकजुट करे।

उदाहरण और संदर्भ

2002 का गुजरात दंगाः सुदर्शन के कार्यकाल में गुजरात दंगे हुए थे। इस दौरान उन्होंने मुस्लिम समुदाय से अपील की थी कि वे "हिंदुओं के साथ भाईचारे का व्यवहार करें," लेकिन साथ ही उन्होंने इस्लामिक कट्टरता को हिंसा का कारण बताया, जिससे उनके विचारों पर और सवाल उठे।

भाषणों में स्पष्टताः उनके कई भाषणों में, जैसे कि विजयादशमी के वार्षिक संबोधन में, वे मुसलमानों से "भारत माता की जय" कहने और देश की एकता में योगदान देने की बात करते थे, लेकिन इसे एक शर्त के रूप में पेश करते थे, न कि स्वैच्छिक भावना के रूप में।

के.एस. सुदर्शन का मुसलमानों को लेकर विचार यह था कि वे भारत के अभिन्न अंग तभी बन सकते हैं, जब वे अपनी सांस्कृतिक जड़ों को हिंदुत्व के रूप में स्वीकार करें और धार्मिक पहचान को राष्ट्रीय पहचान के अधीन रखें। उनका दृष्टिकोण कठोर और एकांगी माना गया, जिसमें मुस्लिम समुदाय की स्वतंत्र पहचान को बहुत कम स्थान मिलता था। यह विचारधारा आरएसएस के व्यापक दर्शन का हिस्सा थी, लेकिन सुदर्शन ने इसे अपने स्पष्ट और कभी-कभी उग्र बयानों से और मुखर बनाया।

24 दिसंबर, 2002 को संघ ने अपने मुस्लिम परस्ती को ढकने के लिए सरसंघचालक के.एस.सुदर्शन, इंद्रेश कुमार, एम.जी.वैध्य, मदन दास,

मुझफ्फर, नाफिसा हुसैन, मौलाना जमील इलियासी, मौलाना वहीदुद्दीन खान, मौलाना मुकरर्म, सूफी मुस्लिम प्रतिनिधि, शिक्षाविद् और बुद्धिजीवी आदि ने मुस्लिम राष्ट्रीय मंच का गठन किया।

गौरतलब है कि मौलाना वहीदुद्दीन खान, तबलिगी जमात के बडे विचारक रहे। आरएसएस का मानना है कि वो उदारवादी मुस्लिम थे। मेवात से तबलिगी जमात की शुरुआत हुई। जिस मेवात के मुसलमान हिंदू संस्कृति और पूजा पाठ का पालन करते हुए, अपना जीवन यापन करते थे। उसे तबलिगी जमात ने ही जड से काटकर कट्टर मुसलमान बनाया। सऊदी अरब ने तबलिगी जमात को आतंक का द्वार बताते हुए बैन कर दिया। कोरोना के समय उसके मुखिया मौलाना साद के खिलाफ कोरोना फैलाने का मुकदमा दर्ज हुआ, उसके बाद भी संघ के सरकार ने गिरफ्तार नहीं कराया। उसको लेकर रिपोर्ट आई कि वो मेवात में हिंदुओ का धर्म परिवर्तन करा रहा है। तबलिगी जमात की वजह से मेवात हिंदू विहीन होने पर अग्रसर है।

उसी तबलिगी जमात के विचारक मौलाना वहीदुद्दीन खान को संघ श्रद्धांजलि देता है। साथ ही, वर्ष 2000 में संघ प्रचारक रहे अटल बिहारी वाजपेयी की सरकार में पद्म श्री पुरस्कार मिलता है तो वर्ष 2021 में संघ के प्रचारक रहे नरेंद्र मोदी के सरकार में पद्म विभूषण से सम्मानित किया जाता है।

दूसरी तरफ, संघ से जुडा संगठन, विश्व हिंदू परिषद ने जोर शोर से ये मुद्दा उठाया। फरीदाबाद में आयोजित विश्व हिंदू परिषद की बैठक में 17 जुलाई, 2021 को मेवात की स्थिति पर गंभीर चर्चा हुई।इसके बाद विहिप के संयुक्त महासचिव डॉ.सुरेंद्र जैन ने एक वक्तव्य जारी किया। उन्होंने मेवात की स्थिति पर चिंता जाहिर की। उन्होंने कहा कि विहिप हिंदुओ के साथ है, इसलिए वहां के हिंदू 'पलायन नहीं पराक्रम' दिखाए।

विहिप ने आगे कहा कि हरियाणा का मेवात, जो कभी भगवान कृष्ण के लीलाओं का स्थान रहा है, आज दुर्भाग्य से जिहादी षडंयंत्रों से त्रस्त होकर अपना चरित्र खो चुका है। मेवात में महाभारत कालीन कई तीर्थस्थल है

परंतु आज वहां पर हिंदुओं के मंदिर पर जिहादियों द्वारा कब्जा किया जा रहा है और कई मंदिरों में हिंदू प्रवेश भी नहीं कर सकता। वह स्थान जो बीसवीं शताब्दी तक हिंदू बहुल रहा, आज धर्मांतरण के कुचक्र के कारण मुस्लिम बहुल बन चुका है और वहां हिंदुओं का जीना दूभर हो गया है। जिहादी तत्व अनियंत्रित होकर हिंदुओ पर अकल्पनीय और अमानवीय अत्याचार कर रहे है। हिंदू महिलायों के अपहरण, छेडखानी और शीलभंग की घटनाएं होती रहती है। हरियाणा में गोहत्या प्रतिबंध का कानून होने के बावजूद वहां खुलेआम गाय काटी जाती है। हिंदुओ का जबरन धर्मांतरण की घटनाएं तथा हिंदू लडकियों के विवाह समारोह पर हमला करके समान लूट लेना और लडकियों को उठाने की घटना सामने आती रहती है।

आज वहां हिंदू का जीना दूभर हो गया है इसलिए कई स्थानों से हिंदू पलायन भी कर रहा है। आज वहां 103 गांव हिंदू—विहीन हो गए हैं और 90 से अधिक गांव ऐसे हैं जहां पांच से कम हिंदू परिवार बचे हैं। जिहादी तत्व मेवात को हिंदू विहीन बनाकर हरियाणा में एक और कश्मीर बनाना चाहते है। मेवात आतंकवादियों, बांग्लादेशी घुसपैठियों और बर्बर रोहिंग्याओं का अभ्यारण्य बन चुका है। गत वर्ष मेवात में दो जांच आयोग गए थे। दोनों ने पाया कि मेवात में हिंदुओ की स्थिति बहुत दयनीय है। कमजोर वर्ग में खासकर अनुसूचित जाति के भाई-बहन जेहादियों के निशाने पर रहते है।

पूर्व न्यायमूर्ति पवन कुमार की अगुवाई वाली 4 सदस्यीय जांच समिति ने अपना रिपोर्ट सौंपा। इस रिपोर्ट से खुलासा हुआ कि मुस्लिम बहुल मेवात हिंदुओ खासकर दलितों के लिए कब्रिस्तान बनता जा रहा है।जिले के करीब 500 गाँवों में से 103 गाँव हिंदू विहीन हो चुके है। 84 गाँव ऐसे है जहां अब केवल 4 या 5 हिंदू परिवार शेष है। कुमार ने कहा, “पाकिस्तान में रह रहे हिंदुओं से भी बदतर हालत मेवात में हिंदुओ की है।”

हरियाणा में बीजेपी की सरकार, जिसे बनवाने के लिए संघी दिन रात एक कर देते है। आखिर इन्होंने उसको रोकने के लिए क्या किया गया जबकि जांच रिपोर्ट हरियाणा के तत्कालीन संघी मुख्यमंत्री मनोहर लाल खट्टर, गृह

मंत्रालय और अनुसूचित जाति आयोग के अध्यक्ष को भी भेजी गई। सिर्फ विश्व हिंदू परिषद ने हल्ला मचाया। विश्व हिंदू परिषद के प्रवक्ता विनोद बंसल ने कहा कि बसपा मुखिया मायावती, स्वयंभू दलित नेता चंद्रशेखर रावण, जिग्नेश मेवाणी आदि इस मामले में कुंभकर्णी नींद सो रहे है। विहिप मेवात की स्थिति सामान्य होने तक चुप नहीं बैठेगा।

ये संघ की रणनीति का हिस्सा है कि हिंदुओ को खत्म करने वालों को प्रश्रय देते है, उस विचारधारा को सम्मानित करते है लेकिन विहिप के जरिए हिंदुओ के प्रातडना को भुनाते है। विहिप का भी मकसद हिंदुओ को न्याय नहीं बल्कि बीजेपी के लिए माहौल बनाना होता है। ये हिंदुओ का मुद्दा उठाते समय विपक्ष को तो जरूर कोसते है लेकिन सत्ताधारी बीजेपी के खिलाफ सीधा बोलने से बचते है।

बहरहाल, इंद्रेश कुमार को मुस्लिम राष्ट्रीय मंच का संयोजक बनाकर संघ ने अपने अघोषित 'मिशन इस्लाम' को आगे बढाया। इंद्रेश कुमार मुस्लिम समाज को राष्ट्रीय विचारधारा में जोडने के नाम इस्लामिक संघठनों से मिलना शुरू किया। दरगाह दरगाह घूमने लगे। भगवान राम को 'इमाम-ए-हिंद' बोलने का प्रचलन को बढाया। इफ्तारी पार्टी का आयोजन करने लगे। दीपावली को जश्न-ए-रोशनी का त्योहार मनाने लगे।

8 दिसंबर, 2015 को मीडिया में रिपोर्ट आई कि राष्ट्रीय स्वयंसेवक संघ ने मुस्लिम छात्राओं की पढ़ाई के लिए आर्थिक मदद देने का फैसला किया है। इसके लिए जल्द ही एजुकेशन फंड का गठन किया जाने वाला है, जिसके जरिए छात्राओं को आर्थिक मदद दी जाएगी। आरएसएस की योजना मुस्लिम महिलाओं के निकाह के लिए भी आर्थिक मदद देने की है लेकिन फिलहाल सिर्फ पढ़ाई के लिए ही आर्थिक सहायता दी जाएगी।

मुस्लिम छात्राओं की पढ़ाई के लिए आर्थिक सहायता देने का काम आरएसएस समर्थित मुस्लिम राष्ट्रीय मंच करेगा। इसके लिए मंच ने एजुकेशन ऐंड वेलफेयर फंड बनाने का फैसला किया है।

फंड की शुरुआत स्वतंत्रता संग्राम के प्रमुख क्रांतिकारी रहे अशफाक उल्लाह खां एजुकेशन ऐंड वेलफेयर फंड नाम से शुरुआत पुणे में 21 दिसंबर, 2015 को होगी।

मुस्लिम राष्ट्रीय मंच के मार्गदर्शक और आरएसएस के वरिष्ठ पदाधिकारी इंद्रेश कुमार ने बताया कि गरीब मुस्लिम छात्राओं को पढ़ाई में आर्थिक समस्या न हो इसलिए फंड का गठन किया जा रहा है। वे फंड में आवेदन कर पढ़ाई के लिए आर्थिक सहायता ले सकती हैं। सभी राज्यों की गरीब मुस्लिम छात्राओं को यहां से सहायता मिल सकेगी।

मंच के राष्ट्रीय संगठन संयोजक गिरीश जुयाल ने बताया कि मुस्लिम छात्राओं को आर्थिक सहायता हम अभी भी दे रहे हैं लेकिन अब यह काम सिस्टमेटिक ढंग से किया जाएगा। फंड के लिए सहायता तो दी ही जाएगी, इसके साथ ही एजुकेशन सेंटर भी खोलने का प्लान है, ताकि इन सेंटरों में आकर गरीब मुस्लिम छात्राएं पढ़ाई कर सकें।

प्रफेशनल इंस्टिट्यूट खोलने का भी प्लान है। के लिए जल्द ही एजुकेशन फंड का गठन किया जाने वाला है, जिसके जरिए छात्राओं को आर्थिक मदद दी जाएगी। आरएसएस की योजना मुस्लिम महिलाओं के निकाह के लिए भी आर्थिक मदद देने की है लेकिन फिलहाल सिर्फ पढ़ाई के लिए ही आर्थिक सहायता दी जाएगी।

मुस्लिम छात्राओं की पढ़ाई के लिए आर्थिक सहायता देने का काम आरएसएस समर्थित मुस्लिम राष्ट्रीय मंच करेगा। इसके लिए मंच ने एजुकेशन ऐंड वेलफेयर फंड बनाने का फैसला किया है।

मुस्लिम राष्ट्रीय मंच के मार्गदर्शक और आरएसएस के वरिष्ठ पदाधिकारी इंद्रेश कुमार ने बताया कि गरीब मुस्लिम छात्राओं को पढ़ाई में आर्थिक समस्या न हो इसलिए फंड का गठन किया जा रहा है। वे फंड में आवेदन कर पढ़ाई के लिए आर्थिक सहायता ले सकती हैं। सभी राज्यों की गरीब मुस्लिम छात्राओं को यहां से सहायता मिल सकेगी।

मंच के राष्ट्रीय संगठन संयोजक गिरीश जुयाल ने बताया कि मुस्लिम छात्राओं को आर्थिक सहायता हम अभी भी दे रहे हैं लेकिन अब यह काम सिस्टमेटिक ढंग से किया जाएगा। फंड के लिए सहायता तो दी ही जाएगी, इसके साथ ही शैक्षणिक संस्थान भी खोलने का प्लान है, ताकि इन सेंटरों में आकर गरीब मुस्लिम छात्राएं पढ़ाई कर सकें। प्रफेशनल इंस्टिटयूट खोलने का भी प्लान है।

18 फरवरी, 2018 को तलाकशुदा मुस्लिम महिलायों के लिए इंद्रेश कुमार ने प्रति महिना 500 रुपये देने की योजना की शुरुआत की। उत्तरप्रदेश, राजस्थान, दिल्ली, मध्यप्रदेश, छत्तीसगढ़, झारखंड में 100 परिवारों में एक साथ यह पेंशन योजना लागू हुई। इस मौके पर इंद्रेश कुमार ने कहा, "500 रुपये प्रति माह दस साल तक यह पेंशन देंगे। समाज से दान लेंगे और उसमें से पेंशन देंगे। दान बढ़ेगा तो राशि भी बढ़ेगी।"

इंद्रेश ने बताया कि तलाकशुदा व विधवा मुस्लिम महिलाओं के छोटे 1000 बच्चों को प्राथमिकता दी गई है, इन्हें भी ऐसे ही लाभ दिए जाएंगे। शिक्षा सहायता योजना शुरू की गई है। पूरे देश में इस वर्ष यह लागू हो जाएगी। इसके साथ ही यतीम बच्चों की तालिम के लिए उनके उनके स्कूल की फीस भरने के साथ उन्हें किताब व कापियां मुहैया कराने की योजना पर अमल शुरू कर दिया है। यह राष्ट्रीय मुस्लिम मंच की ओर से किया जा रहा है।

उन्होंने बताया कि तीसरी योजना के तहत दो साल पहले वाराणसी की गरीब मुस्लिम बस्तियों में अनाज बैंक शुरू किया गया था। इसकी पांच ब्रांच अब खोली गई हैं। लोगो से अनाज लेकर अनाज ही बांटते हैं। शुरूआत में 43 परिवारों को इससे सहारा दिया गया, लेकिन आज 800 परिवारों को इससे मदद मिल रही है।

आरएसएस ने मुस्लिम राष्ट्रीय मंच के जरिए देश भर में मदरसा खोलने के लिए कमर कसा। 21 मई, 2019 को उत्तराखंड मुस्लिम राष्ट्रीय मंच की राज्य प्रमुख सीमा जावेद ने बताया, "इसके लिए उत्तराखंड में जमीन खरीदी

जा चुकी है। मदरसे का लक्ष्य छात्रों के मन में मानवता और राष्ट्रवाद का भावना पैदा करना है। इसका पाठ्यक्रम नरेंद्र मोदी की परिकल्पना 'एक हाथ में कुरान, दूसरे हाथ में कंप्युटर' के आधार पर तैयार किया गया है। यहां धार्मिक शिक्षा के साथ आधुनिक शिक्षा दिया जाएगा।"

एमआरएम के राष्ट्रीय उप-महासचिव तुषार कांत हिंदुस्तानी (जो इस परियोजना को देख रहे हैं) ने मीडिया को बताया, 'हमारे मदरसे सुनिश्चित करेंगे कि छात्र सिर्फ क़ाजी , कारी, इमाम, मौलाना और मुफ़्ती न बनें, बल्कि इंजीनियर, डॉक्टर, वैज्ञानिक और अन्य पेशेवरों के रूप में भी ग्रैजुएट हो'।

मुस्लिम राष्ट्रीय मंच द्वारा देश भर में चलाए जाने वाला छठा मदरसा था। पहले पांच मदरसे मुरादाबाद, बुलंदशहर और हापुड़ में एक-एक और मुजफ्फरनगर में दो मदरसों की शुरुआत जनवरी 2019 में हुई थी।

ये मदरसा सभी धर्मों के बच्चों के लिए बनाए जा रहे है। जहां जहां बीजेपी की सरकार है, वहां कई हिंदुओं के बच्चों के मामले सामने आए, जिन्हें इस्लामिक शिक्षा दी जा रही है।

उत्तराखंड की बीजेपी की सरकार में नवंबर, 2023 में मामला सामने आया, जहां प्रदेश में मदरसा बोर्ड के 30 मदरसों में कुल 7339 बच्चे पढ रहे हैं। इनमें 749 बच्चे हिंदू हैं। एनसीपीसीआर ने नोटिस जारी कर पूछा कि इन 749 बच्चों का एडमिशन राइट टू एजुकेशन एक्ट के तहत सरकारी स्कूलों में क्यों नहीं कराया गया?

इन मदरसों में 21 मदरसे हरिद्वार में हैं, 9 उधम सिंह नगर में हैं। हरिद्वार के ज्वालापुर, बहादराबाद, लक्सर, तिलकपुरीपुरी, महावतपुर, रुड़की, मंगलौर आदि स्थानों पर हैं, जबकि उधम सिंह नगर जिले में डाक बंगला खेड़ा, नई बस्ती, लक्ष्मीपुर, जसपुर, बाजपुर क्षेत्र में केला खेड़ा, गणेशपुरा, काशीपुर के महुआ खेड़ा आदि क्षेत्रों से हैं।

इन क्षेत्रों में सरकारी बेसिक माध्यमिक शिक्षा का अभाव है, क्योंकि यहां के सरकारी स्कूल कम बच्चे होने की वजह से बंद कर दिए गए हैं।

संघ का एजेंडा मुस्लिम राष्ट्रीय मंच और बीजेपी सरकार दोनों के माध्यम से कर रहा है। आखिर मदरसा में अन्य धर्म तो बहुलता में हिंदू है और वही इसका शिकार बनेंगे। किसी भी मदरसा को कितना भी आधुनिक बना दे, उसका मूल स्वरूप इस्लामिक शिक्षा ही होगा। जाहिर सी बात है, उसमें मुसलमान ज्यादा संख्या में होंगे। जो कम संख्या में हिंदू बच्चे होंगे, उनके ऊपर मनोवैज्ञानिक दबाव भी होगा। छोटे बच्चों को जिस परिवेश में रखा जाएगा, उसी में ढल जाएंगे।

ये षड्यंत्र पूर्वक इस्लाम के लिए उर्वर भूमि तैयार की जा रही है। जिस बच्चे के दिमाग में बचपन में जो डाल दिया जाए, उसे निकाल पाना भी आसान नहीं होता।

मुस्लिम राष्ट्रीय मंच देशभर में इफ्तारी पार्टी का आयोजन करने लगा। 5 जून, 2017 को इंद्रेश कुमार दिल्ली स्थित जामिया मिल्लिया इस्लामिया में मुस्लिम राष्ट्रीय मंच के द्वारा आयोजित इफ्तार पार्टी में शामिल हुए। इंद्रेश कुमार को इफ्तार में बुलाने पर कई छात्रों ने विरोध किया।

इंद्रेश कुमार ने दावा किया, "इस्लाम के पैगंबर मोहम्मद और उनके परिवार के लोग मीट नहीं खाते थे। पैगंबर मोहम्मद ने मीट खाने की तुलना जहर से की थी।"

इंद्रेश कुमार ने श्रोताओं से कहां कि भारतीय मुसलमानों को इस्लाम को खूबसूरत बनाना चाहिए न कि बदसूरत।

संघी इस्लाम और पैगंबर को लेकर ऐसे ऐसे दावे कर देते है, जिसे कोई मुसलमान भी नहीं करता। संघ को इस बात की भी चिंता है कि इस्लाम को लेकर कोई गलत संदेश ना जाए। आरएसएस के बयान के अनुसार मुस्लिम राष्ट्रीय मंच से उसका कोई संबंध नहीं है और उसके वरिष्ठ सदस्य निजी तौर पर उसके कार्यक्रमों में शामिल होते है।

जिस संगठन का गठन आरएसएस ने किया। यहां तक कि आरएसएस के तत्कालीन सर संघचालक के.एस.सुदर्शन के पहल पर गठन हुआ। लेकिन संघ अपनी सुविधा के अनुसार मानता भी है और नहीं भी मानता है।

दरअसल, ये लिखित में कोई काम नहीं करते। जिसका परिणाम है कि कोई इनके किसी भी गतिविधि को साबित भी नहीं कर सकता।

अब गंभीर सवाल है कि ये संगठन फंड कहां से ला रहा है? आम मुसलमान तो इनका नाम भी नहीं सुनना चाहता और उन्हें कोई दान करना हो तो पहले से उनके पास कई संगठन है जिनके माध्यम से ये काम कर सकते है।

आरएसएस, जो पैसा हिंदुओ से इकट्ठा करता है उसे मुस्लिम तुष्टीकरण के लिए खर्च किया जा रहा है। ये संघठन रॉबिनहुड बन चुका है, जो हिंदुओ से लेकर मुसलमानों में बांटता है। इसे कोई साबित नहीं कर सकता क्योंकि इसका कोई लेखा जोखा नहीं है।

राष्ट्रीय स्वयंसेवक संघ के वरिष्ठ सदस्य और मुस्लिम राष्ट्रीय मंच के संरक्षक इंद्रेश कुमार ने 28 मार्च, 2022 को हैदराबाद के सातवें निजाम मीर उस्मान अली खान की चीन और पाकिस्तान के साथ युद्ध के कठिन समय में भारत सरकार को वित्तीय सहायता प्रदान करने के लिए प्रशंसा की।

आरएसएस नेता ने कहा कि उनके योगदान को "सुनहरे शब्दों" में लिखा जाना चाहिए। वे हैदराबाद के आखिरी निजाम मीर उस्मान अली खान की 136वीं जयंती पर महिला कॉलेज ओयू में आयोजित समारोह में बोल रहे थे। कुमार को मुख्य अतिथि के तौर पर आमंत्रित किया गया था।

अपने संबोधन के दौरान उन्होंने कहा, "निजाम दूरदर्शी व्यक्ति थे। उन्होंने हैदराबाद में न केवल पुरुषों के लिए बल्कि महिलाओं के लिए भी कई संस्थान स्थापित किए, जिससे पता चलता है कि वे महिला शिक्षा के पक्षधर थे। उन्होंने महिला शिक्षा के महत्व पर जोर दिया। निजाम का एक धर्मनिरपेक्ष दृष्टिकोण था, जिसने हैदराबाद को सांप्रदायिक सद्भाव और धार्मिक सहिष्णुता का शहर बना दिया।"

इंद्रेश कुमार ने इस कार्यक्रम में भारत को पैगंबरों की धरती तक बता दिया।

निजाम की बात करें तो वो बेहद कंजूस और अय्याश थे। कहा जाता है कि वे सस्ती सिगरेट पीते थे और उसी को बार बार जलाकर इस्तेमाल करते थे। उनके कपडे कई बार पुराने और फटे हुए होते थे, लेकिन वे उन्हें सिलवाकर

पहनते थे। जब पूरे देश में अंग्रेजी हुकूमत को हटाने की मुहिम चल रही थी तब वो अपनी वफादारियां निभा रहे थे। सत्ता बचाए रखने का यही हुनर था, जो बहुसंख्यक हिंदुयों वाली रियासत भी आजादी के आंदोलन का सीधा हिस्सा नहीं बन सकी।

अंग्रेजों ने शेष रियासतों को संघ में विलय करने या स्वतंत्र रहने का विकल्प दिया। भारतीय संघ के भीतर सबसे बड़ी रियासतों में से एक हैदराबाद थी, जो एक हिंदू बहुल क्षेत्र था जिस पर मुस्लिम निज़ाम का शासन था। निज़ाम मीर उस्मान अली खान इस दुविधा में थे कि उन्हें भारतीय संघ में शामिल होना चाहिए या स्वतंत्र रहना चाहिए। दूसरी ओर, मजलिस-ए-इतिहादुल मुस्लिमीन (वर्तमान एआईएमआईएम का पूर्ववर्ती) इस बात पर अड़ा हुआ था कि निज़ाम स्वतंत्र होने के बजाय पाकिस्तान में विलय कर ले। एमआईएम की कठपुतली से ज़्यादा कुछ नहीं होने के कारण निज़ाम हैदराबाद को दोनों संघों से स्वतंत्र रखने के लिए सहमत हो गया।

यद्यपि निज़ाम ने यूरोपीय देशों में व्यापार अधिकारियों की नियुक्ति करके और संयुक्त राष्ट्र सुरक्षा परिषद में प्रतिनिधिमंडल भेजकर हैदराबाद रियासत को वैध बनाने का प्रयास किया, फिर भी उनके क्षेत्र में आर्य समाज, हिंदू महासभा और हैदराबाद राज्य कांग्रेस के नेतृत्व में नागरिक आंदोलन चल रहे थे, जो हैदराबाद में हिंदू अधिकारों के लिए लड़ रहे थे और राज्य को भारतीय संघ में विलय करना चाहते थे।

महमूद ने मजलिस इत्तेहाद मुस्लिमीन नाम का संगठन बनाया। इस चरमपंथी संगठन का मकसद हैदराबाद को मुस्लिम देश बनाना था। निजाम की इच्छा भी इसमें शामिल थी। इस संगठन के कुछ नेताओं ने आगे चलकर एक पैरामिलिट्री बनाई, जिसे रजाकार कहा गया। रजाकार अरबी शब्द है, जिसका मतलब है-अल्लाह का सिपाही। ये आम लोगों से बनी वो सेना थी, जो कभी भी हथियार उठा सकती थी। मूल रूप से ये लोग अरब और पठान थे, लेकिन फिर ये स्थानीय लोगों से घुलमिल गए। इसके साथ ही रजाकारों की ताकत बढ गई। साथ ही उनका आतंक और कट्टरता बढती चली गई।

हैदराबाद में तब करीब 85 फीसदी हिंदू आबादी थी, जबकि शेष मुस्लिम। लेकिन उच्च पदों पर सिर्फ मुसलमान ही थे।यहां तक कि रियासत में ज्यादातर टैक्स हिंदुओ से वसूले जाते थे। चाहे घर में किसी बच्चे जन्म हो, कोई मौत हो, या फिर खेती बाडी। हिंदुओ पर लादे इन्हीं करों से शाही खजाना बढता चला गया। जिसका परिणाम रहा कि निजाम की गिनती दुनिया के अमीर लोगों में होती थी।

मौलाना कासिम रिजवी के नेतृत्व संभालने के बाद रजाकार आर्थिक जबरदस्ती के अलावा मारकाट और धर्म परिवर्तन पर आमदा हो गए। निज़ाम से हरी झंडी मिलने के बाद रजाकारों ने ग्रामीण तेलंगाना (जो मुख्य रूप से हिंदू है) में हिंदुओं का जातीय नरसंहार शुरू कर दिया। हैदराबाद को मुस्लिम बहुल प्रांत बनाने के प्रयास में रजाकार हिंदुओं को बड़े पैमाने पर इस्लाम में धर्मांतरित करने के लिए प्रतिबद्ध थे। रजाकारों ने गांव-गांव जाकर कई हिंदू ग्रामीणों की सामूहिक हत्या, बलात्कार और अपहरण किया।

ऐसी ही एक घटना तेलंगाना के वीरा बैरनपल्ली गांव की है, जो रजाकारों के निशाने पर था। जिहादी ताकतों ने गांव में घुसकर हिंदुओं का सामूहिक धर्म परिवर्तन करने की तीन बार कोशिश की थी, लेकिन जब लोगों ने गोफन और दूसरे हथियारों से हमलावरों का पीछा किया तो वे असफल हो गए।

हालांकि, कासिम रजवी के नेतृत्व में रजाकारों ने बाथुकम्मा के त्यौहार के दौरान अपने चौथे प्रयास में निज़ाम की मदद से गांव में घुसपैठ करने में कामयाबी हासिल की। गांव की सीमा पर एक मिट्टी का किला था जिसका इस्तेमाल ग्रामीण जिहादियों से खुद की रक्षा के लिए करते थे, रजाकारों ने सभी सुरक्षाकर्मियों को बिल्कुल नजदीक से गोली मार दी और निहत्थे ग्रामीणों का कत्लेआम करने लगे।

गांव में घुसते ही रजाकारों ने हिंदू लड़कियों के कपड़े उतार दिए और उन्हें नंगा करके घुमाया, इसके बाद उन्हें इस्लामी श्रेष्ठता के सामने समर्पण और

समर्पण के संकेत के रूप में अपनी धुनों पर नचाया। हिंदू महिलाओं के साथ बेरहमी से बलात्कार किया गया और पुरुषों को गोली मार दी गई। कई ग्रामीण आतंक से बचने के लिए खेतों में मौजूद खुले कुओं में कूद गए। रजाकारों ने कई मंदिरों को भी लूटा। कई मीडिया रिपोर्ट्स में जिक्र मिलता है कि रजाकार गांवो पर हमला बोलते और लोगों पर इस्लाम अपनाने का दबाव बनाते थे। मना करने पर पुरुषों की हत्या कर दी जाती, जबकि स्त्रियों से या तो रेप होता था, या उन्हें उठाकर ले जाकर जबरन शादी कर ली जाती। इनसे जन्में बच्चे रजाकारों की संताने कहलाते थे।

द हिंदू ने 80 वर्षीय चरण चंद्र रेड्डी का साक्षात्कार लिया, जो नरसंहार के एकमात्र जीवित बचे लोगों में से एक हैं। जिहादी आक्रमण के समय, रेड्डी गांव की सीमा पर मिट्टी के किले पर तैनात एक गार्ड थे और मारे जाने से बाल-बाल बच गए थे। "रजाकारों ने उस दिन भैरनपल्ली में 96 लोगों की हत्या कर दी थी। उन्होंने महिलाओं के साथ बलात्कार किया, उन्हें नंगा घुमाया और उनसे सोने के गहने छीन लिए। जब वे दरिंदे उनका पीछा कर रहे थे, तो ग्रामीण भाग खड़े हुए और कुछ ने खेतों में खुले कुओं में कूदकर अपनी जान भी दे दी,"

रजाकारों के कुछ दल को ग्रामीणों ने गोली मार दी, जिससे कासिम रजवी भड़क गए और उन्होंने नरसंहार को और बढ़ा दिया। रजाकारों ने ग्रामीणों को घेर लिया और गोलियों से बचने के लिए उन्हें पंक्तिबद्ध करके गोली मार दी। इस घटना में जीवित बचे एन. मल्लैया ने 2016 में द हिंदू को बताया, "उन्होंने सब कुछ लूट लिया। हथियारबंद लोगों ने महिलाओं से छेड़छाड़ की, भेड़ों को मारा और सिर्फ़ मौज-मस्ती के लिए स्वस्थ पुरुषों को मार डाला। उन्होंने रास्ते में पड़ने वाले हर गांव को लूट लिया।"

उन्होंने आगे कहा, "गोली से बचने के लिए उन्होंने हमें लाइन में खड़ा किया और गोली चलाई। गोली मुझसे छूट गई और मेरे बाएं हाथ में जा लगी। मुझे मरा हुआ समझकर उन्होंने मुझे लाशों के ढेर पर फेंक दिया।" दासारी पुल्लिया नामक एक निवासी ने मल्लैया के बयान में कहा , "हममें

से कई लोग मिट्टी के किले पर चढ़ गए जो प्राचीन काल से वहां है। हमने शरण ली और रजाकारों पर गोली चलाई। हमने उनमें से कुछ को मार डाला और इससे रजाकारों को नियंत्रित करने वाले काज़िम रिज़वी को गुस्सा आ गया।"

तेलंगाना के वारंगल जिले के एक गांव पेरुमंडला संकीसा में भी ऐसी ही घटना हुई थी। वर्ष 1947-1948 के बीच, रजाकारों ने गांव पर तीन बार हमला किया और हर बार उनका गुस्सा बढ़ता गया। 1 सितंबर 1948 को, गांव ने रजाकारों का सबसे खूनी रूप देखा, जो नियमित रूप से निज़ाम के अधिकारियों पर हमला करने वाले गुरिल्ला बलों की तलाश में आए थे और गांव के आसपास के जंगलों में छिप गए थे। जिहादी सेना ने गुरिल्ला नेताओं के ठिकानों के बारे में पूछताछ करते हुए ग्रामीणों को प्रताड़ित किया और दिनदहाड़े हिंदू महिलाओं के साथ बलात्कार किया।

हमले में जीवित बचे ग्रामीणों में से एक 99 वर्षीय चिट्टी कोमलू थे, जिन्होंने रजाकारों के हमलों पर द हिंदू को एक साक्षात्कार दिया था। उन्होंने कहा, "रजाकारों ने 1947 और 1948 में छह महीने में तीन बार हमारे गांव पर हमला किया। मुझे जिंदा पकड़ लिया गया और उल्टा लटका दिया गया। उन्होंने इस क्षेत्र में सशस्त्र दस्ते के कमांडर थूम्मा शेषैह का पता लगाने के लिए मुझे प्रताड़ित किया। मुझे वारंगल, गुलबर्ग और जालना में डेढ़ साल के लिए जेल भेजा गया। छह महीने की पुलिस कार्रवाई के बाद मुझे रिहा किया गया।"

उन्होंने आगे कहा, "रजाकारों को देखकर महिलाएं भाग गईं और मक्के के खेतों में छिप गईं। लेकिन रजाकारों ने उनका पीछा किया और दिनदहाड़े खुलेआम उनके साथ बलात्कार किया।"

भैरनपल्ली नरसंहार के बाद स्थानीय हिंदू संगठन एकजुट होने लगे। इससे तत्कालीन सरकार पर दबाव बढा तो वो समझौता को नजरंदाज कत्लेआम रही पैरामिलिट्री पर एक्शन लिया। 13 सितंबर, 1948 को आर्मी ने ऑपरेशन पोलो सैन्य अभियान शुरू किया। तब पता चला कि रजाकारों

के पास न तो ताकत थी, न ही संगठित सेना। आखिरकार निजाम ने अपनी बर्बर सेना को भारतीय सेना के सामने सरेंडर करने को कह दिया।

रजाकार मान रहे थे कि पाकिस्तान इस जंग में उनका साथ देगा लेकिन अपने ही मुद्दों से जूझते उस देश के पास हस्तक्षेप की ताकत नहीं थी। 18 सितंबर, 1948 को कासिम रिजवी के गिरफ्तारी के साथ हैदराबाद का भारत में विलय हो गया।

ये पाठक तय करें कि संघ के धर्मनिरपेक्ष निजाम सही मायने में क्या थे और क्या भारत पैगंबरों की धरती है?

अगर विवाद होता तो आरएसएस इसे इंद्रेश कुमार का निजी विचार बता देती।

4 जनवरी, 2023 को गोवा में मुस्लिम राष्ट्रीय मंच के मुख्य संरक्षक इंद्रेश कुमार के साथ विचार मंथन के बाद उलेमाओं ने कहा, "हमें खामखाह आरएसएस और बीजेपी के नाम पर वर्षों से डराया धमकाया गया। हमने आरएसएस, मोहन भागवत और इंद्रेश कुमार के विजन को अपने प्रति प्रेम, विश्वास, आत्मीयता और ईमानदारी के रूप में पाया है।"

3 फरवरी, 2023 को इंद्रेश कुमार "अंधकार मिटाएंगे, प्रकाश लाएंगे" कार्यक्रम में शामिल होते है। जिसमें कम से कम 12 मुस्लिम देशों के प्रतिनिधि शामिल हुए। 12 देशों के राजदूतों, उच्चायुक्तों और 50 से अधिक प्रतिभागियों के प्रतिनिधियों ने मांग की कि नेता इंद्रेश कुमार के नेतृत्व में पूरे कार्यक्रम पर एक मिशन दस्तावेज, जिसे विजन दस्तावेज भी कहा जा सकता है, तैयार किया जाए।

इस्लामिक देशों के पहल पर कोई विजन दस्तावेज की पहल इस्लाम से ही जुडे होंगे।

3 जनवरी, 2023 को नागपुर स्थित आरएसएस से जुडी संस्था रिसर्च फॉर रिसर्जेंस फाउंडेशन ने महाराष्ट्र में आयोजित 108वीं भारतीय विज्ञान कांग्रेस में सोने की स्याही कुरान की कॉपी प्रदर्शित की।

आरएफआरएफ नॉलेज रिसोर्स सेंटर के निदेशक भुजंग बोबडे ने पीटीआई को बताया, "यह सोने की स्याही वाली कुरान 16वीं शताब्दी में लिखी गई थी। दुनिया में इस कुरान की केवल चार प्रतियां हैं। इस कुरान की प्रति उन्हें हैदराबाद के निजाम के दीवान के परिवार द्वारा दी गई थी।"

बोबडे ने कहा, "दुनिया अबू फजल द्वारा 1577 में लिखी गई 'अकबरनामा' के बारे में जानती है। आरएफआरएफ के पास वह किताब है, लेकिन हमारे पास फारसी में लिखी गई 'तिब्ब-ए-अकबर' भी है, जिसके बारे में दुनिया नहीं जानती। 'तिब्ब-ए-अकबर' 17वीं सदी में लिखी गई थी।"

उन्होंने कहा कि आरएफआरएफ के संग्रह में 'तारीख-ए-ताज' भी शामिल है जो ताजमहल के इतिहास के बारे में बताता है।

बोबडे ने कहा, "दुनिया ताजमहल के बारे में जानती है, लेकिन वे इसका वास्तविक इतिहास नहीं जानते हैं, जैसे कि मुमताज महल की मृत्यु की सही तारीख। 'तारीख-ए-ताज' में कहा गया है कि मुमताज महल की मृत्यु 17 जून, 1631 को बुधवार रात 9.30 बजे हुई थी। इसी तरह, इसमें यह भी बताया गया है कि वहां कौन-कौन काम करता था और पत्थर और संगमरमर कहां से लाए गए थे।"

मोहन भागवत

मोहन भागवत, जो राष्ट्रीय स्वयंसेवक संघ के वर्तमान सरसंघचालक हैं, उन्होंने मुसलमानों के प्रति अपने विचार समय-समय पर विभिन्न मंचों पर व्यक्त किए हैं। उनके बयानों को अक्सर सामाजिक, सांस्कृतिक और राजनीतिक संदर्भों में देखा और विश्लेषित किया जाता है।

भागवत हिंदुत्व को एक समावेशी विचारधारा के रूप में पेश करते हैं। उनका मानना है कि हिंदू राष्ट्र का मतलब यह नहीं है कि मुसलमानों को बाहर किया जाए।18 सितंबर, 2018 में दिल्ली में सर सैय्यद अहमद खान का उद्धरण सम्मेलन में उन्होंने कहा,"जिस दिन यह कहा जाएगा कि यहां मुसलमान नहीं चाहिए, उस दिन वह हिंदुत्व नहीं रहेगा।" वे यह भी कहते हैं कि हिंदुत्व सबको साथ लेकर चलने की प्रवृत्ति है, और भारत में मुसलमानों

को डरने की जरूरत नहीं है। उनका यह विचार हिंदू धर्म की उदारता और सहिष्णुता पर आधारित है।

सर सैय्यद अहमद खान, जिन्होंने भारत के बटवारे का नींव इस बात पर रखी कि हिंदू और मुसलमान साथ नहीं रह सकते। संग राष्ट्रवाद और अखंड भारत की बात किस मुंह से करता है, जब बटवारे के जनक के लिए आयोजित कार्यक्रम में संघ का मुखिया शामिल होता है।

मोहन भागवत ने कई बार यह दोहराया है कि भारत के मुसलमान बाहर से आए आक्रमणकारियों के वंशज नहीं हैं, बल्कि वे यहीं के मूल निवासी हैं जिन्होंने समय के साथ अपना धर्म परिवर्तन किया। उनका कहना है कि हिंदुओं और मुसलमानों का डीएनए एक ही है। भारत में रहने वाले सभी हिंदू है। 4 जुलाई, 2021 को भागवत ने कहा कि सभी भारतीयों का डीएनए एक है और मुसलमानों को "डर के इस चक्र में" नहीं फंसना चाहिए कि भारत में इस्लाम खतरे में है। वह राष्ट्रीय मुस्लिम मंच द्वारा यहां 'हिन्दुस्तानी प्रथम, हिन्दुस्तान प्रथम' विषय पर आयोजित एक कार्यक्रम में बोल रहे थे। उन्होंने कहा कि लोगों में इस आधार पर अंतर नहीं किया जा सकता कि उनका पूजा करने का तरीका क्या है। आरएसएस प्रमुख ने लिंचिंग (पीटकर मार डालने) की घटनाओं में शामिल लोगों पर हमला बोलते हुए कहा, "वे हिन्दुत्व के खिलाफ हैं।"

आरएसएस प्रमुख ने यह भी कहा कि जो लोग मुसलमानों से देश छोडने की बात करते है, वे खुद को हिंदू नहीं कह सकते।

अब भागवत के बयान से गंभीर सवाल उठता है कि जब भारत में रहने वाले हिंदू है फिर मुसलमान को देश छोडने की बात कहां से उत्पन्न होती है?

जब इस देश में हिंदू लडकियों के साथ लव जिहाद और धर्मांतरण हो रहा हो, जिसको लेकर कई बार मोहन भागवत चिंता व्यक्त कर चुके है। सितंबर 2014 में, भागवत ने कहा कि युवाओं को "लव जिहाद" को गंभीरता से लेना चाहिए और माता-पिता को अपने बच्चों में अच्छे संस्कार डालने चाहिए ताकि ऐसी चीजों से बच सके। यह केवल व्यक्तिगत मामला नहीं,

बल्कि सांस्कृतिक पहचान से जुडा मुद्दा है।

वर्ष 2017 में एक कार्यक्रम में भागवत ने प्रेम के नाम पर हो रही हिंसा और धर्मांतरण की निंदा की थी, जिसे कुछ लोगों ने "लव जिहाद" से जोड़ा। उन्होंने कहा, "प्रेम के नाम पर धोखाधड़ी और हिंसा की हम निंदा करते हैं।"

वर्ष 2021 में हल्द्वानी में एक संबोधन में भागवत ने शादी के लिए धर्मांतरण को गलत ठहराया और कहा कि "जो हिंदू शादी के लिए धर्म बदलते हैं, वे गलती कर रहे हैं।" यह बयान "लव जिहाद" के संदर्भ में देखा गया, जहां वे इसे सांस्कृतिक गौरव के नुकसान से जोड़ते हैं।

2023 में लखनऊ में एक कार्यक्रम में, जब स्वयंसेवकों ने लव जिहाद और धर्मांतरण पर सवाल उठाया, तो भागवत ने कहा कि "जिन इलाकों में यह बढ़ रहा है, वहां स्वयंसेवकों को शाखाएं लेकर जाना चाहिए। संवाद बढ़ेगा तो यह समस्या खत्म हो जाएगी।"

दूसरी तरफ, भागवत सभी का सांस्कृतिक पहचान एक बताते है। जब सबका सांस्कृतिक पहचान एक है तो चिंता का विषय होना नहीं चाहिए। लेकिन ये संगठन हिंदुओ को गुमराह करके उसके जड से काटने और अपराध बोध समाप्त करने के लिए ही बना था, जिसे ये अपनी रणनीति के नाम पर अपने ही बयान से पलटकर सही ठहराने का प्रयास करते है। किसी ने इनके खेल को समझ लिया तो संघ के बारे में जानने और समझने का ज्ञान देना जरूर शुरू कर देते है। संघ का लक्ष्य है शाखा विस्तार ताकि उसके जरिए अपनी राजनीतिक महत्वकांक्षा को पूरा करता रहे।

4 जुलाई, 2021 को गाज़ियाबाद में ख्वाजा इफ़्तिखार अहमद "दि मीटिंग्स ऑफ माइंड्सः ए ब्रिजिंग इनिटिएटिव "का लोकार्पण मोहन भागवत ने किया। इस किताब को लिखने में संघ के 'मुस्लिम राष्ट्रीय मंच' प्रमुख इंद्रेश कुमार की अहम भूमिका रही।

इस किताब की महत्वपूर्ण बातें, जो सभी को जानना चाहिएः

1. इस किताब में यह स्थापित किया गया है कि मुस्लिम अपने शरिया से चलेंगे और हिंदू भारतीय संविधान से चलेंगे, तो ही समाज में एका हो

पाएगा और राष्ट्र बचा रहेगा। अर्थात् संविधान को पालन करने की जिम्मेदारी सिर्फ हिंदुओ की है।

2. हिंदू-मुस्लिम का झगड़ा समाज में है ही नहीं, यह मूलतः संघ और इस्लाम के बीच है।
3. सर संघचालक संघियों के पिता हैं, इसलिए उनके कहे को सभी मानें और मुस्लिमों के प्रति कुछ भी बोलने से बचे।
4. समाज में वैमनस्यता हिंदू के फ्रिंज एलिमेंट उत्पन्न करते हैं, हां कभी-कभी इस्लामी कट्टरपंथी और सीमा पार वालों की भी भूमिका होती है।
5. संघ के कहे अनुसार सभी भारतीय समुदाय 'हिंदू' पहचान अपनाने को तैयार हैं, लेकिन यह तब होगा जब हिंदू अपनी हिंदू रूपी धार्मिक पहचान को छोड़ने के लिए तैयार हों।
6. जो भी फैसले होंगे, वह संविधान और शरिया से तय होंगे। हिंदू धर्म ग्रंथों की कोई भूमिका ही नहीं है।
7. हिंदुओं को सरकारी फार्म के कॉलम आदि में उनकी धार्मिक पहचान के लिए सनातन धर्म दे दिया जाए, फिर मुस्लिम एवं अन्य समुदाय भी खुद को हिंदू कह लेंगे।

ख्वाजा के विचारों से हिंदुओं को हिंदू धर्म अनुष्ठान छोड़ने के लिए संघ और मुस्लिम में एक सहमति का मसौदा दिखता है। इस पुस्तक में यह स्थापित करने का प्रयास है कि सनातन धर्म से अलग हिंदू की पहचान बने, तब सभी मुस्लिम भी अपने आप को हिंदू कह सकेंगे। इस पुस्तक की मान्यता यदि मान ली गई तो विश्व से हिंदुओं की जो स्थापित धार्मिक पहचान है, वही मिट जाएगी। यह पूरी पुस्तक बड़ी ही चालाकी से हिंदुओं से उनकी हिंदू पहचान छीनने, धार्मिक हिंदुओं को फ्रिंज एलिमेंट और संघ व मुसलमान के बीच के समझौते में सबसे बड़ी बाधा मानने एवं इस्लामी मान्यता को सर्वोपरी रखने को स्थापित करती है, जिसमें संघ नेतृत्व की पूरी की पूरी सहमति है। संघ के स्वयंसेवकों के लिए ख्वाजा का निर्देश है कि वह केवल मोहन भागवत के कहे को ही 'धर्म वाक्य' मान कर चलें।

इससे साबित होता है कि संघ क्यों शुरू से हिंदू मान्यतों और परंपराओं के उलट रहा। पहले तो इन्होंने प्रयास किया कि हिंदुओ को उनकी धार्मिक जड से काट दे और फिर ये मामला सामने आना बताता है कि संघ इस्लामिक जगत का मोहरा बनकर काम कर रहा है। ख्वाजा ने बताया कि मोहन भागवत ने पहले पूरे पुस्तक को पढा और पढने के बाद कहा कि तर्कसंगत बात लिखी गई है। जो हमने पिछले 95 साल में नहीं किया, वो अब करेंगे। ख्वाजा ने मुसलमानों से कहा कि आपकी गलती है कि आपने संघ को समझा ही नहीं। संघ उतना गलत नहीं है, जितना आप मानते है।

संघ की स्थापना कांग्रेस के मुस्लिम तुष्टीकरण के खिलाफ बेशक हुआ था लेकिन संघ मुस्लिम तुष्टीकरण में इतना डूब गया कि वो मुसलमानों की हर गतिविधि को स्वीकार करने के लिए तैयार है। उन्हें सिर्फ अपना पूर्वज हिंदू बताना है। संघ असल में इंडोनेशिया मॉडल लागू करना चाहता है लेकिन बगल में पाकिस्तान-बांग्लादेश और यहां तक की भारत में भी हिंदुओं के प्रताड़ना को नजरंदाज करना चाहता है।

बहरहाल, आरएसएस प्रमुख ने जोर देकर कहा कि एकता का आधार राष्ट्रवाद और पूर्वजों का गौरव होना चाहिए। उन्होंने कहा कि हिन्दू-गुस्लिम संघर्ष का एकमात्र समाधान 'संवाद' है, न कि 'विसंवाद'। भागवत ने कहा, "हिन्दू-मुस्लिम एकता की बात भ्रामक है क्योंकि वे अलग नहीं, बल्कि एक हैं। सभी भारतीयों का डीएनए एक है, चाहे वे किसी भी धर्म के हों।"

संघ के प्रथम सरसंचालक केशव बलीराम हेगडेवार ने भी हिंदू मुस्लिम एकता को भ्रामक कहा था, जिसे भागवत ने अच्छे से समझा दिया कि हिंदू-मुस्लिम एकता भ्रामक है क्योंकि वे अलग नहीं, एक है।

इससे स्पष्ट होता है कि संघ शुरू से समान डीएनए सिद्धांत को मानता रहा है और बहुसंख्यक हिंदू को गुमराह करने के लिए मुसलमान के लिए विरोधाभाषी व्यानबाजी करता रहा है।

अक्टूबर 2023 में एक कार्यक्रम में उन्होंने कहा, "यह हिंदुओं का देश है, जो सभी धर्मों का सम्मान करता है। इसलिए यहां मुसलमान भी सुरक्षित हैं।

केवल हिंदू ही ऐसा कर सकते हैं।" उनका यह कथन भारत की सहिष्णु परंपरा को रेखांकित करता है।

जुलाई 2021 में गुवाहाटी में उन्होंने कहा था कि 1930 से जनसंख्या योजनाबद्ध तरीके से बढ़ाने की कोशिश हुई, जिसे कुछ लोगों ने मुस्लिम विरोधी बयान के रूप में देखा। लेकिन पूर्व मुख्य निर्वाचन आयुक्त एस. वाई. कुरैशी ने उनकी जनसंख्या नीति की प्रशंसा की, यह कहते हुए कि उन्होंने मुसलमानों का नाम नहीं लिया था।

2023 में लखनऊ में उन्होंने कहा, "मुसलमान भी हमारे हैं, संघ के लिए कोई पराया नहीं है।"

मोहन भागवत की मौलानाओं से मेलजोल

अगस्त 2019 में, जमीयत उलेमा-ए-हिंद के प्रमुख मौलाना सैयद अरशद मदनी और राष्ट्रीय स्वयंसेवक संघ (आरएसएस) के सरसंघचालक मोहन भागवत के बीच एक महत्वपूर्ण मुलाकात हुई थी। यह बैठक दिल्ली स्थित संघ कार्यालय केशव कुंज में रात 10 बजे से लगभग 12 बजे तक चली, जो प्रारंभ में 30 मिनट के लिए निर्धारित थी, लेकिन वार्ता डेढ़ घंटे तक चली।

इस मुलाकात का उद्देश्य हिंदू-मुस्लिम एकता को बढ़ावा देना और भीड़ द्वारा हिंसा (मॉब लिंचिंग) जैसी घटनाओं पर चर्चा करना था। बैठक में राष्ट्रीय नागरिक पंजी (एनआरसी) जैसे विषयों पर भी विचार-विमर्श किया गया।

मौलाना मदनी ने इस मुलाकात के माध्यम से हिंदू-मुस्लिम एकता और सांप्रदायिक सद्भाव के महत्व पर जोर दिया, ताकि देश की प्रगति और एकता सुनिश्चित हो सके।

सितंबर 2023 में, मौलाना मदनी ने मोहन भागवत के 'हर भारतीय हिंदू है' वाले बयान को निरर्थक बताते हुए कहा कि हम हिंदी हैं, हिंदू नहीं। उन्होंने आरोप लगाया कि संघ देश में शांति, सद्भाव और भाईचारे को लेकर अपनी प्रतिबद्धता से पीछे हट गया है।

इस चर्चा में मुस्लिम समाज से जुडे मुद्दे पर चर्चा हुई। रही बात मॉब लींचीग की तो मुस्लिम समाज से हिंदू की गई लींचीग को मॉब लींचीग नहीं माना जाता। शांति, सद्भाव और भाईचारे की बात मुस्लिम समाज तो हमेशा से करता रहा है लेकिन वो सिर्फ दूसरों से आशा रखता है।

जिस जमीयत उलेमा-ए-हिंदू प्रमुख मदनी से मोहन भागवत भाईचारा ला रहे थे, वो आतंकवाद के आरोपियों को बेगुनाह बता केस लडने के लिए मशहूर है। उदाहरण के तौर पर, जमीयत ने वर्ष 2021 में उत्तर प्रदेश में अल-कायदा से जुड़े संदिग्ध आतंकवादियों को कानूनी सहायता देने की घोषणा की थी। इसी तरह, वर्ष 2006 के वाराणसी संकट मोचन मंदिर बम विस्फोट मामले में दोषी ठहराए गए वलीउल्लाह की फांसी की सजा के खिलाफ जमीयत ने हाईकोर्ट में अपील करने की बात कही थी। इसके अलावा, वर्ष 2008 के अहमदाबाद सीरियल ब्लास्ट केस में भी संगठन ने आरोपियों की पैरवी करने का प्रयास किया था।

आरएराएस ऐसे किसी संगठन से मिलकर सौहार्द ला रहा है तो ये उसके राष्ट्रवादी और सांस्कृतिक संगठन होने की पोल खोलता है।

मौलाना कलीम सिद्दीकी और मोहन भागवत की मुलाकात 7 सितंबर 2021 को मुंबई में हुई थी। यह मुलाकात "राष्ट्र प्रथम और राष्ट्र सर्वोपरि" नामक एक कार्यक्रम के दौरान हुई, जिसे राष्ट्रीय स्वयंसेवक संघ (आरएसएस) के प्रमुख मोहन भागवत की ओर से आयोजित किया गया था। मौलाना कलीम सिद्दीकी, जो एक प्रसिद्ध इस्लामी विद्वान और मुजफ्फरनगर के फुलत गांव के रहने वाले हैं, को इस कार्यक्रम में विशेष रूप से आमंत्रित किया गया था।

मुलाकात के दौरान दोनों के बीच देश और समाज से जुड़े मुद्दों पर बातचीत हुई। मौलाना कलीम ने इस मौके पर सामाजिक एकता और शांति के महत्व पर जोर दिया था, जबकि मोहन भागवत ने आरएसएस के हिंदुत्व के दृष्टिकोण को समावेशी बताते हुए सभी समुदायों के बीच आपसी भाईचारे की वकालत की। यह मुलाकात करीब एक घंटे तक चली और इसे गैर-राजनीतिक संवाद के रूप में देखा गया।

हालांकि, इस मुलाकात के ठीक दो हफ्ते बाद, 22 सितंबर 2021 को मौलाना कलीम सिद्दीकी को उत्तर प्रदेश की आतंकवाद रोधी स्क्वाड (यूपी एटीएस) ने मेरठ से अवैध धर्मांतरण के आरोप में गिरफ्तार कर लिया।

एटीएस ने 2021 में उनकी गिरफ्तारी के बाद आरोप लगाया था कि मौलाना कलीम सिद्दीकी और उनके सहयोगियों ने देशभर में हज़ारों लोगों का धर्मांतरण कराया। कुछ रिपोर्ट्स में दावा किया गया कि यह संख्या 5 लाख से अधिक हो सकती है, लेकिन यह आंकड़ा जांच एजेंसियों द्वारा औपचारिक रूप से पुष्टि नहीं किया गया। वहीं, सितंबर 2024 में लखनऊ की एनआईए-एटीएस कोर्ट ने उन्हें और 15 अन्य लोगों को दोषी ठहराया, जिसमें सैकड़ों हिंदुओं का धर्म परिवर्तन कराने की बात सामने आई। कोर्ट ने मौलाना कलीम और 11 अन्य को आजीवन कारावास, जबकि 4 को 10 साल की सजा सुनाई।

जांच में यह भी सामने आया कि उनका नेटवर्क विदेशी फंडिंग (लगभग 30 करोड़ रुपये) से संचालित था, और आर्थिक रूप से कमजोर लोगों, महिलाओं और दिव्यांगों को निशाना बनाया गया। हालांकि, कोर्ट के दस्तावेजों में विशिष्ट व्यक्तियों की सटीक संख्या का उल्लेख नहीं है, बल्कि यह एक संगठित गिरोह के रूप में उनकी गतिविधियों पर केंद्रित है।

उसी धर्मांतरण गिरोह में शामिल इरफान शेख, जो मुक बधिरों का धर्मांतरण कराता था। नरेंद्र मोदी ने पूर्व में इरफान से न सिर्फ हाथ मिलाया था बल्कि उसकी पीठ भी थपथपाई थी। दो अलग-अलग मौकों पर इरफान प्रधानमंत्री नरेंद्र मोदी के साथ मंच साझा कर चुका था। जिस इरफान ने 2017 में गुजरात के राजकोट में और 2020 में यूपी के प्रयागराज में प्रधानमंत्री के भाषण का संकेत की भाषा में अनुवाद कर उनकी बात मूक बधिरों तक पहुंचाई थी।

पहले तस्वीर में नरेंद्र मोदी इरफान शेख के साथ और दूस रे में मोहन भागवत मौलाना कलीम सिद्दकी के साथ। भागवत और सिद्दकी के बीच भाईचारा, शांति, और सामाजिक एकता के ऊपर बात हुई। क्या ये सब धर्मांतरण से ही संभव है?

धर्मांतरण रैकेट में एक बाद एक कई खुलासे हो रहे थे, लेकिन अचानक से ये मामला शांत पड गया। बीजेपी और आरएसएस के बडे नेताओं का धर्मांतरण में शामिल लोगों से निकटता को लेकर कई गंभीर सवाल उठते है।

ये पाठकों के ऊपर छोड देता हूं कि तय करे कि ये महज संयोग या कोई बहुत बडी साजिश है?

मोहन भागवत और उमर इलियासी की मुलाकात 22 सितंबर 2022 को नई दिल्ली में हुई थी। यह मुलाकात कस्तूरबा गांधी मार्ग पर स्थित एक मस्जिद में हुई, जहां राष्ट्रीय स्वयंसेवक संघ (आरएसएस) के सरसंघचालक मोहन भागवत ने अखिल भारतीय इमाम संगठन के प्रमुख इमाम उमर अहमद इलियासी से भेंट की। इस मुलाकात में आरएसएस के कुछ अन्य वरिष्ठ नेता, जैसे इंद्रेश कुमार और रामलाल, भी मौजूद थे। यह मुलाकात करीब एक घंटे तक चली और इसे हिंदू-मुस्लिम समुदायों के बीच संवाद और आपसी समझ को बढ़ाने के प्रयास के रूप में देखा गया।

मुलाकात के दौरान दोनों नेताओं ने देश में शांति, एकता और सामाजिक सौहार्द जैसे मुद्दों पर चर्चा की। मोहन भागवत ने इस अवसर पर कहा कि

भारत में सभी धर्मों के लोग एक साथ रहते हैं और विभिन्नता में एकता इस देश की ताकत है। वहीं, उमर इलियासी ने इस मुलाकात को ऐतिहासिक बताते हुए कहा कि यह दोनों समुदायों के बीच गलतफहमियां दूर करने में मदद करेगी।

वहीं, दोपहर में भागवत आजाद मार्केट के मदरसे में पहुंचे। बच्चों से काफी देर तक मुखातिब हुए। इंद्रेश कुमार ने कहा कि सुदर्शन जी भी इलियासी से पिता के पास मिलने जाते रहते थे।

मुलाकात के बाद उमर इलियासी ने मोहन भागवत को "राष्ट्रपिता" और "राष्ट्र ऋषि" जैसे शब्दों से संबोधित किया, जिससे काफी विवाद खड़ा हुआ। मुस्लिम समुदाय के कुछ वर्गों ने इस पर आपत्ति जताई और उनकी आलोचना की। इलियासी ने अपने बयान का बचाव करते हुए कहा कि यह उनकी व्यक्तिगत भावना थी और वह देश की एकता के लिए ऐसे संवाद का समर्थन करते हैं।

11 जनवरी, 2023 को मोहन भागवत का साक्षात्कार पंचजन्य और ऑर्गनाइजर में छपा। हिंदुओ के मुखरता को लेकर सवाल के जबाव में भागवत ने कहा, "हिंदू समाज हजार वर्ष से युद्ध में है। विदेशी लोग, विदेशी प्रभाव, और विदेशी षड्यंत्र, इनसे एक लडाई चल रही है। संघ ने काम किया है, और भी लोगों ने काम किया है। बहुत से लोगों ने इसके बारे में कहा है। उसके चलते हिंदू समाज जागृत हुआ है।

मोहन भागवत का ये बयान मुस्लिम समाज को नागवार गुजरा। जिसका परिणाम रहा कि 14 जनवरी, 2023 को संघ के पदाधिकारी सफाई देने दिल्ली के दरियागंज स्थित पूर्व उपराज्यपाल नजीब जंग के घर जा पहुंचे। उस बैठक में संघ के तरफ से रामलाल, कृष्ण गोपाल और इंद्रेश कुमार तो वहीं, मुस्लिम समाज की तरफ से नजीब जंग, पूर्व सांसद शाहिद सिद्दिकी, एस.वाई.कुरैशी, जमात ए इस्लामी की तरफ से मलिक मोहतसिम, उद्योगपति एवं समाजसेवी सईद शेरवानी, जमीयत उलेमा ए हिंद के महमूद मदनी गुट से मौलाना नियाज फारूकी एवं जमीयत के अरशद मदनी गुट

से मौलाना फजलुर रहमान कासमी, अजमेर शरीफ से सलमान चिश्ती, अलीगढ़ मुस्लिम विश्वविद्यालय के प्रोफेसर और इस्लामिक स्टडीज के जानकार सहित दोनों पक्षों की तरफ से लगभग 20 लोग बैठक में मौजूद थे। पूर्व सांसद शाहिद सिद्दीकी ने बताया कि बैठक में इस बात को लेकर सहमति बनी कि दोनों ही पक्ष पहले सहमति वाले मुद्दों को लेकर आगे बढ़ें ताकि समाज में शांति और सौहार्द कायम हो सके।

गौरतलब है कि मोहन भागवत ने 22 अगस्त, 2022 को मोहन भागवत ने शाहिद सिद्दीकी, पूर्व मुख्य चुनाव आयुक्त एस. वाई. कुरैशी, दिल्ली के पूर्व उपराज्यपाल नजीब जंग, अलीगढ़ मुस्लिम विश्वविद्यालय के पूर्व कुलपति लेफ्टिनेंट जनरल (सेवानिवृत्त) जमीरुद्दीन शाह, और व्यवसायी सईद शेरवानी से मुलाकात की थी।

इस बैठक का मुख्य उद्देश्य हिंदू और मुस्लिम समुदायों के बीच सांप्रदायिक सौहार्द को मजबूत करना और अंतर-सामुदायिक संबंधों में सुधार लाना था। लगभग दो घंटे तक चली इस मुलाकात में विभिन्न मुद्दों पर चर्चा हुई, जिसमें देश में धार्मिक समावेश और एकता को बढ़ावा देने के तरीकों पर जोर दिया गया। यह मुलाकात आरएसएस की उस व्यापक पहल का हिस्सा थी, जिसमें मोहन भागवत मुस्लिम समुदाय के प्रमुख लोगों से संवाद बढ़ाने की कोशिश कर रहे थे।

मुस्लिम बुद्धिजीवियों के साथ मिलकर काम करने के लिए भागवत ने चार सदस्यों को नियुक्त करने की बात कही। शाहिद सिद्दीकी ने बताया कि मोहन भागवत ने साफ तौर पर कहा, "हमें न तो कोई इस्लाम से दिक्कत है, न कुरान से और न मुसलमानों से।"

इस मुलाकात के बारे में एस.वाई.कुरैशी ने बताया कि मोहन भागवत ने हमें बताया कि लोग गोहत्या और काफिर (गैर-मुस्लिमों के लिए इस्तेमाल किया जाने वाला शब्द) से नाखुश थे। इस पर हमने संघ प्रमुख से साफ तौर पर कहा कि अगर कोई गोहत्या में शामिल है तो उसे कानून के तहत सजा मिलनी चाहिए। इसके अलावा काफिर शब्द पर कहा कि इसका इस्तेमाल

अविश्वासियों के लिए किया जाता है।

यहां अविश्वासियों का तात्पर्य, जो इस्लाम में विश्वास में नहीं करता वो काफिर है।

मोहन भागवत की इतनी सौहार्दपूर्ण मुलाकात लेकिन अपने ही बयान, जिसमे सीधा मुसलमान को दोषी नहीं बताया था। फिर भी इन्हीं लोगों के पास अपना प्रतिनिध भेजकर सफाई पेश कराना बताता है कि मुस्लिम समाज अपने शर्तों पर ही किसी से बातचीत कर सकता है, जो इस्लाम के अनुसार हो। कोई भी इस्लाम और मुसलमान से जुडे मुद्दे पर समझौता नहीं कर सकते। भागवत के प्रतिनिधिमंडल को पांचजन्य कॉपी ले जाकर दिखाना पडा कि संघ प्रमुख ने ऐसा कुछ नहीं कहा है।

बहरहाल, उस बैठक में अजमेर दरगाह के खादिम सलमान चिश्ती भी शामिल थे। चिश्ती हाल में ही बीजेपी की निष्कासित नेत्री नूपुर शर्मा के खिलाफ बयान देकर चर्चा में आए थे। उन्होंने कहा था, "वक्त पहले जैसा नहीं रहा, वरना मैं बोलता नहीं, कसम है मुझे पैदा करने वाली मेरी मां की, मैं उसे सरेआम गोली मार देता। मुझे मेरे बच्चों की कसम, मैं उसे गोली मार देता और आज भी सीना ठोक कर कहता हूं, जो भी नूपुर शर्मा की गर्दन लाएगा, मैं उसे अपना घर दे दूंगा और रास्ते पर निकल जाऊंगा।"

सलमान चिश्ती को 5 जुलाई 2022 की रात पुलिस ने गिरफ्तार कर लिया। पुलिस के अनुसार, वह दरगाह थाने का हिस्ट्रीशीटर है और उसके खिलाफ पहले से ही 13 आपराधिक मामले दर्ज हैं, जिनमें हत्या और हत्या के प्रयास जैसे गंभीर आरोप शामिल हैं।

संघ के लोग ऐसे लोगों से मिलकर सौहार्द स्थापित करना चाहते है। जिस संगठन का जन्म मुस्लिम तुष्टीकरण के खिलाफ हुआ था, वो मुस्लिम तुष्टीकरण में इतना डूब गई कि मुसलमान से प्रशंसा पाने के लिए किसी भी हद तक गिर सकते है।

कोरोना के दौरान राहत सामग्री बांटने में भी मुस्लिम समाज का विशेष ध्यान रखे हुए थे।

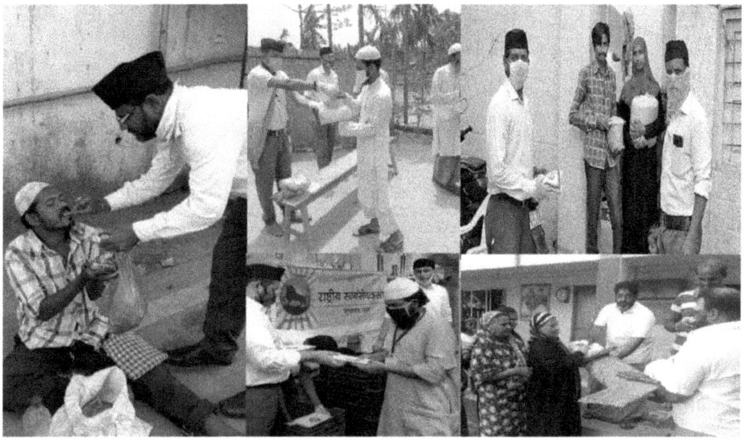

ये भी देखा गया कि कही हिंदू और मुसलमान दिखे तो इन्होंने मुसलमानों के बीच प्राथमिकता के साथ बांटा।

संघ से जुडे लोग मदरसा के खिलाफ भी माहौल बनाते देखे जाते है लेकिन मौका मिलने पर हैदराबाद में मदरसा के बच्चों को भी राहत सामग्री बांटने के लिए पहुंच जाते है। बाकी अन्य जगह तो इनको राहत सामग्री बांटने के लिए मुस्लिम की तलाश तो होती ही है। दरअसल, ये लोग मुसलमान के साथ फोटो खींचा लेना ही बडी उपलब्धि मानते है।

अब इनका मुस्लिम प्रेम कहे या इस्लाम के प्रति समर्पण, ये लोग मस्जिद के बाहर भी साफ-सफाई से पीछे नहीं हटते। वैसे तो ये अंदर भी जाकर सफाई कार्य करते लेकिन अनुमति नहीं है।

संघ के कार्यकर्ता वडोदरा के मस्जिद को सैनिटाइज करने पहुंच जाते है तो वही चक्रवात आने पर विशाखापट्टनम में भी मस्जिद के बाहर साफ सफाई करते देखे जाते है।

ये कश्मीर-केरल में तो बाढ राहत के लिए कैम्प लगाने चले जाते है लेकिन बंगाल, मणिपुर, कुंभ भगदड या कहीं अन्य जहां हिंदू पीडित हो, उसके लिए ये कहीं कैम्प नहीं लगाते।

कई लोगों का मानना है कि संघ के निचले स्तर का कार्यकर्ता कट्टर हिंदू है लेकिन उसकी कमी है कि संघ को लेकर वफादार है। सारा गडबड ऊपर वाले कर रहे है तो ये सारे काम करने ऊपर वाले नहीं बल्कि नीचे वाले ही करने जाते है।

संघ मुस्लिम तुष्टीकरण में इस तरफ से डूब गया कि इसके प्रमुख की भाषा भी मौलवी मौलानाओ जैसी हो गई। ये चीज ज्ञानवापी मामले में दिखा। दरअसल, मुस्लिम पक्ष किसी भी विवादित मस्जिद (जो पूर्व में मंदिर तोडकर बनाई गई है) के सर्वे के खिलाफ है। दरअसल, ज्ञानवापी के

वजुखाने में शिवलिंग मिलने के बाद मामला गर्माया था। मुस्लिम पक्ष उसे फवारा बता रहा था।

2 जून, 2022 को मोहन भागवत ने नागपुर में स्वयंसेवकों को संबोधित करते हुए कहा, "अब संघ मंदिरों को लेकर कोई आंदोलन नहीं करने वाला है। राम मंदिर आंदोलन में जरूर हिस्सा लिया था। अब भविष्य में संघ किसी मंदिर आंदोलन में नहीं शामिल होने वाला है।"

ज्ञानवापी को लेकर कहा, "इतिहास को कोई नहीं बदल सकता है। ज्ञानवापी का एक मुद्दा है, इसे हिंदू-मुस्लिम से जोडना गलत है। मुसलमान आक्रमणकारी तो बाहर से आए थे। अब संघ के जरिए सिर्फ प्रेम का प्रसार करना है, हिंदुत्व के भाव से आगे बढना है। अब देश में किसी भी समाज में लडाई नहीं होनी चाहिए। भारत को विश्वगुरु बनाना चाहिए और पूरी दुनिया को शांति का पाठ सिखाना चाहिए।"

इन सब के अलावा भागवत ने कहा, "कुछ जगहों के प्रति हमारी विशेष श्रद्धा थी जिसके बारे में बात की गई। अब हमें रोजाना धर्म के लेकर एक नया मामला नहीं लाना चाहिए। मोहन भागवत ने कहा कि हमें विवाद नहीं बढ़ाना चाहिए। ज्ञानवापी के प्रति हमारी श्रद्धा है और उसके अनुसार कुछ कर रहे हैं, लेकिन हर मस्जिद में शिवलिंग की तलाश क्यों की जाए?"

मोहन भागवत के इस बयान के बाद उन्हें मुस्लिम पक्ष और जो विवादित मस्जिद के पक्ष में है, उनका व्यापक समर्थन मिला। सर्वे के खिलाफ गिरोह ने इनके बयान का हवाला दे, हिंदुओ को भागवत की बात मानने का सलाह देने लगे।

संभल में विवादित जामा मस्जिद के सर्वे के बाद कई अन्य विवादित मस्जिदों-दरगाहों को लेकर याचिका डली। ये मोहन भागवत का नागवार गुजरा। मंदिर-मस्जिद को लेकर नए विवादों के उठने पर मोहन भागवत ने चिंता जताई है। भागवत ने समावेशी समाज की वकालत की और कहा कि दुनिया को यह दिखाने की जरूरत है कि देश सद्भाव के साथ एक साथ रह सकता है। उन्होंने कहा कि राम मंदिर के निर्माण के बाद कुछ लोग

यह मानने लगे हैं कि वे इस तरह के मुद्दों को उठाकर 'हिंदुओं के नेता' बन सकते हैं। भागवत ने कहा कि राम मंदिर का निर्माण इसलिए किया गया क्योंकि यह सभी हिंदुओं की आस्था का मामला था। उन्होंने किसी विशेष स्थान का उल्लेख किए बिना कहा कि हर दिन एक नया मामला (विवाद) उठाया जा रहा है। इसकी अनुमति कैसे दी जा सकती है? यह जारी नहीं रह सकता। भारत को यह दिखाने की जरूरत है कि हम एक साथ रह सकते हैं।

1 अप्रैल 2025 को राष्ट्रीय स्वंयसेवक संघ की तरफ से काशी-मथुरा को लेकर नया रुख सामने आया। आरएसएस के सरकार्यवाह दत्तात्रेय होसबोले ने साफ कर दिया कि अगर संगठन के सदस्य मथुरा में कृष्ण जन्मभूमि और काशी विश्वनाथ-ज्ञानवापी विवाद से संबंधित आंदोलन में भाग लेते हैं तो संगठन को कोई आपत्ति नहीं होगी। हालांकि, होसबाले ने सभी मस्जिदों को निशाना बनाकर बड़े पैमाने पर किए जाने वाले पुनर्ग्रहण प्रयासों के खिलाफ चेतावनी दी। उन्होंने इस संबंध में सामाजिक कलह से बचने की आवश्यकता पर जोर दिया।

आरएसएस के वरिष्ठ नेता दत्तात्रेय होसबाले ने कहा कि अगर हम अन्य सभी मस्जिदों और संरचनाओं के बारे में बात करते हैं, तो क्या हमें 30, 000 मस्जिदों को खोदना शुरू कर देना चाहिए और इतिहास को पलटने का प्रयास करना चाहिए? क्या इससे समाज में और अधिक शत्रुता और आक्रोश पैदा नहीं होगा? हमें एक समाज के रूप में आगे बढ़ना चाहिए या अतीत में ही अटके रहना चाहिए?

मस्जिदों की खुदाई को आरएसएस महासचिव दत्तात्रेय होसबाले ने निरर्थक बताया है। उन्होंने कहा कि अतीत की खोज में लगे रहने से समाज अन्य महत्वपूर्ण सामाजिक बदलावों पर ध्यान नहीं दे पाएगा और विमुख होगा। जैसे अस्पृश्यता को समाप्त करना, युवाओं में नई भावनाओं का संचार करना तथा संस्कृति और भाषाओं को संरक्षित करना।

संघ का नया रुख आया, उसमें इतना विरोधाभाषा कि ये अपने स्वयंसेवकों को काशी-मथुरा के लिए रोक भी नहीं रहे तो वही दूसरी तरफ मस्जिदों के

खुदाई के खिलाफ भी है। दरअसल, ये इनकी रणनीति का हिस्सा है कि आगे कोई फैसला आए तो श्रेय भी ले ले। ये जिम्मेदारी से भागते है लेकिन श्रेय लेने से कभी पीछे नहीं हटते। ये चारों तरफ खेलने का प्रयास करते है।

बहरहाल, संघ प्रमुख के साथ समस्या है कि खुद को हर धर्म को साथ लेकर चलने का दावा करने वाले हिंदुओ को तो नसीहत दे देते है लेकिन जिनसे इनका डीएनए मिलता है, उनको लेकर चुप्पी साध लेते है। हिंदू के साथ प्रताडना, हत्या, बलात्कार किसी भी तरह की घटना हो, ये नजर नहीं आते है लेकिन जब भी बाहर आए तो बोल पडते है कि मुसलमानों को डरने की जरूरत नहीं है। जब भी कोई बात मुसलमान पर आ जाए तो भागवत बेचैन हो उठते है।

संघ हमेशा आक्रमणकारियों की बात तो करता है लेकिन उनसे भी इनका अटूट प्रेम है। छावा फिल्म आई, जिसमें औरंगजेब के क्रूरता के बारे में दिखाया गया। बीजेपी आरएसएस ने उसका खूब प्रचार किया। संघी प्रधानमंत्री नरेंद्र मोदी और संघी महाराष्ट्र के मुख्यमंत्री देवेंद्र फडनवीस ने भी फिल्म की प्रसंशा की। आजकल ऐसी फिल्मों का चलन बढ गया है, जिसमें हिंदू प्रताडित हो। बीजेपी-आरएसएस के लोग तय रणनीति के अनुसार उसका प्रचार प्रसार करते है ताकि उसे देख हिंदू डरे। और जरूरी मुद्दों से ध्यान हटाकर उसमें उलझाया जाए क्योंकि ऐसी फिल्मों को लेकर विवाद भी होते है। विपक्ष के लोग विरोध करते है, बीजेपी उसके पक्ष गें दिखने का नाटक करती है। आम हिंदू के बीच संदेश जाता है कि ये लोग ही सिर्फ हिंदू समाज के साथ खडे है बाकी सारी पार्टीयां हिंदू द्रोही है।

बहरहाल, सपा विधायक अबू आजमी ने औरंगजेब की प्रसंशा की। जिसको लेकर उन्हें विधानसभा से निलंबित किया गया। विवाद बढने पर अबू आजमी ने माफी मांग ली।

बीजेपी-आरएसएस के लोग औरंगजेब का कब्र तोडने की बात करने लगे। देवेंद्र फडनवीस ने भी बोला कि औरंगजेब की कब्र हटाई जानी चाहिए। हालांकि, उन्होंने यह भी स्पष्ट किया कि इस मामले में कुछ काम कानून के

हिसाब से करना होता है, क्योंकि यह कब्र कांग्रेस के शासनकाल में संरक्षित की गई थी और उस समय से ही भारतीय पुरातत्व सर्वेक्षण (एएसआई) का संरक्षण प्राप्त है। उनका कहना था कि इस विषय पर जल्दबाजी में कोई निर्णय नहीं लिया जा सकता है।

दूसरी तरफ, सुरक्षा में राज्य रिजर्व पुलिस बल की एक बैच तैनात की गई, जिसमें लगभग 115 सशस्त्र जवान शामिल थे। इसके अलावा, स्थानीय पुलिस पहले से मौजूद थी, जिसमें दंगा नियंत्रण दस्ते के 25 पुलिसकर्मी, 60 महिला पुलिसकर्मी, और भारतीय पुरातत्व सर्वेक्षण (एएसआई) के निजी सुरक्षा गार्ड शामिल थे। कब्र की सुरक्षा के लिए दो सीनियर इंस्पेक्टर स्तर के अधिकारी 24 घंटे ड्यूटी पर थे, साथ ही 15 अन्य पुलिसकर्मी भी तैनात किए गए।

रिपोर्ट्स के अनुसार, कुल मिलाकर 150 से अधिक पुलिसकर्मियों और सुरक्षाकर्मियों को इस कार्य के लिए लगाया। औरंगजेब की कब्र की सुरक्षा को और सख्त बनाने के लिए कब्र के पीछे की दीवार पर लोहे के बड़े-बड़े पट्टे (लोहे की चादर) लगाए गए, ताकि कोई असामाजिक तत्व कब्र को नुकसान न पहुंचा सके। पुलिस ने आगंतुकों के लिए पंजीकरण अनिवार्य कर दिया और पर्यटकों से पहचान संबंधी दस्तावेज मांगे। विश्व हिंदू परिषद (विहिप) द्वारा कब्र हटाने की मांग करते हुए मुख्यमंत्री देवेंद्र फडणवीस को ज्ञापन सौंपे जाने के बाद पुलिस ने खुल्दाबाद शहर के प्रवेश द्वार से लेकर समाधि स्थल तक के मार्ग पर कई सुरक्षा चौकियां स्थापित की। कानून-व्यवस्था बनी रहे, इसके लिए पुलिस बल के कुछ जवान सादी वर्दी में भी तैनात किए गए। विहिप ने चेतावनी दी कि कब्र नहीं हटाई गई, तो वह सड़कों पर उतरकर बड़ा आंदोलन छेड़ेंगे और बाबरी मस्जिद जैसी घटना (कारसेवा) दोहराई जा सकती है।

विहिप के राष्ट्रीय प्रवक्ता विनोद बंसल ने बताया कि 17 मार्च, 2025 को छत्रपति शिवाजी महाराज की जयंती पर औरंगजेब की कब्र को हटाने के लिए विहिप और बजरंग दल के कार्यकर्ता विरोध प्रदर्शन करेंगे। कब्र हटाने के लिए धरना प्रदर्शन के अलावा जिला स्तर पर प्रशासन को ज्ञापन भी

सौंपा जाएगा।

नागपुर में दंगा 17 मार्च 2025 को शुरू हुआ, जब औरंगजेब की कब्र को हटाने की मांग को लेकर विश्व हिंदू परिषद और बजरंग दल ने प्रदर्शन किया। यह प्रदर्शन नागपुर के महल इलाके में छत्रपति शिवाजी महाराज की प्रतिमा के पास हुआ, जहां प्रदर्शनकारियों ने औरंगजेब का पुतला जलाया। इसके बाद एक अफवाह फैली कि पुतले के साथ कुरान की आयतों वाली चादर भी जला दी गई। पुलिस और विहिप ने इसे अफवाह बताया, लेकिन यह खबर सोशल मीडिया पर तेजी से फैल गई, जिससे मुस्लिम समुदाय में आक्रोश भड़क उठा।

शाम को स्थिति बिगड़ गई जब चिटनिस पार्क और हंसपुरी जैसे इलाकों में बड़ी संख्या में लोग जमा हुए और पथराव शुरू कर दिया। भीड़ ने हिंदू घरों, दुकानों और वाहनों को निशाना बनाया, जिसमें 36 कारें, 22 बाइक, एक क्रेन और एक मकान को नुकसान पहुंचा। पुलिस पर भी हमला हुआ, जिसमें 34 पुलिसकर्मी घायल हुए, जिनमें तीन डीसीपी रैंक के अधिकारी शामिल थे।

जब कारवाई की बात आई तो यहां असल मायने में सबका साथ सबका विकास हुआ। दोनों पक्षों की तरफ से लोग आरोपी बनाए गए।

चूंकि ये घटना नागपुर में हुई, जहां आरएसएस का मुख्यालय है। संघ के ऊपर भी सवाल उठने लगे तो आरएसएस प्रतिक्रिया सामने आई। संघ के प्रवक्ता सुनील आंबेकर ने कहा, "मैं समझता हूं कि आज के दौर में औरंगजेब प्रासंगिक नहीं है। समाज के लिए किसी भी तरफ का हिंसा ठीक नहीं है। हिंसा नागपुर में आरएसएस के मुख्यालय से काफी दूर हुई है।

जबकि आरएसएस मुख्यालय से चिटनीस पार्क की दूरी मात्र 750 मीटर, हंसपुरी की दूरी 3.4 किलोमीटर, महल इलाके की दूरी एक किलोमीटर और देवेंद्र फडनवीस के घर से छह किलोमीटर, गणेशपेठ की दूरी 2.2 किलोमीटर, कोतवाली की दूरी 650 मीटर और भालदालपुरा चौक की दूरी 1.5 किलोमीटर की दूरी है।

सुदर्शन न्यूज के अनुसार, "नागपुर के संघ मुख्यालय परिसर में पत्थरबाजी और गाडियों में आगजनी हुई।"

ये सुदर्शन न्यूज के मालिक और प्रधान संपादक सुरेश चव्हाणके कट्टर संघी और मोहन भागवत के करीबी है।

दंगे के बाद विधानसभा में देवेंद्र फडनवीस ने इस दंगा के पीछे जिस छावा फिल्म की प्रसंशा कर चुके थे, उसे ही जिम्मेदार बता दिया।

संघ के लोगों की सरकार और संघ के लोगों को ही आंदोलन करना पड रहा है। एक तरफ देवेंद्र फडनवीस औरंगजेब की कब्र हटाने की बात करते है तो दूसरी तरफ सुरक्षा देते है। जिस एएसआई के आड में छुप रहे है, अब तो केंद्र में भी उनकी सरकार है और राज्य में भी उनकी सरकार है। एक नोटिस जारी करते ही एएसआई कंट्रोल से बाहर आ जाएगा लेकिन इन लोगों को सिर्फ राजनीति करनी है।

ये असल संघ के संस्कार है, जो हर तरफ से खेलते है। जिसके खिलाफ माहौल बनाते है, उसी को सुरक्षा देते है। कही भी अगर फंसे तो पल्ला झाड लेते है।

जफर सरेशवाला ने इंडिया टीवी के साक्षात्कार में कहा, "आरएसएस वाले मुझे हमेशा बुलाते थे तो मैं नहीं जाता था। मोदी साहब से मिलने में जो मुसीबत आई तो मैं जाने पर क्या होगा? तो मैं हमेशा इनकार करता था। मैं इनकार तो सीधे तौर पर तो नहीं कर सकता था। मैं शर्त रखता था कि मोहन भगवत के साथ मुझे 45 मिनट मिले तो मैं आऊं। ये दो-तीन साल चलता रहा। एक बार मोहन भागवत के भाई और एक आदमी आए और बोले कि जफर भी एक कार्यक्रम है। भागवत साहब के साथ 45 मिनट भी मिलेंगे। वो मेरी बात थी और मैं गया। मुझे रात ठहरना पडा। उन्होंने मुझे हेगडेवार भवन में ठहराया। मैं पहला मुसलमान होऊंगा, जो 90 साल में हेगडेवार भवन में ठहरा। खैर रात का वक्त था, जब मैं पहुंचा तो सर्दी थी। उन्होंने गर्म पानी का इंतजाम किया था। जाते जाते मैंने पूछा कि मैं नमाज पढ सकता हूं? अरे बिल्कुल !"

जफर ने कहा मुझे ईशा की नमाज पढनी है। फजल की नमाज पढनी है। वो (भागवत भागवत के भाई) बोले बिल्कुल नमाज पढ सकते है। उजला कपडा लेकर आए और बोले गर्म पानी का इंतजाम है, वजू बना सकते है। मैंने हेगडेवार भवन में नमाज पढी। मेरा बहुत आदर सत्कार हुआ।

जफर सरेशवाला के अनुसार, अगले दिन वो रेशम भवन में ले गए। वहां फिर नमाज का वक्त आया। फिर भागवत साहब ने किसी को इशारा किया और मुझे विहिप का जो कमरा था, वहां नमाज पढने दी गई। मेरी भागवत साहब से बात हुई और मैंने उनके सामने जो मुसलमानों की समस्या थी, सारे एक के बाद एक रखी। उन्होंने मेरी बात सुनी और मुझे आखिर में दो बातें कही – आपकी जो दर्द है, वो मैं मानता हूं। सही है। हम ये बात मानते है "ये मुल्क तरक्की नहीं कर सकता, अगर 15-20 फीसदी मुसलमान पीछे रह जाए।"

सितंबर, 2022 में प्रतिबंधित संगठन पीएफआई समर्थित सोशल डेमोक्रेटिक पार्टी ऑफ इंडिया के प्रदेश अध्यक्ष निजामुद्दीन खान ने एसटीएफ को पूछताछ में बताया कि वह राष्ट्रीय स्वयं सेवक संघ के नागपुर हेडक्वार्टर में छह माह रह चुका है। वर्ष 2012 में आरएसएस से जुडने के बहाने, संघ के पदाधिकारियों की अल्पसंख्यकों के प्रति विचारधारा, रणनीति को जानने के लिए, कार्यकर्तायों को दी जाने वाली ट्रैनिंग आदि को समझने व उस पर रिपोर्ट तैयार करने के इरादे से मुख्यालय में घुसा था। इस कार्य में वो सफल रहा था।

निजामुद्दीन ने बताया कि आरएसएस के कैंप से बाहर आने के बाद उसने अल्पसंख्यकों को वहां की गतिविधियों के बारे में बताना शुरू कर दिया था।

संघ से जुडे लोग आम हिंदुओ से मुसलमानों के बहिष्कार का अपील करते है। सडक पर नमाज का भी विरोध करते है। लेकिन ये जब मौका मिले मुसलमानों को खुश करने के लिए किसी भी हद तक जा सकते है। नमाज भी पढवाते है और राहत सामग्री भी बांटते है।

जब इन्हें सत्ता नहीं मिली थी तो ये लोग आम हिंदुओ के बीच मुसलमानों से खतरा के बारे में बताते थे और जब सत्ता मिली तो मुस्लिम उत्थान का फायदा गिनाते है।

जब इनके मुस्लिम तुष्टीकरण पर सवाल हो तो इनका एक जबाव है कि 20 करोड को हिंद महासागर में फेंक दे? जो इनको देखना भी पसंद नहीं करते, उनके लिए इनका प्रेम इतना है कि मौका मिले तो बेटी ब्याहने में भी पीछे नहीं हटते। कई संघ के नेताओ के रिश्ते हुए है।

3 मार्च, 2023 को शिमला के सत्य नारायण मंदिर परिसर में मौलवी ने निकाह पढ़ा। हरेंद्र मालिक ने अपनी बेटी की शादी के आयोजन के लिए मंदिर प्रबंधन से दरख्वास्त की थी। जिसे मंदिर प्रबंधन ने स्वीकार कर लिया और मंदिर परिसर में धूमधाम से निकाह हुआ। हिंदू मंदिर परिसर में हुई इस शादी का मुख्य मकसद लोगों में आपसी भाईचारा व धार्मिक सामंजस्य बनाए रखना बताया गया। रामपुर के ठाकुर सत्य नारायण मंदिर ट्रस्ट के महासचिव विनय शर्मा ने बताया कि विश्व हिंदू परिषद इस मंदिर का संचालन करती है और राष्ट्रीय स्वयंसेवक संघ के जिला कार्यालय का भी कामकाज देखा जाता है। यहां पर अन्य समारोह भी होते हैं। ऐसे में उन्होंने भी मुस्लिम परिवार को निकाह करने की इजाजत दी। उन्होंने कहा कि सनातन धर्म में सबके लिए जगह है। इस शादी को सद्भावना के तौर पर भी देखा जा सकता है। विनय शर्मा ने कहा कि विश्व हिंदू परिषद और राष्ट्रीय स्वयंसेवक संघ को मुस्लिम विरोधी कहा जाता है। यह सांप्रदायिक सद्भाव का दुर्लभ उदाहरण है, इसका प्रचार प्रसार किया जाना चाहिए। दुल्हन के पिता महेंद्र सिंह मलिक ने कहा कि विश्व हिंदू परिषद और मंदिर ट्रस्ट का इस शादी को पूर्ण करवाने में अपार सहयोग मिला। ऐसा करके रामपुर के लोगों ने भाईचारे की मिसाल पेश की है।

हिंदू जागरण मंच ने कडी चेतावनी जारी करते हुए शुद्धिकरण और सार्वजनिक माफी की मांग की। मंच के प्रदेश महामंत्री कमल गौतम ने बयान जारी कर कहा कि मंदिर में निकाह एक गलत कृत्य है। देवस्थान में

कलमा या अन्य कोई सनातन के विपरीत कार्यकलाप मंजूर नहीं है। साथ ही चेतावनी दी कि अगर मंदिर ट्रस्ट शुद्धिकरण नहीं करता तो मंच 11 व 12 मार्च को रामपुर कूच करेगा।

मंदिर ट्रस्ट के पदाधिकारी विनय शर्मा ने कहा कि इस मामले में बेवजह तूल दिया जा रहा है। शर्मा ने बताया कि महेंद्र मलिक की मां हिंदू थी और पिता मुस्लिम, सोशल मीडिया में ये अफवाह चल रही है कि लडकी हिंदू है और ये लव जिहाद का मामला है। इस पर विनय शर्मा ने कहा कि ऐसा नहीं है।

उधर विश्व हिंदू परिषद के प्रांत अध्यक्ष लेखराज राणा ने भी इस मामले में प्रतिक्रिया व्यक्त की। उन्होंने एक बयान जारी किया कि इस मामले से विहिप का कोई लेना-देना नहीं है। मंदिर ट्रस्ट बेशक विश्व हिंदू परिषद के तहत संचालित होता है, लेकिन मंदिर का प्रबंधन पूरी तरह से स्थानीय प्रबुद्ध लोग करते हैं। राणा ने कहा कि विहिप मंदिर परिसर में निकाह का समर्थन नहीं करती है। हिंदु मंदिरों में सनातन प्रक्रिया के तहत ही विवाह का आयोजन होना चाहिए। इस बारे में प्रबंधन समिति से भी आग्रह किया गया है कि निकट भविष्य में ऐसा न किया जाए। राणा ने कहा कि इस बारे में जांच समिति का भी गठन किया गया है. ये समिति सारी बात का पता लगाएगी और आगामी उचित कार्रवाई करेगी।

हिंदुओ के सामने इनका कुतर्क होता है कि आखिर मुसलमान संघ का विरोध क्यों करता है? तो इसका सीधा जबाव है कि इतना कुछ करने के बाद भी वो विरोध कर रहे तो उनको पता है कि जितना इनका विरोध करेंगे, ये उतना ही झुकेंगे।

संघ का मुसलमान से बस एक मांग है कि वो अपना पूर्वज हिंदू को बताए। अगर कोई अपना पूर्वज हिंदू को बताकर कुछ भी करता है, उससे संघ को कोई समस्या नहीं है। जो इनके साथ है, वो राष्ट्रवादी मुसलमान है। ये अच्छा मुसलमान-बुरा मुसलमान चर्चा लेकर आए। जबकि मुसलमान तो सिर्फ मुसलमान होता है और इस्लाम को मानता है। संघ से जुडे या प्रभावित मुसलमान कई खुद को सनातनी मुसलमान बताने लगे है। ये प्रयोग के

तहत किया जा रहा कि बताया जा सके कि सनातन पर भी सिर्फ हिंदुओ का अधिकार नहीं है।

दरअसल, संघ इंडोनेशिया मॉडल पर काम कर रहा है। जो संघ से जुडे लोग बार बार उदाहरण देकर बताते है कि इंडोनेशिया इस्लामिक मुल्क होने के बावजूद भी वहां राम लीला का मंचन होता है। वहां के विमान का नाम गरुण है और मुस्लिम बोलते है कि बेशक पूजा पद्धति बदली है लेकिन पूर्वज तो नहीं बदले है।

यहां पाठक स्वयं तय कर सकते है कि संघ कैसा संगठन है।

अध्याय: 4
संघ एक राजनीतिक संगठन

आरएसएस का गठन के साथ विनायक दामोदर सावरकर के विचारों से प्रेरित होकर किया गया।सावरकर हिंदू महासभा के प्रमुख नेता थे। हिंदू महासभा की स्थापना वर्ष 1906 में मुस्लिम लीग की स्थापना के बाद वर्ष 1915 में हुई थी। जिसका उद्देश्य ब्रिटिश हुकूमत में हिंदू हितों की रक्षा करना था। हिंदू महासभा के स्थापना के 10 साल बाद आरएसएस के गठन में हिंदू महासभा के कुछ नेता शामिल रहे। इस लिहाज से हिंदू महासभा को आरएसएस का मातृ संगठन भी कहा जा सकता है। हिंदू महासभा के नेता चाहते थे कि संघ उनकी युवा इकाई के रूप में काम करें। लेकिन महासभा का ये प्लान पूरा नहीं हो पाया और सावरकर के नेतृव में युवा इकाई राम सेना की स्थापना की गई।

सावरकर ने कांग्रेस के खिलाफ एक वैकल्पिक राजनीतिक शक्ति के रूप में हिंदू महासभा को मजबूत करने की दिशा में प्रयास किया था। सावरकर का मानना था कि कांग्रेस की नीतियां, विशेष रूप से मुस्लिम तुष्टीकरण और अहिंसा पर आधारित गांधीवादी दृष्टिकोण, हिंदू हितों की रक्षा करने में असमर्थ थीं। वे एक ऐसी राजनीतिक विचारधारा को बढ़ावा देना चाहते थे जो हिंदू राष्ट्रवाद पर आधारित हो और ब्रिटिश शासन के खिलाफ सशस्त्र क्रांति को प्राथमिकता दे। लेकिन हेडगेवार चाहते थे कि संघ एक सांस्कृतिक और सामाजिक संगठन के रूप में काम करे, जो हिंदू समाज को संगठित

और मजबूत करे, न कि प्रत्यक्ष रूप से राजनीति में उतरे। उनकी रणनीति थी कि पहले समाज में जागरूकता और अनुशासन पैदा किया जाए, जिससे भविष्य में राजनीतिक बदलाव की नींव तैयार हो सके। इसलिए, हेडगेवार ने संघ को सक्रिय राजनीति से दूर रखा और सावरकर के इस प्रस्ताव को स्वीकार नहीं किया कि संघ हिंदू महासभा के साथ मिलकर एक राजनीतिक संगठन बने या उसकी युवा शाखा के रूप में काम करे।

सावरकर ने तो स्वयं कोई नई राजनीतिक पार्टी की स्थापना नहीं की, लेकिन उन्होंने हिंदू महासभा के माध्यम से कांग्रेस के प्रभाव को चुनौती देने की कोशिश की। वर्ष 1937 में जब वे हिंदू महासभा के अध्यक्ष बने, तो उन्होंने इसे एक राजनीतिक संगठन के रूप में विकसित करने पर जोर दिया, जो कांग्रेस के समानांतर एक हिंदू-केंद्रित विकल्प बन सके। उनका लक्ष्य था कि हिंदू महासभा न केवल सामाजिक सुधारों तक सीमित रहे, बल्कि राजनीतिक स्तर पर भी कांग्रेस के खिलाफ मजबूत विपक्ष स्थापित करे।

सावरकर और संघ के बीच के मतभेद उस समय काफी गहरे हो गए थे, कि सावरकर ने हिंदू महासभा के कार्यकर्तायों से संघ छोडने की हिदायत दे दी थी। इसका जिक्र 3 मार्च, 1943 को सावरकर द्वारा लिखे एक पत्र के माध्यम से चलता है।

सावरकर के गोलवलकर से काफी मतभेद थे। उन्होंने एक काफी लोकप्रिय बयान दिया था कि आरएसएस के स्वयंसेवक की समाधि पर कुछ लिखा जाए कि उसकी जीवन में उपलब्धि क्या रही तो सिर्फ तीन बातें होंगी। पहली-वह पैदा हुए, फिर आरएसएस में शामिल हुए और निधन हो गया। इसके अलावा, उसकी कोई और उपलब्धि नहीं है।

भारत के स्वतंत्र होने के बाद भी सावरकर और संघ के रिश्ते कुछ खास नहीं रहे। महात्मा गांधी के हत्या के बाद हिंदुत्वादी संगठन आरएसएस और हिंदू महासभा पर प्रतिबंध लगा दिया गया। जिसके बाद कोर्ट में इस मामले की सुनवाई के दौरान दोनों संगठनों में मतभेद और उभर कर सामने आए। आरएसएस ने खुद पर से प्रतिबंध हटाने के लिए तत्कालीन गृहमंत्री सरदार

पटेल को पत्र लिखे, साथ ही कोर्ट केस में सावरकर और उनके साथियों के समर्थन में पैरवी नहीं की।

आरएसएस और नाथुराम गोडसे

गांधी की हत्या के बाद जब नथुराम गोडसे का नाम सामने आया, तो राष्ट्रीय स्वयंसेवक संघ ने तुरंत उससे दूरी बनाते हुए घोषणा की कि उसने संघ को पहले ही छोड़ दिया था। हालांकि, संघ के अनुयायियों के बारे में आमतौर पर माना जाता है कि एक बार वे संघ के सदस्य बन जाते हैं, तो वे हमेशा के लिए संघ से जुड़े रहते हैं।नाथुराम गोडसे के परिवार ने साफ तौर पर कहा है कि गोडसे आरएसएस के कट्टर सदस्य थे। संघ ने गोडसे को न तो कभी निकाला था और न वो आरएसएस से कभी अलग हुए थे। नाथुराम गोडसे और वीर सावरकर के परिवार से जुडे सात्यकी सावरकर ने बताया कि उनके परिवार उनके परिवार ने नाथुराम और गोपाल गोडसे के सभी लेख संभालकर रखे है और उनमें से कुछ से अस्पष्ट संकेत मिलता है कि नाथुराम गोडसे 1930 के दशक के शुरुआत में संघ से जुडे, लेकिन संघ के पर्याप्त कट्टरपंथी ना होने की वजह से उनका मोहभंग हो गया था। इसके बावजूद उन्होंने आरएसएस को छोड़ा नहीं। गोडसे केवल आरएसएस के सदस्य नहीं रहे, बल्कि वे हिंदू महासभा के साथ भी जुड़े रहे।आरएसएस की राजनीति

आरएसएस की रणनीति है कि लोगों को प्रत्यक्ष और अप्रत्यक्ष रूप से खुद को शामिल होने के लिए भ्रमित करता है। गोलवलकर का दृष्टिकोण था कि आरएसएस को प्रत्यक्ष राजनीति से दूर रहना चाहिए। उनका मानना था कि संगठन का मुख्य उदेश्य समाज का नैतिक और सामाजिक उत्थान करना है, न कि सत्ता प्राप्त करना।

इन सब के बावजूद 21 अक्टूबर, 1951 को श्यामा प्रसाद मुखर्जी ने भारतीय जनसंघ नामक राजनीतिक पार्टी की स्थापना की। यह आरएसएस के विचारों और सिद्धांतों से गहरे रूप से प्रभावित था। आरएसएस ने भारतीय जनसंघ को अपनी राजनीतिक शाखा के रूप में समर्थन दिया।

संघ के तीसरे सरसंघचालक बालासाहब देवरस को लेकर संघ से संबंधित पत्रकार राम बहादुर राय बताते है, "बाला साहब देवरस के व्यक्तित्व का केंद्र राजनीतिक था। वो पूर्णतः राजनीतिक प्राणी थे, लेकिन वो इस अर्थ में राजनीतिक नहीं थे कि सत्ता के लिए अपनी उम्मीदवारी पेश करते थे।"वर्ष 1977 में भारतीय जनसंघ का जनता पार्टी में विलय हो गया, और फिर 6 अप्रैल, 1980 को इसके कई सदस्यों ने भारतीय जनता पार्टी की स्थापना की। संघ के तरफ से कहा गया कि अप्रत्यक्ष भूमिका निभाई जबकि अटल बिहारी वाजपेयी, लाल कृष्ण आडवाणी, मुरली मनोहर जोशी आदि जैसे मौजूद नेता संघ के शाखा से ही निकले हुए थे। भाजपा ने जो अपना विचारधारा प्रस्तुत किया, उसमें सबसे अधिक 'गाँधीवादी समाजवाद' चौकाने वाला था। बीजेपी का आम समर्थक गांधी का विरोधी मिलेगा। कई बीजेपी नेता पूर्व में सार्वजनिक मंचों से गोडसे की प्रशंसा कर चुके है। बीजेपी या आरएसएस के साथ मूल समस्या है कि इनकी कोई स्थिर विचारधारा नहीं है। जब इन्हें जो सूट करता है, उसे अपना लेते है।

आरएसएस और राम मंदिर आंदोलन

विश्व हिंदू परिषद ने राम मंदिर आंदोलन को तेज किया। राम मंदिर बनाने के अभियान में भाजपा नेता लाल कृष्ण आडवाणी, मुरली मनोहर जोशी, उमा भारती और विनय कटियार प्रमुख रूप से शामिल थे। इन्हीं के साथ विश्व हिंदू परिषद भी इस अभियान का हिस्सा था। विहिप के महामंत्री अशोक सिंघल भी राम मंदिर निर्माण के लिए दिन रात जुटे रहते थे। आपको बता दें कि वर्ष 1987 में विवादित स्थल से मस्जिद को दूसरी जगह पहुंचाने का पूरा इंतजाम हो चुका था। तकनीक की मदद से मस्जिद को उठाकर दूसरी जगह रखे जाने की योजना विश्व हिंदू परिषद के महामंत्री अशोक सिंघल ने बनाई थी। इसके साथ ही राम चबूतरे का निर्माण शुरू करना था।

लेकिन इस संदर्भ में अशोक सिंघल को राष्ट्रीय स्वंयसेवक संघ के प्रमुख बालासाहेब देवरस से डांट पड़ी तो यह मामला टल गया। इस घटनाक्रम का विवरण वरिष्ठ पत्रकार शीतला सिंह की पुस्तक 'अयोध्या - रामजन्मभूमि-

बाबरी मस्जिद का सच' में किया गया है। शीतला सिंह ने किताब में 110 वें पेज पर लिखा है- 27 दिसंबर 1987 के पांचजन्य और ऑर्गेनाइजर अखबार के अंक में खबर छपी कि रामभक्तों की विजय हो गई। कांग्रेस सरकार मंदिर निर्माण के लिए विवश हो गई है। इसके लिए ट्रस्ट बन गया। इसे राम मंदिर आंदोलन की सफलता बताया गया था। इस खबर के साथ अशोक सिंघल की तस्वीर भी प्रकाशित की गई।केएम शुगर मिल्स के मालिक और प्रबंध संचालक लक्ष्मीकांत झुनझुनवाला उन दिनों विहिप के वरिष्ठ नेता विष्णुहरि डालमिया के लिए कुछ कागजात लेने शीतला सिंह के पास आए थे। वह कागजात दिल्ली गए और जब वह दिल्ली से वापस आए तो देवरस और सिंघल की घटना का जिक्र किया। झुनझुनवाला ने शीतला सिंह को बताया कि आरएसएस के झंडेवालान स्थित मुख्यालय केशव सदन में एक बैठक में बाला साहब देवरस ने अशोक सिंघल को डांट लगाई।

किताब में उनके हवाले से लिखा है कि बाला साहेब ने अशोक सिंघल को तलब कर पूछा कि तुम इतने पुराने स्वयंसेवक हो, तुमने इस योजना का समर्थन कैसे कर दिया? सिंघल ने कहा कि हमारा आंदोलन तो राम मंदिर के लिए ही था, यदि वह स्वीकार होता है तो स्वागत करना ही चाहिए। इस पर देवरस बिफर गए और कहा कि तुम्हारी अक्ल घास चरने चली गई है। इस देश में 800 राम मंदिर विद्यमान हैं, एक और बन जाए तो 801वां होगा। लेकिन अगर यह आंदोलन जनता के बीच लोकप्रिय हो रहा था। उसका समर्थन हो रहा था, जिसके बल पर हम राजनीति क रूप से दिल्ली में सरकार बनाने की स्थिति तक पहुंचते। तुमने इसका स्वागत करके वास्तव में आंदोलन की पीठ में छुरा घोंपा है।

देवरस की नाराजगी के बाद विहिप के नेताओं के हाथ पैर फूल गए। पुस्तक में इस बात का जिक्र है कि देवरस ने साफ कहा कि वे इस योजना से अपने हाथ खींच लें।कुछ समय के बाद ऐसा ही हुआ जब विहिप ने नेताओं ने कहा कि इस योजना में तय नहीं है कि मंदिर का गर्भगृह कहां होगा। दिलचस्प है कि जनवरी 1988 में संघ के मुखपत्र में छपा कि शीतला सिंह वामपंथी विचार के है। इसलिए इनके ऊपर भरोसा नहीं किया जा सकता।

यह ध्यान देने योग्य है कि शीतला सिंह अयोध्या विवाद का समाधान करने वाले अयोध्या विकास ट्रस्ट के संयोजक भी रहे हैं। इसके अलावा, वे फैजाबाद (जो अब अयोध्या कहलाता है) जिले से प्रकाशित होने वाले समाचार पत्र जनमोर्चा के संपादक भी हैं।संघ की तरफ से जो खंडन हुआ, उसमे उस घटना को लेकर कोई सफाई पेश करने के बजाय लेखक को वामपंथी बोलकर पटाक्षेप करने का प्रयास किया। ये संघ की रणनीति का हिस्सा रहा कि जो पसंद ना आए, उसका चरित्र हनन कर दो। अगर दावा गलत है तो सरकार में आने के बाद चाहे वो अटल बिहारी वाजपेयी की सरकार हो, जो गठबंधन के आड में छुपते रहे। नरेंद्र मोदी की सरकार में कोई कमेटी तक नहीं बनाई गई। जिन लोगों ने बाहर से भी प्रयास किए, तो भी सरकार ने कोई पहल नहीं की। मोदी सरकार का पूरा प्रयास रहा कि राम मंदिर ना बने। जिसके बारे में विशाल सिंह ने ‘नरेंद्र मोदी का धोखा और सच’ पुस्तक में लिखा है।

अगर इन्हें राजनीतिक लाभ नहीं लेना होता तो इसे लटकाते नहीं। अगर किसी के वामपंथी होने से उसके किसी दावे को नजरअंदाज किया जाता है तो 22 अक्टूबर, 2021 को आरएसएस सरकार्यवाह दत्तात्रेय होसबले ने आरएसएस के प्रचारक राम माधव की पुस्तक ‘द हिंदू पैराडाइमः इंटीग्रल ह्यूमनिज्म एंड क्वेस्ट फॉर ए नॉन वेस्टर्न वर्ल्डव्यू’ पर परिचर्चा में भाग लेते हुए कहा, “आरएसएस के प्रशिक्षण शिविरों में यह कभी नहीं कहा गया कि हम दक्षिणपंथी हैं। हमारे विचारों में कई वामपंथी तत्व हैं, जबकि कुछ निश्चित रूप से दक्षिणपंथी हैं।”

1 फरवरी, 2023 को आरएसएस के सरकार्यवाह दत्तात्रेय होसबोले ने कहा, “संगठन के कार्यकर्ता न तो दक्षिणपंथी हैं और न ही वामपंथी। उन्होंने कि कार्यकर्ता राष्ट्रवादी हैं। संघ केवल राष्ट्र के हित में काम कर रहा है।”

संघ के नेताओ के साथ समस्या रही है कि ये अपने ही बात से पलट जाते है। इनका कोई बयान आधिकारिक होता नहीं है। ये हमेशा झूठ बोलते है

(झूठ बोलने वालों के ही बयान बदलते है) और इन्हीं चीजों को अपनी रणनीति बताते है। दरअसल, इनका मुख्य उदेश्य लोगों को गुमराह करना है। ये जिन कामों में लिप्त होते है, उसी के खिलाफ माहौल बनाते है। अगर कहीं फंस जाए तो शाखा बुलाना शुरू कर देते है।

20 फरवरी, 2024 को आरएसएस के सर कार्यवाह दत्तात्रेय होसबाले ने संगठनात्मक ढांचे और बदलते वैश्विक परिदृश्य में संघ की भूमिका पर गहराई से चर्चा की। उन्होंने संघ को एक ऐसा अद्वितीय संगठन बताया, जो अपनी विशेषताओं के कारण अन्य संस्थाओं से अलग है।

महात्मा गांधी मार्ग स्थित केपी इंटर कॉलेज में सुबह शाखा टोली संगम के बौद्धिक में सर कार्यवाह ने संघ के दर्शन को समझाया। इसके बाद अपने बौद्धिक में सर कार्यवाह दत्तात्रेय होसबाले ने कहा कि इस दौरान पूरी दुनिया में संघ को लेकर उत्सुकता बनी हुई है।लोग जानना चाहते हैं कि आखिर संघ है क्या? कोई मंदिर बनाने वाला संगठन है या हिंदुओं को संगठित करने वाला या फिर आंदोलन करने वाला कोई समूह है। दुनिया ऐसे अनेक तर्कों को लेकर संघ के प्रति अलग-अलग परिकल्पनाएं कर रही है।

होसबोले ने इन अटकलों का उदाहरण जैन धर्म के स्याद्वाद के सिद्धांत से दिया। उनका कहना था कि जैसे स्याद्वाद में हाथी के रूप को लेकर कभी सूंड़ से तो कभी उसके चौड़े मोटे पांव से आकलन किया जाता है, उसी तरह संघ को लेकर आकलन किए जा रहे हैं। उन्होंने कहा कि दूसरे इस तरह की अटकलें लगाने और कल्पनाएं करने से संघ को नहीं जाना जा सकता।

होसबाले का कहना था कि जैसे राम-रावण युद्ध की तुलना किसी युद्ध से नहीं की जा सकती। आकाश या सागर की तुलना किसी और को नहीं दी जा सकती, उसी प्रकार संघ की भी तुलना किसी से भी नहीं की जा सकती है। संघ को जानने के लिए शाखा में जाकर अनुभव करना होगा।

उन्होंने कहा कि संघ रूपी गंगा में डुबकी लगाए बिना इसके बारे में कुछ भी नहीं समझा जा सकता। उन्होंने संघ को एक साधना और समाज के लिए प्राण वायु बताया। सर कार्यवाह ने पंच प्रण के सिद्धांत को दोहराया।

संघ के सदस्यों से जुड़ी साधना के रूप में व्यभिचार की घटनाएँ समय-समय पर चर्चा में रहती हैं, लेकिन यह संगठन अपने आप को चरित्र निर्माण और राष्ट्र निर्माण के लिए समर्पित बताता है।चुनाव से पहले संघ की बैठक होती है। संघ के कार्यकर्ता घर घर जाकर बीजेपी के लिए चुनाव प्रचार करते है। बीजेपी के ज्यादातर बडे नेता संघ के ही शाखा से निकले हुए है।

संघ और आरक्षण

संघ प्रमुख मोहन भागवत ने वर्ष 2015 में आरक्षण के समीक्षा की बात कही थी। जिसको लेकर खासा विवाद हुआ था। बिहार विधानसभा चुनाव के दौरान लालू प्रसाद यादव ने इसे खूब भुनाया। बीजेपी को चुनाव में हार का सामना करना पडा। बिहार में नीतीश कुमार और लालू प्रसाद यादव मिलकर चुनाव लडे थे। अगर मोहन भागवत ने आरक्षण के पक्ष में भी कोई बयान दिया होता तो परिणाम में कोई बदलाव नहीं आता।मोहन भागवत उसके बाद कई मौकों पर आरक्षण का वकालत करते दिखे। 6 सितंबर, 2023 को भागवत ने कहा, "हमने साथी मनुष्यों को सामाजिक व्यवस्था के तहत पीछे रखा। उनकी जिंदगी जानवरों जैसी हो गई, फिर भी उनकी परवाह नहीं की। ये सब 2000 साल तक जारी रहा। जब तक हम उन्हें समानता प्रदान नहीं करते, तब तक कुछ विशेष उपाय करने होंगे और आरक्षण उनमें से एक है। इसलिए हम संविधान में दिए गए आरक्षण को पूरा समर्थन देते हैं।

समाज में भेदभाव मौजूद है, भले ही हम इसे देख न सकें। समाज के जो वर्ग 2000 साल तक भेदभाव से पीड़ित रहे, उन्हें समानता का अधिकार दिलाने के लिए हम जैसे लोगों को अगले 2000 साल तक कुछ परेशानी क्यों नहीं झेलनी चाहिए।

गौरतलब है कि संघ के खास प्रचारक दत्तोपंत ठेंगडी "डॉ. अम्बेडकर और सामाजिक क्रांति की यात्रा" पुष्तक के पेज नंबर 257 पर लिखते है कि संघ के तीसरे सर संचालक बाला साहब देवरस ने कहा है, "धर्म-संस्कृति के बारे में गौरव की भावना होना स्वाभाविक है, परंतु हम लोगों को नहीं भूलना

चाहिए कि हजारों वर्षों से हमने अपने समाज के कुछ हिस्सों के साथ इतना बुरा व्यवहार किया है कि इसके कारण 'धर्म और संस्कृति' का नाम लेते ही उनके मन में नकारात्मक भावनाएं उत्पन्न होती हैं। इसलिए, यदि ऐसा होता है, तो इसमें कोई आश्चर्य की बात नहीं है।" अब सवाल उठता है कि किसी गैर राजनीतिक संगठन का मुखिया किसी राजनीतिक नफा-नुकसान को देखकर क्यों बार बार सफाई पेश करेगा? जो आरक्षण इनका मुद्दा है, वो स्वयं भेदभावपूर्ण है। भागवत ये 2000 साल का आंकडा दे रहे तो हिंदू समाज तो वर्ण आधारित था, जहां सभी के काम बांटे हुए थे और सभी को सबकी जरूरत थी। भागवत भेदभाव के कोई साक्ष्य नहीं देते। जब तक हिंदू राजा रहे, भेदभाव का कोई जिक्र नहीं मिलता। भागवत 1000 साल तक गुलामी की बात करते है। तब शासन करने वाले मुगल और अंग्रेज थे लेकिन ये भेदभाव का ठीकरा हिंदू समाज के ऊपर फोडते है। ये तो कभी नहीं बोला कि भेदभाव के वजह मुगल और अंग्रेज थे। अगर वो सज्जन होते तो 1000 साल बहुत लंबा समय होता है, जैसा बदलाव चाहते उस तरह का बदलाव ला सकते थे। अंग्रेजों के 'फूट डालो और राज करो' की नीति को शातिरतापूर्वक नजरअंदाज कर देते है।

मैंने मोहन भागवत का स्वयंसेवकों को संबोधित करते हुए विडिओ देखा। जिसमें वो बोल रहे है कि "संघ को चुनाव नहीं लड़ना चाहिए। आजकल राजनीति के साथ जोडकर संघ को बहुत देखा जाता है। संघ का राजनीति से कोई संबंध नहीं है। मैं भाग नहीं रहा हूं। संघ को अगर राजनीति करनी है तो संघ अपना मालिक है। हमें न तो भागने की आवश्यकता है और न ही किसी पार्टी के पीछे छुपने की। लेकिन संघ को जो कार्य करना है, वह राजनीति के माध्यम से संभव नहीं है। वर्तमान राजनीति समाज को विभाजित करती है। इसलिए, अपने गठन के समय से, सभी प्रकार की राजनीतिक गतिविधियों के चलते भी संघ जानबूझकर सजग राजनीति से दूर रहता है।" अब संघ का सामर्थ्य बन गया है तो राष्ट्रहित में देश की राजनीति चले ऐसा प्रभाव कभी कभी अपने आप पैदा होता है। अपने आप होता है। कहना नहीं पडता कुछ। इतना बडा स्वयंसेवक वर्ग राष्ट्रीय

दृष्टि प्राप्त सारे देश में फैल गया है तो संघ का एक प्रभाव है। जब कभी उसका उपयोग करना आवश्यक होता है तो संघ जरूर करेगा। राष्ट्रहित में, पक्षहीत में नहीं, व्यक्तिहीत में नहीं, संघहीत में भी नहीं, राष्ट्र के हित में इतनी प्रचंड स्वयंसेवकों की शक्ति निष्क्रिय नहीं बैठने नहीं देगा संघ! उसका जरूर उपयोग करेगा लेकिन संघ को सत्ता का अंशा नहीं है। संघ किसी पार्टी और व्यक्ति के पीछे नहीं है। संघ राष्ट्रीय नीतियों के पीछे जरूर है और रहेगा।"

मोहन भागवत ने अपने संबोधन ने विरोधाभासी बातें कही। एक तरफ बोल रहे है कि राजनीति समाज को बांटती है तो दूसरी तरफ बोल रहे है कि राष्ट्रहित में कोई राजनीति चले तो संघ पीछे नहीं हटेगा। अगर राजनीति का मूल स्वरूप लोगों को बांटना है तो वो राष्ट्रहित में कैसे हो सकती है?

संघ का पर्दे के पीछे से राजनीति

भाजपा में संगठन मंत्री, जो आमतौर पर संघ का नियुक्त प्रचारक होता है, टिकट वितरण और मंत्रालयों के गठन में पर्दे के पीछे बेहद अहम भूमिका निभाता है। यद्यपि अंतिम निर्णय औपचारिक रूप से पार्टी नेतृत्व—जैसे प्रधानमंत्री, अध्यक्ष या संसदीय बोर्ड—के नाम पर होता है, लेकिन संगठन मंत्री की राय को अनदेखा करना मुश्किल होता है।

चुनावों के समय उम्मीदवारों के चयन में संगठन मंत्री उस क्षेत्र के सामाजिक समीकरण, कार्यकर्ता की निष्ठा, और संघ की विचारधारा के प्रति झुकाव का मूल्यांकन करता है। वह यह सुनिश्चित करता है कि जो व्यक्ति टिकट पा रहा है, वह संघ के मूल्यों के करीब हो या कम से कम संघ के लिए स्वीकार्य हो। कई बार यह देखा गया है कि संघ का कड़ा विरोध करने वाले नेता टिकट की दौड़ से बाहर कर दिए जाते हैं।

सरकार बनने के बाद जब मंत्रालयों का बंटवारा होता है, तब भी संगठन मंत्री संघ नेतृत्व की प्राथमिकताओं को ध्यान में रखता है। कुछ मंत्रालयों (जैसे शिक्षा, संस्कृति, श्रम) को संघ के दृष्टिकोण से अधिक संवेदनशील माना जाता है, और वहाँ ऐसे लोगों को प्राथमिकता दी जाती है जो संघ

के करीबी हों। इसके अलावा, संगठन मंत्री यह भी सुनिश्चित करता है कि सरकार में “संघ समर्थक संतुलन” बना रहे।

इस भूमिका की वजह से संगठन मंत्री न केवल पार्टी और संघ के बीच सेतु होता है, बल्कि नीति और सत्ता के केंद्र में संघ की उपस्थिति का प्रतिनिधित्व भी करता है—बिना किसी औपचारिक पद या चुनाव लड़े।

आरएसएस और मंदिर मुक्ति

संघ अपनी राजनीति बहुमत और मंच के अनुसार संचालित करता है। वर्ष 2003 में काशी-मथुरा को लेकर प्रस्ताव पारित किया। संघ के अखिल भारतीय कार्यकारी मण्डल अयोध्या, मथुरा और काशी के पवित्र मंदिरों को पुनरुध्दार हेतु हिन्दू समाज को सौंपे जाने की उचित माँग के लिए अपने पूर्ण समर्थन को पुनः दोहराता है। भगवान राम, भगवान् कृष्ण और भगवान् शंकर भारत की प्राचीन सभ्यतामूलक, सांस्कृतिक और आध्यात्मिक पहचान के प्रतीक हैं। इन पवित्र स्थानों के प्राचीन गौरव की पुन:स्थापना करना स्वाधीन भारत का महत्वपूर्ण कर्तव्य है।

इतिहास मुस्लिम आक्रांताओं के उस क्रूर विनाश का साक्षी है जिसने सारे देश में हजारों हिन्दू तीर्थस्थान नष्ट किये और अनेक मुस्लिम स्मारक खडे किये। आक्रान्ताओं की मंशा इस देश पर अपनी विजय की स्थायी छाप छोडने और अपने मतकी श्रेष्ठता को प्रस्थापित करने की थी, यह इस बात से स्पष्ट होता है कि ये सब प्रसिद्ध स्मारक या तो नष्ट किए गए तीर्थस्थानों पर खडे हैं या उनसे सट कर खडे हैं ताकि देशवासियों को सैकडों वर्षों तक प्रतिदिन विदेशी आक्रान्ताओं द्वारा उन्हें परास्त किये जाने कीयाद दिलाई जा सके। कोई भी सम्मानित राष्ट्र इस प्रकार के अपमान को सहन नहीं कर सकता।जब ज्ञानवापी काशी का सर्वे होता है तो बोलते है कि हर मस्जिद में शिवलिंग क्यों तलाशना। संघ काशी-मथुरा के विवाद में नहीं पडेगा। अब बोलते है कि स्वयंसेवक चाहे तो काशी-मथुरा के आदोंलन में शामिल हो सकता है।

वर्ष 2003 में काशी-मथुरा के लिए प्रस्ताव पारित कर रहे थे क्योंकि तब अटल बिहारी वाजपेयी की सरकार थी लेकिन बीजेपी के पास पूर्ण बहुमत नहीं था। वर्ष 2022 में मस्जिद में शिवलिंग नहीं तलाशने की बात कर रहे थे क्योंकि तब बीजेपी पूर्ण बहुमत के सत्ता में थी। वर्ष 2025 में स्वयंसेवकों को मंदिर आंदोलन में शामिल होने से नहीं रोकने की बात कर रहे क्योंकि बीजेपी के पास पूर्ण बहुमत नहीं है।

आरएसएस और गोहत्या

आरएसएस ने गोहत्या के खिलाफ 1950-2014 तक 8 प्रस्ताव पारित किये। 2014-2025 तक कोई प्रस्ताव पारित नहीं किया क्योंकि अब इन्हें बीजेपी के माध्यम से सत्ता मिल चुकी है। ये हिंदुओ से जुडे मुद्दे सत्ता प्राप्ति के लिए उठाते है। सरकार में आने के बाद बीफ के व्यापार में लग जाते है। हालांकि सरकार में आने के बाद प्रासंगिक बने रहने के लिए गो-संरक्षण की बात करने का सिलसिला जारी रखते हैं।मलयालम दैनिक देशाभिमानी में 4 जुलाई, 2017 को प्रकाशित रिपोर्ट के अनुसार , केरल के त्रिशूर जिले में भाजपा ने राष्ट्रीय स्वयंसेवक संघ (आरएसएस) के साथ मिलकर अन्य प्रकार के मांस के साथ-साथ गौमांस बेचने के लिए एक सहकारी समिति शुरू की। इस सोसायटी का गठन भाजपा जिला अध्यक्ष ए नागेश और सचिव टीएस उल्लास बाबू के नेतृत्व में किया गया है।

रिपोर्ट में बताया गया, "मवेशी मांस निर्माण सहकारी समिति के मुख्य प्रमोटर ए नागेश हैं, इसके अलावा कई अन्य प्रमुख स्थानीय भाजपा और आरएसएस नेता कार्यकारी निकाय के सदस्य हैं, जो इसके दैनिक गतिविधियों की निगरानी करेंगे।"

16 जनवरी 2024 को यूपी में मुरादाबाद के समदपुर गांव के पास कांवड पथ पर गोवंश के अवशेष मिले थे। इसके बाद 28 जनवरी, 2024 को चेतरामपुर गांव के जंगल में गोकशी की घटना हुई। इस घटना का लाइव विडिओ बनाकर अधिकारियों से कारवाई की मांग की गई।

पुलिस ने जांच के बाद इस मामले में शहाबुद्दीन को गिरफ्तार किया। पूछताछ के दौरान उसने बताया कि सुमित विश्नोई उर्फ मोनू बजरंग दल का जिला प्रमुख है। कुछ दिन पहले वो अपने साथी रमन चौधरी और राजीव चौधरी के साथ मिला था। उन्होंने कहा कि छजलैट थाना प्रभारी हमारी बात नहीं मानते है। इसलिए, उन्होंने थाना प्रभारी को हटाने के लिए एक गोकशी की घटना को अंजाम देने की योजना बनाई। इस बातचीत के दौरान, उन्होंने एक-दूसरे को दो हजार रुपये भी दिए।शहाबुद्दीन ने अपने साथी जमशेद के साथ मिलकर गाय चोरी की। इसके बार जंगल में जाकर दोनों ने उसे काट दिया। इस दौरान आरोपी सुमित उर्फ मोनू, राजीव चौधरी और रमन चौधरी ने घटना में घटना का रात में गाय काटते हुए विडिओ बनाया। इसके बाद उसे एक्स पर पोस्ट करके उच्च अधिकारियों को टैग करके पोस्ट किया।

गौरक्षा और हिंदू सुरक्षा का दावा करने वाले संगठन से जुडे लोग इस स्थिति में पहुंच गए कि गौहत्या में शामिल पाए जाने लगे।

11 मार्च, 2025 को बीजेपी कार्यकर्ता चौधरी विश सिंह कंबोज ने अपने मुस्लिम दोस्त टीपू कुरैशी से 50 हजार रुपये और गोवंश के कंकाल लेकर हाईवे पर प्रदर्शन किया। टीपू का प्लान था कि तुम कंकाल रखकर प्रदर्शन करना और मैं वहां पहुंचकर अपने विरोधी का नाम बता दूंगा, जिसे फंसाना है। पुलिस जाम खुलवाने पहुंची तो उसकी झडप हो गई। हंगामे के बाद विश को हिरासत में ले लिया गया। थाने लाकर पूछताछ की गई तो उसने बताया कि प्रदर्शन करने के लिए 50 हजार रुपये मिले थे।

आरएसएस और चर्च

आरएसएस ने वर्ष 1999 में 'ईसाई चर्च के षड्यन्त्र' शीर्षक के साथ प्रस्ताव पारित किया। प्रस्ताव के अनुसार, अखिल भारतीय प्रतिनिधि सभा सभी देशभक्त नागरिकों से आग्रह करती है कि अभी-अभी अहमदाबाद में विश्व हिन्दू परिषद द्वारा आयोजित धर्माचार्यों और साधुओं के विशेष सम्मेलन 'धर्म संसद' के दौरान देश में मतान्तरण पर रोक लगाने के लिए जो आह्वान

किया गया है, उसका उचित उत्तर दें।यह सर्वविदित है कि ईसाई चर्च द्वारा किये जाने वाले मतान्तरण कार्य का राष्ट्रीय स्वयंसेवक संघ विरोधी है।विश्व चर्च समुदाय का एजेण्डा सम्पूर्ण भारत को ईसाई बना लेने का हो सकता है। परन्तु हम हिन्दू ऐसा नहीं होने देंगे। ईसाई चर्च द्वारा मतान्तरण के इस कार्य मेंलेश मात्र भी आध्यात्मिकता नहीं है। यह कार्य पूरा साम्राज्यवादी षड्यंत्र है। भय अथवा छल-कपट या लालच अथवा तीनों का एक साथ प्रयोग कर ये ईसाई मिशनरियाँ हमारे हिन्दू समाज के कमजोर वर्ग को उनकी परम्पराओं से और संस्कृति से तोड़ती हैं और परिणामस्वरूप उन्हें अराष्ट्रीय बनाती है। केवल पचास वर्ष पूर्व हुआ हमारी मातृभूमि का दुःखद विभाजन तथा कश्मीर एवं उत्तर पूर्व में चल रहे अलगाववादी हिंसाचार का यही एकमात्र कारण है कि वहाँ हिन्दू अल्पसंख्यक हो गया। राष्ट्रीय स्वयंसेवक संघ अपनी मातृभूमि का और विभाजन नहीं होने देगा।

हम हिन्दू होने के नाते, हमारे बीच विभिन्न मान्यताओं, पंथों, विश्वासों और उपासना की शैलियों का होना हमारे लिए स्वाभाविक है। हम केवल सहिष्णुता ही नहीं बल्कि सबका आदरपूर्ण सह-अस्तित्व भी मानते हैं। परन्तु जो मजहब या पंथ अन्य मजहबों और पंथों के अस्तित्व को ही स्वीकार नहीं करते, क्या उन्हें भी अपनी असहिष्णुता और कट्टरवादी विचारधारा के प्रचार और प्रसार की अनुमति रहे? अखिल भारतीय प्रतिनिधि सभा अत्यन्त गम्भीरतापूर्वक अपने देशवासियों से निवेदन करती है कि वे इस मुद्दे पर गम्भीरता से विचार करें। किसी के भी विश्वास और तदनुसार कर्मकाण्ड पर हमें आक्षेप नहीं है किन्तु क्या इन पंथों और मजहबों को अपने असहिष्णु मतों के प्रचार का मौलिक अधिकार रहे? क्या हमारे सेकुलर लोकतंत्र से यह सुसंगत है। सर्वोच्च न्यायालय के निर्णय के बावजूद ईसाई चर्च यही घोषणा कर रहे हैं कि मजहब का प्रचार करने में मतान्तरण करने का भी अधिकार अन्तर्निहित है। राष्ट्रीय स्वयंसेवक संघ को यह मान्य नहीं है और वह चाहता है कि इस मुद्दे पर खुलकर राष्ट्रीय बहस हो।

जब आरएसएस को बीजेपी के जरिए सत्ता की प्राप्ति हो गई तो चर्चों की सफाई में लग गए।

दिसंबर 2022 में मीडिया रिपोर्ट्स के अनुसार, संघ ने अपनी शाखा राष्ट्रीय ईसाई मंच के माध्यम से पूरे देश में कश्मीर से लेकर केरल तक क्रिसमस उत्सव का आयोजन करने की योजना बनाई है। इस उत्सव में देश के प्रमुख चर्चों के नेता भी हिस्सा लेंगे।संघ के दूसरे सर संचालक माधव सदाशिव गोलवलकर 'गुरु जी' की वर्ष 1966 में 'बंच ऑफ थॉट' नामक पुस्तक प्रकाशित हुई थी। यह किताब चार भागों में बंटी हुई है। दूसरे भाग 'राष्ट्र और उसकी समस्याओं' में एक टॉपिक 'आंतरिक खतरा' नाम से है। इसी टॉपिक में गोलवलकर ने मुसलमानों, ईसाईयों और वामपंथियों को आंतरिक खतरा बताया है।

जब संघ चौतरफा घिर गया तो उसने अपनी पुरानी रणनीति के तहत उसे खारिज कर दिया। राष्ट्रीय स्वयंसेवक संघ के सर कार्यवाह मनमोहन वैद्य ने इस तरह के किसी भी आयोजन को सिरे से नकार दिया। मीडिया रिपोर्ट को खारिज करते हुए उन्होंने कहा कि इस तरह का कोई भी कार्यक्रम का आयोजन करने की कोई योजना नहीं है। जो आयोजन किए जा रहे हैं, उनका संघ से कोई ताल्लुक नहीं है।

इसके अलावा, मीडिया में जिस राष्ट्रीय ईसाई मंच को संघ का संगठन बताया जा रहा है, उससे भी किसी प्रकार के संबंध रखने से उन्होंने इनकार कर दिया। उन्होंने कहा कि अगर कोई व्यक्तिगत कार्यक्रम का आयोजन

कर रहा है, उसे संघ से नहीं जोड़ा जाना चाहिए।

आरएसएस ने अपने लिखित में कोई काम ना करने का यहां भी फायदा उठाया। क्रिसमस भोज को व्यक्तिगत बता, राष्ट्रीय ईसाई मंच से भी पल्ला झाड लिया।

आरएसएस और घुसपैठ

आरएसएस ने 1980-2013 तक सीमा सुरक्षा, आंतरिक सुरक्षा और घुसपैठ के खिलाफ 16 प्रस्ताव पारित किए।

वर्ष 2014 के बाद इन्होंने इन मुद्दों पर चर्चा करना बंद कर दिया गया जब सत्ता प्राप्त हो गई। । जबकि मीडिया रिपोर्ट्स के मुताबिक, कांग्रेस की सरकार (2004-2014) में लगभग 82, 728 बांग्लादेशी घुसपैठियों को वापस भेजा गया जबकि बीजेपी सरकार (2014-2018) में लगभग 1, 822 बांग्लादेशी घुसपैठियों को वापस भेजा गया। आगे का रिपोर्ट्स भी साझा नहीं की गई। शायद उसके बाद कोई कार्रवाई नहीं की गई। सीमा पर घुसपैठ के विडिओ भी सामने आते है, जिसमे देखा जा सकता है कि सुरंग बनाकर या वैसे भी बॉर्डर पार करके घुसपैठीए भारत में प्रवेश करते है। मोदी सरकार सुप्रीम कोर्ट में बोल देती है कि घुसपैठिए यहां घुल मिल गए है इसलिए उनका पहचान कर पाना मुश्किल है। कर्नाटक की बीजेपी सरकार घुसपैठियों को बाहर निकालने याचिका का विरोध करती है। दिल्ली में मोदी सरकार रोहींगयों को फ्लैट देती है लेकिन संघ की तरफ से कोई प्रतिक्रिया नहीं आता।

बांग्लादेश के हिंदुओ के प्रताडना पर जरूर प्रस्ताव भी पारित करते है। आरएसएस ने 22 मार्च, 2025 को बांग्लादेश में सत्ता परिवर्तन के बाद कट्टरपंथी इस्लामी तत्वों द्वारा हिंदू और अन्य अल्पसंख्यक समुदायों के खिलाफ कथित रूप से योजनाबद्ध हिंसा अन्याय और उत्पीड़न पर गंभीर चिंता व्यक्त की। बेंगलुरु में आरएसएस की अखिल भारतीय प्रतिनिधि सभा की बैठक में पारित प्रस्ताव में मोदी सरकार से बांग्लादेश में हिंदुओं की सुरक्षा सुनिश्चित करने के लिए हरसंभव प्रयास जारी रखने को कहा गया

है। साथ ही मोदी सरकार के बांग्लादेशी हिंदुओ व अल्पसंख्यकों को लेकर सकारात्मक प्रयासों की प्रसंशा की। सच्चाई ये है कि मोदी सरकार ने कोई प्रयास नहीं किया।

भारत माता और भगवा ध्वज

संघ किसी देवी देवता के बजाय एक निर्मित अवधारणा, भारत माता, को अधिक महत्व देता है। गोलवलकर तिरंगे को भारत के राष्ट्रीय प्रतीक के रूप में स्वीकार करने के पक्ष में नहीं थे और इसे सांस्कृतिक रूप से अपर्याप्त मानते थे। उनका मानना था कि तिरंगा भारतीय संस्कृति और हिंदू परंपरा के मूल्यों को पूरी तरह प्रतिबिंबित नहीं करता।

उनके विचारों का एक आधार यह था कि तिरंगे का डिज़ाइन पश्चिमी प्रभावों से प्रेरित था और यह भारत की प्राचीन सांस्कृतिक पहचान, विशेष रूप से भगवा ध्वज, से मेल नहीं खाता, जिसे वे हिंदू संस्कृति का प्रतीक मानते थे। संघ के मुखपत्र ऑर्गनाइज़र के 14 अगस्त 1947 के अंक में प्रकाशित एक लेख में तिरंगे को लेकर कड़ी आलोचना की गई थी। इसमें कहा गया था कि "तीन रंगों वाला झंडा हिंदुओं द्वारा कभी स्वीकार नहीं किया जाएगा" और "तीन का शब्द अपने आप में अशुभ है," जिसका मनोवैज्ञानिक प्रभाव देश के लिए हानिकारक हो सकता है। हालाँकि यह लेख स्पष्ट रूप से गोलवलकर के नाम से प्रकाशित नहीं था, लेकिन इसे उनकी विचारधारा से जोड़ा जाता है, क्योंकि वे उस समय संघ के प्रमुख थे।

भारत की स्वतंत्रता के 75 वर्ष पूरे होने के उपलक्ष्य में मोदी सरकार ने आजादी का अमृत महोत्सव मनाया। इस समारोह को सफल बनाने में संघ ने महत्वपूर्ण भूमिका निभाई और बढ़-चढ़कर सहभागिता की।

संघ ने मोदी के पहल के सम्मान में भारत माता को भगवा झंडा की जगह तिरंगा झंडा पकडा दिया था।

जो लोग तिरंगा नहीं फहराते थे, उन्होंने भारत माता को तिरंगा सौंप दिया। इस कार्यक्रम के दौरान संघी लोगों ने कई मंदिरों से भगवा झंडा हटा, तिरंगा लगा दिया था। कई मंदिरों में शिवलिंग को भी तिरंगा के रंग में रंग दिया गया था।

संघ और शोभायात्रा

विश्व हिंदू परिषद और बजरंग दल के माध्यम से हिंदू त्योहारों पर शोभायात्रा का आयोजन करते हैं। हिंदुओ को भडकाया जाता है कि यदि वो इनके यात्रा में शामिल नहीं होते तो वो सच्चे हिंदू नहीं है। ये धर्म के नाम पर शोभायात्रा निकालते है लेकिन उसमें धर्म का कोई जगह नहीं होता। ये पूरी तरफ से इनका शक्ति प्रदर्शन होता है। भडकाऊँ गाने बजाए जाते है। भडकाऊँ नारे लगाएं जाते है। कई मुस्लिम बहुल इलाके या मस्जिद से पथराव की घटना होती है। अगर किसी फसाद में हिंदू मर जाए तो उसके लिए प्रदर्शन करते है। उस क्षेत्र में कर्फ्यू लगा दिया दिया जाता है। जब मामला गैर बीजेपी शासित राज्य का हो तो वहां की सरकार को जिम्मेदार बताते है। इनका पसंदीदा लाइन – ममता क्यों चुप है? ओवैसी क्यों चुप है? राहुल गांधी क्यों चुप है ये कभी नहीं बोलते कि मोदी क्यों चुप है?

जब बीजेपी शासित राज्य का मामला हो तो उसकी आम तौर पर चर्चा नहीं होती। अगर हो तो ये बीजेपी के नेताओ का नाम लेने के बजाय, जिन्होंने पत्थरबाजी की उसे जिम्मेदार बताते है। ऐसी घटनाओ में बीजेपी के नेता हिंदू के पक्ष में बयान देते है तो बाकि दल मुस्लिम का पक्ष लेते है। इससे इनको बीजेपी के पक्ष में हिंदुओ को लामबंद करने में मदद मिलती है। ये जिस हिंदू के मरने पर प्रदर्शन किए होते है, चुनाव के समय उसे भुनाते है

ताकि आम हिंदू बीजेपी के लिए वोट करें।

ये लोग अक्सर शांतिपूर्ण धार्मिक आयोजनों में नहीं दिखाई देते, लेकिन फिर भी वे अपने को सांस्कृतिक संगठन बताने का दावा करते हैं। मैंने कभी नहीं देखा कि ये लोग कहीं कोई सांस्कृतिक कार्यक्रम आयोजित कर रहे हों।ये सब देख पाठक तय कर सकते है कि संघ राजनीतिक संगठन या कोई अन्य संगठन है।

अध्यायः 5
राष्ट्रवादी संघठन होने का झूठ

संघ धर्म से हिंदुओ को काटकर राष्ट्रवाद में उलझाने का प्रयास करता है। इनके कार्यक्रमों में देशभक्ति की बात होती है। ये संघठन हमेशा सांस्कृतिक राष्ट्रवाद की बात करता है। राष्ट्र निर्माण करने का भी बात करते है।

राष्ट्र तो पहले है, उसमे निर्माण करने जैसा कुछ नहीं है। यहां लोग अपनी परंपरा से जीवन जीते आए है। अगर राष्ट्र निर्माण की बात है तो वो मजदूर कर रहे, जो अपनी क्षमता के अनुसार कार्य करते है। वैसे देखा जाए तो देश का आम नागरिक जो भारत के कानून को मानते हुए, कोई कार्य कर रहा तो योगदान दे रहा है। जब संघ के कार्यों को देखे तो शाखा लगाने के अलावा कोई काम नहीं करते। जिसका राष्ट्र निर्माण से कोई लेना देना नहीं है। जहां सिर्फ इन्हें लाठी लेकर परेड करना है। वैसे तो बहुत से लोग अपने रोजगार के लिए जीम चला रहे तो कई फिटनेस की कोचिंग दे रहे। जो इनसे उत्कृष्ट कार्य कर रहे क्योंकि वो किसी को किसी खास विचारधारा में उलझा नहीं रहे। शाखा लगाने वालों ने आजतक कोई लडाई नहीं लडी।

संघ और स्वतंत्रता संग्राम

अप्रैल 1930 में महात्मा गांधी ने ब्रिटिश सरकार के खिलाफ़ 'सत्याग्रह' का आह्वान किया । गांधी ने खुद दांडी यात्रा करके नमक सत्याग्रह शुरू किया। डॉ. हेडगेवार ने अपने व्यक्तिगत रूप से भाग लेने और आरएसएस को

आधिकारिक रूप से स्वतंत्रता आंदोलन में सहयोग करने से इनकार किया। उन्होंने सभी जगह जागरूक जानकारी भेजी कि संघ सत्याग्रह में भाग नहीं लेगा। इसके बाद भी जो व्यक्ति व्यक्तिगत रूप से इसमें भाग लेना चाहते थे, उसने इनकार नहीं किया।

1940 के दशक के दौरान महात्मा गांधी और संघ के बीच संबंध तनावपूर्ण हो गए। स्वतंत्रता आंदोलन के दौरान कांग्रेस और गांधी ने संघ के कार्यों पर सवाल उठाए, खास तौर पर यह आरोप लगाया कि संघ ब्रिटिश विरोधी आंदोलनों में सक्रिय रूप से भाग नहीं ले रहा था। संघ ने तर्क दिया कि उसकी गतिविधियां समाज निर्माण पर हैं, न कि प्रत्यक्ष राजनीतिक आंदोलन पर। इसके अलावा, कुछ कांग्रेसी नेताओं ने संघ को साम्प्रदायिक संगठन करार दिया, जिससे मतभेद और गहरा गए।

वर्ष 1942 में गोलवलकर ने भी भारत छोडो आंदोलन में शामिल नहीं होने का निर्णय लिया। उपनिवेशवाद का विरोध करना राष्ट्रीय स्वयंसेवक संघ का प्रमुख उद्देश्य नहीं था। वो चाहते थे कि हिंदू समाज को मजबूत करें, ताकि उनकी नजरों में मुसलमानों ने हिंदू समाज का जो अपमान किया, उसका बदला ले सके।

गोलवलकर का विचार यह था कि यदि हम अंग्रेजों को किसी भी कारण से नाराज करेंगे तो उनके हिंदू ध्रुवीकरण की योजना पर आँच आएगी और अंग्रेज उनके खिलाफ हो जाएंगे और मुसलमानों के खिलाफ हिंदुओ को उठाने की उनकी अभियान को झटका लगेगा।

आरएसएस ने आशा रखी कि स्वतंत्रता संग्राम एक राजनीतिक आंदोलन है। गोलवलकर ने यह रुख अपनाया कि संगठन को दीर्घकालीन सामाजिक और सांस्कृतिक कार्यों पर ध्यान देना चाहिए, न कि अल्पकालीन राजनीतिक आंदोलनों के लिए रात-दिन दृढ रहना चाहिए।

संघ के समर्थकों का अनुरोध यह है कि संगठन ने अपने तरीके से देशभक्ति और सेवा समाज का काम किया, लेकिन कांग्रेस के नेतृत्व वाले आंदोलनों से दूर रहा।

ये संघ की रणनीति रही है कि अपने नाकामी को छुपाने के लिए दूसरों के ऊपर ही प्रश्न चिन्ह लगा दो। किसी सवाल का एक जवाब की संघ दिखावा नहीं करता और संघ को समझना आसान नहीं है। संघ बिना शोर मचाए चुपके से काम करता है।

अब यह सवाल उठता है कि स्वतंत्रता संग्राम से अधिक देशभक्ति काम क्या किया जा सकता था? अगर कुछ होता तो कही ना कही उल्लेख होता लेकिन ये संघ के बाहर किसी को नहीं जानता और ना कही वर्णन है।

संघ और सीआईए

जॉन स्मिथ 1950 के दशक में दिल्ली में रहने वाले एक अमेरिकी जासूस थे। अक्टूबर, 1967 की बरस में जब वे सोवियत संघ की तराफर रवाना हुए, तो उन्होंने रूसी साप्ताहिक 'लिटरेटर्नया गजेटा' के लिए लेखों की शृंखला लिखी।

उन्होंने जवाहरलाल नेहरू की कांग्रेस सरकार को उखाड फेंकने के लिए आरएसएस के अमेरिकी एजेंसी "सीआईए के साथ घनिष्ठ संबंधों" का पर्दाफाश किया।

नेहरू को मिटाने की योजना के अतिरिक्त, स्मिथ ने इस अभियोग कि "सीआईए ने वर्ष 1966 में आरएसएस की गोहत्या विरोधी रैली के लिए बडी 'रकम मुहैया' कराई थी। कांग्रेस अध्यक्ष के.कमराज की हत्या की कोशिश आरएसएस का काम था।"

स्मिथ ने यह भी आरोप लगाया कि दिल्ली में अमेरिकी दूतावास से जुडे अमेरिकी समाजशास्त्री जे.ए.कुरेन "भारत में सीआईए के सबसे अनुभवी खुफिया एजेंटो में से एक थे।"

स्मिथ की पत्नी मैरी, जो गोलवलकर की सीधी नियुक्ति अधीन कार्यरत थी। गोलवलकर ने करन को असामान्य पहुंच दी, एक ऐसा विशेषाधिकार जो संघ ने शायद ही कभी अन्य शोधकर्तायों को दिया हो। कुरेन ने 'मिलिटेंट हिंदुइज्म इन इंडियन पॉलिटिक्सः ए स्टडी ऑफ द आरएसएस' नामक

पुस्तक लिखी।

चार महीने पहले स्मिथ द्वारा राज खोलने से पहले, 'द न्यूयार्क टाइम्स' ने रिपोर्ट किया था कि सीबीआई ने फरवरी, 1967 के चुनावों में सीआईए की भूमिका की जांच की थी।

सीबीआई ने पकडा कि अमेरिका ने जनसंघ (बीजेपी का पुराना अवतार) के साथ-साथ अन्य दक्षिणपंथी दलों को करोडो रुपये दिए थे।

जनसंघ ने न्यूयॉर्क टाइम्स के आरोपों को खारिज किया और स्वतंत्र जांच की मांग की।

केंद्रीय गृह मंत्री वाई.बी. चव्हाण ने कहा,"राजनीतिक दलों पर प्रभाव डालने के लिए जिन हथकंडों से विदेशी धन इस देश में आ रहा है, उनका अध्ययन किया जाना चाहिए और इस तरह के प्रवाह को रोकने के लिए उपाय किए जाने चाहिए।"

जब जॉन स्मिथ ने मॉस्को में अपने दावे किए, तो 'द न्यूयॉर्क टाइम्स' की "विदेशी फंडिंग" की खबर की गूंज खत्म हो गई थी। भारतीय कम्युनिस्ट पार्टी के नेता और सांसद एस.ए. डांगे ने लोकसभा में एक प्रस्ताव पेश किया, जिसमें "पूर्व सी.आई.ए. कर्मचारियों द्वारा भारत में सी.आई.ए. की गतिविंधियों का खुलासा" के विषय पर विचार करने की मांग रखी गई थी। गृह मंत्री चव्हाण ने कहा: "हाल ही में खुफिया ब्यूरो द्वारा प्रस्तुत रिपोर्ट पर सरकार द्वारा कुछ अस्थायी निष्कर्ष निकाले जाने के बाद आम चुनाव में विदेशी फंड के कथित उपयोग की आगे की जांच का आदेश दिया जा सकता है।"

भारतीय कम्युनिस्ट पार्टी ने जॉन स्मिथ के खुलासों को संकलित किया और 1967 के अंत में 'मैं भारत में सीआईए एजेंट था' शीर्षक से 36-पृष्ठ की एक पुस्तक प्रकाशित की।

वर्ष 1971 में जब पूर्वी पाकिस्तान से बड़ी संख्या में शरणार्थी वहां की सेना के दमनचक्र के कारण भारत पहुंचने लगे थे तो इंदिरा गांधी ने संकेत दे दिया था वो इसे चुपचाप नहीं देख सकतीं। जब इस मामले की बातचीत के

लिए वह 4-5 नवंबर, 1971 को अमेरिका पहुंचीं तो तत्कालानी अमेरिकी राष्ट्रपति रिचर्ड निक्सन ने एक तरह से उन्हें दबाव में लेने की कोशिश की। अपमानजनक व्यवहार किया। यह घटना वर्ष 1971 के भारत-पाकिस्तान युद्ध और बांग्लादेश मुक्ति संग्राम से ठीक पहले की है। उस समय पूर्वी पाकिस्तान में संकट चरम पर था, और भारत शरणार्थियों की भारी आमद से जूझ रहा था। इंदिरा गांधी अमेरिका से इस मुद्दे पर समर्थन के लिए गई थी।

निक्सन और उनके राष्ट्रीय सुरक्षा सलाहकार हेनरी किसिंजर, दोनों ही भारत के प्रति नकारात्मक रवैया रखते थे। मुलाकात के समय भारत की चिंताओ को गंभीरता से लेने के बजाय टालमटोल करते रहे। इंदिरा गांधी को धमकी तक दे दी कि अगर भारत ने पूर्वी पाकिस्तान की ओर अपने सैनिक भेजने की हिम्मत की तो ये भारत के लिए बहुत बुरा होगा।

इंदिरा एक झटके से वहां से उठीं और चली गईं। अमेरिका को चुनौती देकर बांग्लादेश में ना केवल सेना भेजी बल्कि उसे पाकिस्तान से अलग करके आजाद देश भी बनवाया। 1971 में बांग्लादेश में मुक्ति संग्राम चल रहा था। पाकिस्तान की सेना बुरी तरह पूर्वी पाकिस्तान कहे जाने वाले इस इलाके में दमनचक्र चलाकर कत्लेआम कर रहे थे।

भारत पर प्रभाव इसलिए पड़ रहा था, क्योंकि बडी संख्या में शरणार्थी सीमा पारकर करके असम पहुंचने लगे। इससे भारत के सामने उन्हें ठहराने और भोजने देने का संकट खड़ा हो गया। जाहिर सी बात है कि पूर्वी पाकिस्तान में जो कुछ भी हो रहा था उसका प्रभाव भारत पर हो रहा था।

पाकिस्तान के तानाशाह जनरल याह्या खान ने 25 मार्च 1971 को 'ऑपरेशन सर्चलाइट' के तहत ढाका में नरसंहार शुरू किया। 30 लाख से अधिक बांग्लादेशी मारे गए। 1 करोड़ से ज्यादा लोग भारत में शरण लेने आए। इंदिरा गांधी ने इसे मानवीय संकट और भारत की राष्ट्रीय सुरक्षा के लिए खतरा घोषित किया।

भारत ने 3 दिसंबर 1971 को पाकिस्तान के हवाई हमलों के प्रतिरूप में युद्ध की घोषणा औपचारिक रूप से की. भारतीय सेना ने 13 दिन में ही

पाकिस्तान को घुटने टेकने पर मजबूर कर दिया। 16 दिसंबर 1971 को ढाका में जनरल ए. ए. के. नियाज़ी ने 93, 000 पाकिस्तानी सैनिकों के साथ आत्मसमर्पण कर दिया, जो द्वितीय विश्व युद्ध के बाद सबसे बड़ा आत्मसमर्पण था। इसी दिन बांग्लादेश एक स्वतंत्र देश बना। यानि अमेरिका भारत को रोकने में पूरी तरह असफल रहा। निक्सन की धमकियों का इंदिरा गांधी ने बैंड बजा दिया। वो केवल देखते रह गए। झल्लाते रहे। बांग्लादेश आज़ाद ही नहीं हुआ, उसे तुरंत अंतरराष्ट्रीय मान्यता भी मिलनी शुरू हो गई। इंदिरा गांधी ने अमेरिका के खुले विरोध के बावजूद बांग्लादेश युद्ध में सैन्य कार्रवाई की और एक नए देश को जन्म दिया।

अमेरिका इंदिरा गांधी के इस साहसिक फैसले से इतना नाराज हुआ कि उसने अपने लाडले पाकिस्तान के लिए इंदिरा गांधी को सबक सिखाने के लिए षड्यंत्र में लग गया। जिसका परिणाम रहा कि अमेरिकी एजेंसी सीआईए और पाकिस्तानी एजेंसी आईएसआई भारत को अस्थिर करने के प्रयास में जुट गए।

5 अक्टूबर, 1972 को विदेश मंत्री स्वर्ण सिंह ने अपने अमेरिकी समकक्ष से शिकायत की कि भारत सरकार के पास अपने स्रोत है और वह जानती है कि सीआईए भारत में लोगों से 'असामान्य तरीकों' से संपर्क में है। 20 अक्टूबर, 1972 को भोपाल में तत्कालीन कांग्रेस के अध्यक्ष शंकर दयाल शर्मा (बाद में भारत के राष्ट्रपति) ने सीआईए पर 'विपक्षी दलों के साथ मिलकर अराजकता पैदा करने और गरीबी दूर करने के हमारे प्रयासों को विफल' करने का आरोप लगाया।

29 नवंबर, 1974 को 21 सांसदों ने अमेरिका और सीआईए पर भारत की आंतरिक स्थिति को बिगाडने का आरोप लगाया। आपातकाल लागू होने के ठीक एक दिन बाद, 1 जुलाई, 1975 को, तत्कालीन कांग्रेस अध्यक्ष देवकांत बरुआ ने युवा कांग्रेस कार्यकर्तायों से कहा, "भारत में विपक्ष देश और विदेश में प्रतिक्रियावादियों के समर्थन से भारत में लोकतंत्र को नष्ट करने पर आमदा है।"

हर कोई जानता है कि जयप्रकाश नारायण को आपातकाल के दिनों में सीआईए एजेंट कहा गया था।

गौरतलब है कि अमेरिका किसी भी हाल में इंदिरा गांधी को हटाना चाहता था। अमेरिका की सलाह पर अमल जारी रखने वाले जयप्रकाश नारायण। जेपी ने 1974 में अनौपचारिक माध्यम होने के बावजूद इंदिरा गांधी के भीतर आंदोलन को औपचारिकता प्राप्त करके शुरू की थी. यह आंदोलन, जिसे अब जेपी आंदोलन या संपूर्ण क्रांति आंदोलन कहते है। 18 मार्च, 1974 को पटना में एक विशाल छात्र रैली के साथ, जिसमें उन्होंने "संपूर्ण क्रांति" का नारा दिया।

इस आंदोलन का मुख्य उदेश्य इंदिरा गांधी को हटाना था। यह आंदोलन वर्ष 1975 में आपातकाल की घोषणा के बाद और तेज हो गया, जब इंदिरा गांधी ने विपक्षी नेताओं को जेल में डाल दिया और नागरिक स्वतंत्रताओं पर नियंत्रण लगा दिया।

जेपी आंदोलन (1974-1977) में राष्ट्रीय स्वयंसेवक संघ की महत्वपूर्ण भूमिका रही। आरएसएस के पास एक सशक्त स्वयंसेवक नेटवर्क था, जो जमीनी स्तर पर सक्रिय था। इस नेटवर्क ने आंदोलन को संगठित करने, प्रदर्शन आयोजित करने, और लोगों का एकीकरण करने में महत्वपूर्ण योगदान प्रदान किया। खासकर बिहार और उत्तर भारत में आरएसएस कार्यकर्ताओं ने छात्रों और युवाओं को एकजुट करने में बड़ी भूमिका निभाई।

25 जून 1975 को जब इंदिरा गांधी ने आपातकाल की घोषणा की, तो RSS पर भी प्रतिबंध लगा दिया गया। इसके बावजूद, RSS के स्वयंसेवकों ने भूमिगत रहकर विरोध प्रदर्शन जारी रखे। वे जेल गए, पर्चे बांटे, और जनता में जागरूकता फैलाने का काम किया। आरएसएस के तत्कालीन सरसंघचालक बाला साहब देवरस सहित कई प्रमुख नेता गिरफ्तार हुए, लेकिन संगठन ने अपनी गतिविधियां बंद नहीं कीं।

आरएसएस का राजनीतिक संगठन, भारतीय जनसंघ (जो बाद में भारतीय जनता पार्टी बना), जेपी आंदोलन का एक महत्वपूर्ण हिस्सा था। जनसंघ के

नेताओं जैसे अटल बिहारी वाजपेयी और लालकृष्ण आडवाणी ने जेपी के नेतृत्व में सक्रिय भाग लिया। आपातकाल के बाद वर्ष 1977 में जनता पार्टी के गठन में भी जनसंघ का योगदान रहा, जो संघ के समर्थन से संभव हुआ।

जेपी समाजवादी विचारधारा के थे, जबकि आरएसएस का झुकाव हिंदू राष्ट्रवाद की ओर था। हालांकि, आपातकाल और इंदिरा गांधी की तानाशाही के खिलाफ सामान्य लक्ष्य ने दोनों को एक मंच पर ला दिया। जेपी ने आरएसएस की संगठनात्मक क्षमता की सराहना की, लेकिन उन्होंने यह भी स्पष्ट किया कि उनका आंदोलन किसी एक विचारधारा तक सीमित नहीं था।

पुणे के यदवारा जेल में बंद संघ प्रमुख बाला साहब देवरस ने इंदिरा गांधी को पहला पत्र 22 अगस्त, 1975 को लिखा। पहले पत्र में उन्होंने आरएसएस के सामाजिक कार्यों का उल्लेख किया और अनुरोध किया कि संगठन पर से प्रतिबंध हटाया जाए। देवरस ने आगे लिखा, "मैंने 15 अगस्त, 1975 को रेडियो पर लाल क़िले से राष्ट्र के नाम आपके संबोधन को यहां कारागृह (यरवदा जेल) में सुना था। आपका यह संबोधन संतुलित और समय के अनुकूल था। इसलिए मैंने आपको यह पत्र लिखने का फ़ैसला किया।"

इंदिरा गाँधी ने देवरस के इस पत्र को जवाब नहीं दिया। देवरस ने 10 नवंबर, 1975 को इंदिरा गांधी को एक और पत्र लिखा। इस पत्र की शुरुआत उन्होने सुप्रीम कोर्ट द्वारा इलाहाबाद हाई कोर्ट के फ़ैसले के ख़िलाफ़ दिए गए फैसले के लिए बधाई के साथ की। इलाहाबाद हाई कोर्ट ने इंदिरा गांधी को चुनाव में भ्रष्ट साधनों के उपयोग का दोषी मानते हुए पद के अयोग्य क़रार दिया था। देवरस ने इस पत्र में लिखा, "सुप्रीम कोर्ट के सभी पाँच न्यायाधीशों ने आपके चुनाव को संवैधानिक घोषित कर दिया है, इसके लिए हार्दिक बधाई।"

देवरस ने अपने इस पत्र मे यहाँ तक कह दिया, "आरएसएस का नाम जयप्रकाश नारायण के आंदोलन के साथ अन्यथा जोड़ दिया गया है। सरकार ने अकारण ही गुजरात आंदोलन और बिहार आंदोलन के साथ भी

आरएसएस को जोड़ दिया है... संघ का इन आंदोलनों से कोई संबंध नहीं है...।"

देवरस ने इंदिरा गांधी के 20-सूत्रीय कार्यक्रम की प्रसंशा की और प्रस्तावितकि आरएसएस इस कार्यक्रम में सहयोग कर सकता है।

चूंकि इंदिरा गाँधी ने देवरस के इस पत्र का भी जवाब नहीं दिया। इसलिए आरएसएस नेता देवरस ने विनोबा भावे से संपर्क किया, जिन्होंने आपातकाल को अनुशासन पर्व की संज्ञा देते हुए उसका समर्थन किया था। देवरस ने दिनांक 12 जनवरी, 1976 को लिखे अपने पत्र में विनोबा भावे से फिर अनुरोध किया कि आरएसएस पर प्रतिबंध हटाए जाने के लिए वे इंदिरा गाँधी को सलाह दें।

विनोबा भावे ने भी देवरस के पत्र का जवाब नहीं दिया। हताश देवरस ने विनोबा एक और पत्र लिखा जिस पर तिथि अंकित नहीं है। उन्होंने लिखा, "अख़बारों में छपी सूचनाओं के अनुसार प्रधानमंत्री (इंदिरा गाँधी) 24 जनवरी, 1976 को वर्धा, पवनार आश्रम में आपसे मिलने आ रही हैं। उस समय देश की वर्तमान परिस्थिति के बारे में उनकी आपके साथ चर्चा होगी। मेरी आपसे याचना है कि प्रधानमंत्री के मन में आरएसएस के बारे में जो ग़लत धारणा घर कर गई है, आप कृपया उसे हटाने की कोशिश करें, ताकि आरएसएस पर लगा प्रतिबंध हटाया जा सके और जेलो मे बंद आरएसएस के लोग रिहा होकर प्रधानमंत्री के नेतृत्व में देश की प्रगति के लिए सभी क्षेत्रों में अपना योगदान कर सकें।"

इंदिरा गांधी और विनोबा जी को लिखे गए ये सभी पत्र देवरस की पुस्तक 'हिंदू संगठन और सत्तावादी राजनीति' में परिशिष्ट के तौर पर शामिल हैं।

कई लोग अपनी गिरफ्तारी के चंद दिनों बाद ही माफ़ीनामा लिखकर जेल से बाहर आ गए थे, ठीक उसी तरह, जिस तरह विनायक दामोदर सावरकर अंग्रेजों से माफी मांग कर जेल से बाहर आए थे।

आपातकाल के समय सरकार से माफी मांग कर जेल से बाहर आने वालों ने अपने माफ़ीनामे में तत्कालीन प्रधानमंत्री इंदिरा गांधी के बीस सूत्रीय

और उनके बेटे संजय गांधी के पांच सूत्रीय कार्यक्रम का समर्थन करते हुए वादा किया था कि वे आगे किसी भी प्रकार की राजनीतिक गतिविधियों का हिस्सा नहीं बनेंगे। ऐसा करने वालों में सर्वाधिक लोग राष्ट्रीय स्वयंसेवक संघ यानी आरएसएस और तत्कालीन जनसंघ आज की भाजपा से जुड़े हुए थे।

आरएसएस के लोग इसे माफी नहीं बल्कि रणनीति के रूप में देखते है, जिसका उद्देश्य इंदिरा गांधी को चुनाव कराने के लिए तैयार करना था। संघ से जुडे जेपी आंदोलन में शामिल रहे पत्रकार राम बहादुर राय का मानना है कि उस समय की परिस्थितियों में एक व्यावहारिक कदम था।

आपातकाल के दौरान आरएसएस के कई स्वयंसेवक तो इतने 'बहादुर' निकले कि उन्होंने आपातकाल लगते ही गिरफ्तारी से बचने और अपनी राजनीतिक पहचान छुपाए रखने के लिए अपने घरों में दीवारों पर टंगी हेडगेवार, गोलवलकर और सावरकर की तस्वीरें भी उतार कर नष्ट कर उनकी जगह पर इंदिरा गांधी और संजय गांधी की तस्वीरें लटका ली थीं। ऐसे लोगों ने अपनी राजनीतिक पहचान तब तक जाहिर नहीं होने दी थी, जब तक कि लोकसभा के चुनाव नहीं हो गए थे और जनता पार्टी की सरकार नहीं बन गई थी। इस तरह के तमाम लोग भी आपातकाल की बरसी पर याद करते हुए सोशल मीडिया पर बड़ी शान से बताते है कि वे भी आपातकाल विरोधी संघर्ष में शामिल थे।

बहरहाल, जेल जाने के पश्चात जिस तरह से बाला साहब देवरस ने जेपी आंदोलन से पल्ला झाडा। राम बहादुर राय कुछ इस प्रकारबताते है, "मैं 1974 में छात्र संघर्ष संचालन समिति का सदस्य हुआ करता था। जब जेपी घूमघाम कर आते थे तो उनके साथ जनसंघर्ष समिति और छात्र संघर्ष समिति की संयुक्त बैठक हुआ करती थी। जब फरवरी 1974 में जेपी दिल्ली से आए तो अखबारों में एक छोटी सी खबर छपी थी कि जेपी और बाला साहब देवरस की लंबी बातचीत हुई।"

उन दिनों गोविंदाचार्य संघ के विभाग प्रचारक थे। तीन चार जिलों का काम उनके अधिकार में था। वह बढ चढ कर बिहार आंदोलन में सक्रियथे।आरएसएस के प्रांत स्तर के प्रभारी गोविंदाचार्य को इसके लिए सजा देना चाहते थे, क्योंकि आरएसएस का कोई भी पदाधिकारी किसी आंदोलन में सीधे शामिल हो, ये उसकी नियमावली के विपरीत था।

ये बात बाला साहब देवरस तक पहुंची। उन्होंने इसके लिए गोविंदाचार्य को नागपुर बुलाया और आरएसएस के बडे नेताओं के सामने उनकी सुनवाई हुई। उसके बाद उन्होंने कहा कि गोविंदाचार्य ने कोई गलत काम नहीं किया है। चुकी आरएसएस इस आंदोलन को समर्थन कर रहा है, इसलिए इसमें सक्रिय भूमिका निभा कर गोविंदाचार्य ने ठीक किया है।

गोविंदाचार्य भी मानते है कि वर्ष 1974 के बिहार आंदोलन में आरएसएस का बढ चढ कर हिस्सा लेना बाला साहब देवरस के बिना संभव नहीं हो सकता था। लेकिन जेल जाने के बाद देवरस का ये बोलना कि संघ को अकारण ही गुजरात और बिहार आंदोलन से जोड दिया गया। ये संघ के दोहरे चरित्र को दिखाता है। किसी भी मुद्दे पर संघ घिर जाए तो रणनीति के नाम पर यू टर्न लेने में देर नहीं लगाता।

आपातकाल का प्रभाव यह हुआ किविपक्षी दल एक मंच पर आ गए। इसमें भारतीय जनसंघ (आरएसएस से संबंधित), समाजवादी दल, कांग्रेस (ओ) और अन्य छोटी पार्टियों का समूह था। मार्च 1977 में हुए आम चुनाव में इन दलों ने "जनता पार्टी" के नाम से संयुक्त मोर्चा बनाया और कांग्रेस को हराकर सत्ता हासिल की। मोरारजी देसाई संयुक्त मोर्चा से प्रधानमंत्री बने। 2 मई, 1977 को भारतीय जनसंघ का जनता पार्टी में विलय हो गया।

देसाई ने खुफिया एजेंसियों, खासकर रॉ के बजट में कटौती की थी और उनके कुछ ऑपरेशनों पर सवाल उठे थे। उनकी नीति थी कि भारत और पाकिस्तान के बीच तनाव कम हो और शांति स्थापित हो।

बी. रामन (रॉ के पूर्व अधिकारी) ने अपनी किताब 'The Kaoboys of R&AW' पुस्तक में लिखा कि देसाई ने ज़िया-उल-हक से फोन पर

बातचीत में यह संकेत दिया कि भारत को पाकिस्तान में उनके परमाणु गतिविधियों और खुफिया ठिकानों की जानकारी है। इसका प्रभाव हुआ कि पाकिस्तान ने अपने ठिकानों को सुरक्षित करने के लिए कदम उठाए। ये दावा 1980 के दशक में भी भारतीय और विदेशी लेखकों, खासकर पाकिस्तानी सैन्य और खुफिया हलकों से उभरा।

इस बातचीत के बाद कथित तौर पर कई भारतीय एजेंटों की पहचान उजागर हुई और रॉ के नेटवर्क को नुकसान पहुंचा। जिससे रॉ के ऑपरेशन प्रभावित हुए।

कुछ पाकिस्तानी सैन्य इतिहासकारों और अधिकारियों ने दावा किया कि देसाई की इस जानकारी से उन्हें अपने परमाणु कार्यक्रम को तेज करने में मदद मिली।

देसाई ने कभी भी इस आरोप का सार्वजनिक रूप से जवाब नहीं दिया, क्योंकि यह उनके कार्यकाल के बाद और उनकी मृत्यु (1995) से पहले ही ज्यादा चर्चा में आया। उनके समर्थकों का कहना है कि यह उनकी शांति नीति को बदनाम करने की साजिश थी।

मोरारजी देसाई के सीआईए (अमेरिकी केंद्रीय खुफिया एजेंसी) के एजेंट होने का दावा एक अमेरिकी पत्रकार सीमोर हर्श ने अपने वर्ष 1983 में प्रकाशित "The Price of Power: Kissinger in the Nixon White House" पुस्तक में किया।

हर्श ने अपनी पुस्तक में आरोप लगाया कि मोरारजी देसाई 1960 के दौरान सीआईए के लिए एक महत्वपूर्ण सूचना प्रदाता थे और उन्हें इसके लिए प्रति वर्ष 20, 000 डॉलर का भुगतान किया जाता था। उन्होंने दावा किया कि देसाई ने इंदिरा गांधी सरकार की नीतियों और योजनाओं की जानकारी (खासकर 1971 के भारत-पाकिस्तान युद्ध के दौरान की) सीआईए को दी।

हर्श ने अपने स्रोत के रूप में अमेरिकी खुफिया समुदाय के अनाम अधिकारियों का हवाला देते हुए देसाई की प्रशंसा करते हुए उनकी तारीफ करते हुए कहा, "उत्कृष्ट अभिनेता"।

मोरारजी देसाई ने इन आरोपों को "सरासर पागलपन" और "निंदनीय झूठ" करार दिया। उन्होंने हर्श के खिलाफ शिकागो, अमेरिका में 50 मिलियन डॉलर का मानहानि मुकदमा दायर किया।

वर्ष 1989 में अमेरिकी जूरी ने हर्श के पक्ष में फैसला दिया। जूरी का तर्क था कि देसाई यह साबित नहीं कर सके कि हर्श ने जानबूझकर झूठ लिखा या लापरवाही से सच को नजरअंदाज किया—अमेरिकी मानहानि कानून में एक सार्वजनिक व्यक्ति के लिए यह साबित करना जरूरी होता है।

अमेरिका और पाकिस्तान ने अमेरिका और पाकिस्तान को उखाड़ फेंकने के बाद बांग्लादेश बनाते हुए भारत को अस्थिर करना चाहते थे, उसमें सफल हुए। अमेरिकी राष्ट्रपति रिचर्ड निक्सन और हेनरी किसिंजर के नेतृत्व में अमेरिका, पाकिस्तान का समर्थन कर रहा था। यह समर्थन उनकी "चीन नीति" का हिस्सा था, क्योंकि पाकिस्तान उस समय अमेरिका और चीन के बीच मध्यस्थ की भूमिका निभा रहा था। भारत का सोवियत संघ के साथ झुकाव भी अमेरिका को पसंद नहीं था।

वर्ष 2005 में डीक्लासिफाइड हुए व्हाइट हाउस टेप्स में निक्सन और किसिंजर की निजी बातचीत सामने आई। इसमें उन्होंने इंदिरा गांधी और भारतीयों के खिलाफ अभद्र और अपमानजनक भाषा का इस्तेमाल किया था। ये वार्ता इंदिरा गांधी के 4-5 नवंबर, 1971 को वाशिंगटन दौरे को लेकर था।

निक्सन ने इंदिरा गांधी को "बूढी डायन" कहा और उनकी बुद्धिमता पर प्रश्न खडे किए। किसिंजर ने इंदिरा गांधी को "कुतिया" और भारतीयों को "हरामी" कहा। टेप सार्वजनिक होने के बाद किसिंजर ने भारतीयों से माफी मांगी। किसिंजर की वजह से बांग्लादेश में लगभग 30 लाख हिंदू मारे गए। जिसने भारत को अस्थिर करने में महत्वपूर्ण भूमिका निभाई, उससे संघ प्रचारक रहे नरेंद्र मोदी का आत्मीय लगाव रहा।

इन तस्वीरों में नरेंद्र मोदी का हेनरी किसिंजर के साथ जुड़ाव समझ सकते हैं। वर्ष 2014 में नरेंद्र मोदी के प्रधानमंत्री बनने के बाद भारत के साथ मजबूत भावनाओं की आलोचना करने पर रुकने के लिए एक नया पहल शुरू किया। जून, 2018 में यूएसआईएसपीएफ के प्रथम वार्षिक नेतृत्व शिखर सम्मेलन में भाग लेने के लिए वाशिंगटन में अपनी दुर्लभ मौजूदगी के दौरान किसिंजर ने कहा था, "जब मैं भारत के बारे में सोचता हूं, तो मैं उनकी रणनीति की प्रशंसा करता हूं।"

जून, 2023 में जब मोदी आधिकारिक राजकीय यात्रा पर अमेरिका गए, तो किसिंजर, अस्वस्थ होने के बावजूद, उपराष्ट्रपति कमला हैरिस और विदेश मंत्री एंटनी ब्लिंकन द्वारा संयुक्त रूप से आयोजित विदेश विभाग के लंच में मोदी का भाषणसुनने के लिए व्हीलचेयर पर आए थे।

आरएसएस ने कोई जबाव नहीं दिया और ना इन षड्यंत्रों के खिलाफ होने के बजाय इनका हिस्सा रहा। अब ये सवाल उठता है कि विदेशी शक्तियों से पैसे ले कठपुतली बन देश को अस्थिर करने वाली संस्था या कोई संगठन राष्ट्रवादी हो सकता है?

ये मैं पाठकों के ऊपर छोड देता हूं कि तय करे कि आरएसएस का देशभक्ति से कितना लेनादेना है?

ये आपातकाल को काला दिन बताते है और उसे असंवैधानिक घोषित करते है, जबकि भाग-XVIII भारतीय संविधान के अनुच्छेद 352 से 360 तक भारत की एकता और अखंडता की रक्षा और सुरक्षा के लिए असाधारण परिस्थितियों से निपटने के लिए आपातकालीन शक्तियों का प्रावधान है।

संविधान और कानूनों द्वारा दी गई शक्तियों का प्रयोग तब किया जाना चाहिए जब परिस्थिति की मांग हो। अन्यथा, उनका उपयोग किया जा सकता था।

इसी दिन 25 जून 1975 को इंदिरा गांधी सरकार ने संविधान के अनुच्छेद 352 के तहत प्राप्त दिए गए अधिकारों का समर्थन करते हुए राष्ट्रीय आपातकाल की घोषणा की, जो अधिकार के स्वभाव थे।

बहरहाल, मोरारजी देसाई को चौधरी चरण सिंह से मतभेदों के कारण उन्हें प्रधानमंत्री पद से इस्तीफा देना पडा। कांग्रेस और सीपीआई के समर्थन से 28 जुलाई, 1979 को चौधरी चरण सिंह प्रधानमंत्री बने। राष्ट्रपति संजीव रेड्डी ने उनसे कहा कि वह 20 अगस्त, 1979 तक लोकसभा में बहुमत साबित करे। हालांकि, प्रधानमंत्री बनने के बाद उनके पास सरकार चलाने के लिए उनके पास बहुमत नहीं था। इंदिरा गांधी ने उन्हें समर्थन देने से साफ इनकार कर दिया था। इंदिरा गांधी का शर्त था कि उनके और कांग्रेस नेताओं के खिलाफ जो मामले दर्ज किए गए है, उन्हें वापस लिया जाए। यह शर्त चौधरी चरण सिंह को बिल्कुल भी स्वीकार्य नहीं नहीं था। फिर क्या था उन्होंने 21 अगस्त, 1979 को अपने पद से इस्तीफा दे दिया। उनके इस्तीफा देने के बाद दुबारा चुनाव हुए और इंदिरा गांधी दोबारा से देश की

प्रधानमंत्री बनकर वापसी की।

अमेरिका और पाकिस्तान ने इंदिरा गांधी और भारत के खिलाफ षड्यंत्र के लिए नया तरीका आजमाया। शीत युद्ध के दौरान, अमेरिका और पर प्रभाव की चाह में प्रतियोगिता कर रहे थे। भारत, प्रधानमंत्री इंदिरा गांधी के नेतृत्व में, तटस्थ नीति अपनाए हुए था, लेकिन 1971 के भारत-सोवियत मैत्री संधि के बाद सोवियत संघ की ओर झुकाव रखता था। यह पहलू वाशिंगटन के लिए चिंताजनक था, जहां भारत को अस्थिर करना सोवियत प्रभाव को कम करने की रणनीति के तहत लाभदायक साबित हो सकता था। कुछ भारतीय अधिकारियों और विश्लेषकों ने आरोप लगाया कि सीआईए ने, संभवतः पाकिस्तान की इंटर-सर्विसेज इंटेलिजेंस (आईएसआई) के साथ मिलकर, सिख अलगाववादियों को समर्थन दिया ताकि भारत को आंतरिक रूप से कमजोर किया जा सके।

एक उल्लेखनीय दावा जून 1984 का है, जब द न्यूयॉर्क टाइम्स ने रिपोर्ट किया कि इंदिरा गांधी ने पश्चिम जर्मनी के पूर्व चांसलर हेल्मुट श्मिट और विली ब्रांट से निजी तौर पर कहा था कि पंजाब में अशांति के पीछे सीआईए का हाथ है। उसी समय, द इंडियन एक्सप्रेस ने अज्ञात खुफिया स्रोतों के हवाले से दावा किया कि सीआईए ने जरनैल सिंह भिंडरांवाले के अनुयायियों को पाकिस्तान के रास्ते हथियार तस्करी का "मास्टरमाइंड" किया था, हालांकि अमेरिकी दूतावास ने इन दावों का खंडन किया। भारत की रिसर्च एंड एनालिसिस विंग (रॉ) के पूर्व वरिष्ठ अधिकारी बी. रमन ने बाद में लिखा कि वर्ष 1971 में अमेरिका ने, पाकिस्तान के जनरल याह्या खान के साथ मिलकर, सिख अलगाववादी आंदोलन को प्रोत्साहित करने की योजना शुरू की थी, हालांकि यह खलिस्तानी उग्रवाद के चरम से पहले की बात है।

सीआईए और आईएसआई का सोवियत-अफगान युद्ध (1979-1989) के दौरान सहयोग इस तरह के आरोपों के लिए एक संभावित संदर्भ प्रदान करता है। ISI, जिसे अमेरिकी पैसे और हथियार अफगान मुजाहिदीन के समर्थन के लिए आ रहे थे, ने पंजाब में सिख उग्रवादियों को संसाधन

पहुंचाए, जो 1971 के युद्ध में हार के बाद भारत को अस्थिर करने की पाकिस्तान की रणनीति के अनुरूप था।

6 अक्टूबर, 1984 को दीनदयाल उपाध्याय मेमोरियल कमिटी ऑफ अमेरिका के संस्थान के रूप में दीनदयाल सम्मेलन में आयोजित कार्यक्रम में कई विषयों पर चर्चा हुई। जिनमे भारत में सिख त्रासदी के ऊपर तो चर्चा हुई लेकिन खालिस्तानियों द्वारा मारे गए लगभग 35 हजार मारे गए हिंदुओ को लेकर कोई चर्चा नहीं हुई। उस कार्यक्रम में वक्ता रहे सुब्रत रॉय ने X पर पोस्ट में लिखा, "श्री मोदी जब अक्टूबर, 1984 में दीनदयाल सम्मेलन में आरएसएस के युवा नेताओं के प्रतिनिधिमंडन का नेतृत्व कर रहे थे ...... वह अमेरिकियों के मेहमान थे।"

वर्ष 1984 में नरेंद्र मोदी संघ के प्रचारक ही थे। तब तक वो बीजेपी में नहीं भेजे गए थे।

अगर ये खुलासा सच है तो सवाल उठता है कि अमेरिका ने इन्हें तब मेहमान कैसे बना लिया? 31 अक्टूबर को इंदिरा गांधी की हत्या हो जाती है।

गौरतलब है कि वर्ष 1984 में ऑपरेशन ब्लू स्टार के बाद 'ऑपरेशन ब्ल्यू स्टार'-एक दु:खद परिणति' शीर्षक के साथ संघ ने प्रस्ताव पारित किया। प्रस्ताव के अनुसार, "अखिल भारतीय कार्यकारी मंडल पंजाब के उस दु:खद घटनाक्रम पर गहरी व्यथा प्रकट करता है जिसके परिणामस्वरूप स्वर्णमंदिर परिसर तथा अन्य स्थानों को आतंकवादियों से मुक्त कराने के लिए सेना को बुलाना अनिवार्य हो गया। यह मानी हुई बात है कि सत्तारूढ़ इंदिरा कांग्रेस और अकाली दल की निम्नस्तरीय राजनीतिक प्रतिद्वन्द्विता और दोनों पक्षों की आंतरिक गुटबाजी ने विघटनकारी आतंकवादियों को हावी होने का मौका दिया जिन्होंने हिंसा का मार्ग अपनाकर सैकड़ों निर्दोष व्यक्तियों को बेहिचक मौत के घाट उतार दिया। समय पर कदम उठाने में सरकार की असफलता के कारण अंत में स्वयं उसकी अपनी अधिसत्ता ही खतरे में पड़ गयी जिसके कारण आतंकवादियों के हौंसले इतने बढ़ गये कि वे विदेशी शक्तियों की सहायता लेकर, जिनके साथ इनके अपशकुनी

सम्बन्ध स्थापित हो चुके थे, अपना राज्य स्थापित करने कास्वप्न देखने लगे थे। अ.भा.का.मं. सेना की भूमिका की सराहना करता है कि उन्होंने दिये गये कार्य को बखूबी पूरा किया और अपने अनेक सैनिकों का बलिदान सहन करते हुए भी लोगों की धार्मिक भावनाओं का सम्मान किया।"

ये सर्वविदित है कि ऑपरेशन ब्लू स्टार नहीं होता तो आज का पंजाब खालिस्तान होता। कोई संगठन, जो अखंड भारत की बात करता है और देशभक्त होने का भी दावा करता है। आखिर वो कैसे इस फैसले के खिलाफ कैसे हो सकता है?

बहरहाल, नरेंद्र मोदी को अमेरिका वर्ष 1993 में एसीवाईपीएल (ACYPL) प्रोग्राम में आमंत्रण करता। मोदी ने खुद खुलासा किया कि जब मैं प्रधानमंत्री/मुख्यमंत्री कुछ भी नहीं था, तब मैं 29 अमेरिकी राज्यों का दौरा कर चुका था।

अब सवाल है कि ये खुद बताते है कि मैं भिक्षा मांगकर खाता था तो इनके अमेरिका दौरे का खर्च कौन और क्यों उठाता था?

आरएसएस की जब भीसरकार आई, ये पूरी तरह पाकिस्तान और अमेरिका परस्त रहे लेकिन इनकी रणिनीति है कि ये जिसके साथ अंदर से होते है, बाहर से उसका विरोध करते है। अगर सीधे शब्दों में कहे तो जो ये बोलते है, उसका उल्टा काम करते है। वैसे तो ये पाकिस्तान के खिलाफ बोलते है और चुनावों में खुद को पाकिस्तान के खिलाफ और सामने वाली राजनीतिक पार्टी को पाकिस्तान परस्त बता वोट मांगते है।

अटल बिहारी वाजपेयी लाहौर बस यात्रा को हरी झंडी दिखाने वाले थे। खुद उस पर सवार होकर लाहौर जाने की कोई योजना नहीं रही। लेकिन संयोगवश उसी माह अटल बिहारी वाजपेयी की एक यात्रा अमृतसर में होने वाली थी। जब इस ख़बर की जानाकारी नवाज शरीफ को मिली तो उन्होंने वाजपेयी जी को फोन किया।

नवाज शरीफ ने कहा-'मैंने सुना है आप अमृतसर की ओर जारहे हो? अटल जी ने कहा-'हां'। उस पर नवाज शरीफ ने कहा-'दर तक आ रहे हो, घर

नहीं आओगे? इसके बाद तुरंत कैबिनेट की मीटिंग बुलाई गई. मतभेद के बावजूद सरकार ने इस न्योता को स्वीकार किया जबकि दिल्ली-लाहौर 'सदा-ए-सरहद' बस यात्रा को लेकर दोनों देशों की सुरक्षा एजेंसियों ने चिंता जताई थी।

वर्ष 1998 के परमाणु विस्फोट के बाद तनाव के बीच 19 फरवरी, 1999 को तत्कालीन प्रधानमंत्री अटल बिहारी वाजपेयी दिल्ली-लाहौर बस सेवा की शुरुआत की। सेवा का उद्घाटन करते हुए पहले यात्री के रूप में वाजपेयी पाकिस्तान यात्रा पर पहुंचे थे। वाजपेयी जब वाघा बॉर्डर पार कर लाहौर पहुंचे तो उनके साथ भारत के कला, सिनेमा, खेल जगत की कई नामचीन हस्तियां भी थीं. उनमें कुलदीप नायर, सतीश गुजराल, देवानंद, जावेद अख्तर, शत्रुघ्न सिन्हा, मल्लिका साराभाई, कपिल देव आदि को कुछ समय और दिया।

21 फरवरी, 1999 को अटल बिहारी वाजपेयी और नवाज शरीफ ने भी लाहौर वार्ता के द्विपक्षीय मसौदे पर हस्ताक्षर किया। मुख्य समस्या थी दोनों देशों में जंग नहीं होगी। लेकिन इतिहास गवाह है चंद महीने के बाद ही पाकिस्तान ने करगिल का जख्म दिया। कारगिल की जंग के दौरान भी ये बस सर्विस जारी थी। हालांकि, 2001 में पार्लियामेंट अटैक के बाद इसे रोक दिया गया था।16 जुलाई, 2003 को इसे दोबारा शुरू कर दिया गया।

संघ के प्रचारक रहे नरेंद्र मोदी ने वर्ष 2015 में अफगानिस्तान दौरे पर थे। काबूल से 25 दिसंबर, 2015 को ट्वीट किया कि वह पाकिस्तान के तत्कालीन प्रधानमंत्री नवाज शरीफ के 66 वें जन्मदिन की बधाई देने के लिए लाहौर जा रहे है। मोदी ने ट्वीट कर जानकारी दी थी कि वह लाहौर एयरपोर्ट पर शरीफ से मिलेंगे लेकिन एयरपोर्ट पर मिलने के बाद शरीफ के साथ उनके पुश्तैनी घर के लिए रवाना हो गए। जो कि बिना किसी बुलावे के अफगानिस्तान से लौटते समय पाकिस्तान पहुंचे। मोदी करीब 80 मिनट रुके और शरीफ की पौत्री मेहरुनिसा के निकाह में सभी परिजनों को बधाई दी। नवाज शरीफ के अम्मी का पैर छूकर आशीर्वाद लिया।

मोदी ने अपने दूसरे ट्विट में लिखा, "शरीफ परिवार के साथ उनके पारिवारिक घर पर गर्मजोशी भरी शाम बिताई। नवाज साहब के जन्मदिन और नातिन की शादी ने इसे दोहरा जश्न बना दिया।"

मोदी के साथ लगभग 120 लोगों का प्रतिनिधिमंडल था, जिनमे केवल 11 लोगों को ही पाकिस्तान का वीजा मिला। यह वीजा 72 घंटों के लिए जारी किया गया था। बाकी के सदस्य एयरपोर्ट पर रुके रहे।

मोदी के पाकिस्तान दौरे के कुछ दिन बाद से ही दोनों देशों में खटास बढती चली गई।

2 जनवरी, 2016 को पठानकोट एयरबेस पर हमला किया गया। जिसमें 7 सुरक्षाकर्मी शहीद हुए। इस आतंकी हमले में पाकिस्तान से संचालित जैश-ए-मोहम्मद का नाम सामने आया।

मोदी सरकार ने पठानकोट हमलें की जांच हेतु पाकिस्तानी संयुक्त जांच टीम (जेआईटी) को हरी झंडी दी। जेआईटी के सदस्यों ने 27 मार्च, 2016 को पठानकोट एयरबेस का दौरा किया। किसी आतंकी हमले में पहली बार जांच के लिए पाकिस्तान से टीम भेजी गई। पांच सदस्यीय टीम में लेफ्टिनेंट कर्नल तनवीर अहमद पाकिस्तान की खुफिया एजेंसी (आईएसआई) के पहले ऐसे अफसर बने, जिन्हें भारतीय एयरबेस के अंदर जाने की अनुमति दी गई।

पठानकोट हमले की जांच करने वाली पाकिस्तानी संयुक्त जांच टीम (जेआईटी) ने वापसी के बाद भारत से कहा कि भारतीय अधिकारी उन्हें साक्ष्य मुहैया कराने में विफल रहे है, जो ये साबित कर सके कि पाकिस्तान आधारित आतंकवादियों ने वायुसेना बेस पर हमला किया था।

मोदी के दौरे को लेकर पाकिस्तान ने भारत को रूट नेवीगेसन चार्ज का 2.86 लाख का बिल भेजा। इसमें नवाज के जन्मदिन में शामिल होने को लेकर 1.49 का बिल था। इसके अलावा 22-23 मई, 2016 को ईरान और 4-6 जून, 2016 को कतर की यात्रा के रूट का नेविगेशन चार्ज 77 हजार 215 रुपया भेजा। पीएम की दोनों यात्रा में प्लेन पाकिस्तान के ऊपर

से गया था।

गौरतलब है कि आरएसएस नेता श्याम आप्टे ने आरोप लगाया है कि महासचिव मोहन भागवत सहित दो आरएसएस नेताओं को पाकिस्तान की आईएसआई द्वारा वित्त पोषित किया गया था, मालेगांव विस्फोट के आरोपी दयानंद पांडे ने पुलिस को दिए अपने बयान में कहा, "अगस्त 2008 में, मैं पुणे गया था, जहां मेरी मुलाकात आरएसएस नेता श्याम आप्टे से हुई, जिन्होंने मुझे इंद्रेश कुमार (आरएसएस के मुस्लिम विंग के नेता) और भागवत द्वारा आईएसआई से पैसा लेने के बारे में बताया।"

आरएसएस और मोहन भागवत ने ये आरोप सिरे से नकाराऔर इसे राजनीतिक साजिश और बदनाम करने की कोशिश कहा। हालांकि, इन दावों की कोई जांच नहीं हुई। बीजेपी के सरकार बनने के बाद इन आरोपों को भी धीरे धीरे कर न्यूज पोर्टल से हटाया दिया गया।

23 फरवरी, 2023 को राष्ट्रीय स्वयंसेवक संघ के सह सरकार्यवाह कृष्ण गोपाल ने कहा, "बदहाल पाकिस्तान की मदद के लिए भारत को 10-20 लाख टन गेहूं पाकिस्तान को भेज देना चाहिए. उन्होंने कहा कि, ''पाकिस्तान में 250 रुपये किलो आटा बिक रहा है, हमें दुख होता है। भाई अपने ही देश के लोग हैं।"

कृष्ण गोपाल ने कहा कि, ''वहां की जनता को भूख से मरने के बजाए, भारत के पास अतिरिक्त गेहूं है, दे सकता है। 70 साल पहले हमारे साथ ही थे, इतनी दूरी का क्या लाभ है। वहां का कुत्ता भी भूखा न रहे। 70 साल पहले हम एक ही थे। पाकिस्तान में रहते हुए दिन रात गाली देते हैं, नहीं वह भी सुखी हों। भारत 25-50 लाख टन गेहूं भेज सकता है। वे मांगते ही नहीं, आने देते भी नहीं। वहां की जनता को भूख से मरने देने के बजाए।"

29 सितंबर, 2024 सहसंघ प्रशासनिक और रक्षा मंत्री राजनाथ सिंह ने आरोप लगाया है कि यदि पड़ोसी राष्ट्र ने भारत के शान्तिपूर्ण सम्बन्ध बनाए होते, तो भारत ने पाकिस्तान को इंटरनेशनल मुनषा फण्ड (आईएमएफ) से मॉगे गये पैकेज से भी व्यापक सहायता पैकेज दिया होगा॥

राजनाथ सिंह ने पूर्व प्रधानमंत्री अटल बिहारी वाजपेयी के मशहूर कहन का संदर्भ दिया था कि “हम दोस्त बदल सकते हैं, लेकिन पड़ोसी नहीं बदल सकते।” मैंने कहा, मेरे पाकिस्तानी दोस्तों, हमारे बीच तनावपूर्ण संबंध क्यों हैं, हम पड़ोसी हैं. अगर हमारे बीच अच्छे संबंध होते, तो हम आईएमएफ से अधिक धन देते।”

मई 2023 में एटीएस ने रक्षा अनुसंधान और विकास संगठन में कार्यरत वैज्ञानिक प्रदीप कुरुलकर को गिरफ्तार किया। जांच में यह सामने आया कि वह पाकिस्तानी एजेंट को सूचनाएं देता था। जांच में यह भी सामने आया कि वह राष्ट्रीय स्वयंसेवक संघ और संस्कार भर्ती से जुडा है। आरोप के मुताबिक उसने हनी ट्रेप में फंसकर पाकिस्तान को खुफिया जानकारियां मुहैया कराई।

आजतक ने प्रदीप कुरुलकर का आरएसएस से कनेक्शन के बारे में जानना छह तो नाम ना छापने की शर्त पर संघ के पदाधिकारी ने बताया, “प्रदीप कभी आरएसएस का सदस्य नहीं रहा है। लाखों स्वयंसेवक आरएसएस के कार्यक्रमों में शामिल होते है लेकिन इसका मतलब यह नहीं वो संघ से नियमित जुडे है। हो सकता है कि वो करीब 20 साल पहले शाखा में शामिल हुआ हो।”

भाजपा से संपर्क किया गया तो उन्होंने इस मुद्दे पर बोलने से वंचित रहे।

आरएसएस ने मार्च 2022 में अहमदाबाद के पिनारा गाँव में ऑल इंडिया रिप्रजेंटेटिव मीट में एक प्रदर्शनी में 200 व्यक्तियों की तस्वीर लगाई, जिनका कभी ना कभी गुजरात से एक कोई रिश्ता रहा। संघ ने सभी को चौकाते हुए, पाकिस्तान के संस्थापक मोहम्मद अली जिन्ना की तस्वीर लगाई। जिन्ना के फोटो के नीचे लिखा –एक बैरिस्टर जो पहले देशभक्त था पर बाद उसने धर्म के आधार पर देश का बंटवारा करा दिया।

ध्यान रहे स्वयंसेवक और बीजेपी नेता लालकृष्ण आडवाणी जून 2005 में पाकिस्तान यात्रा पर गए थे। इस दौरान वे मोहम्मद अली जिन्ना की मजार पर गए और वहां विजिटर बुक में कुछ टिप्पणियां लिखीं, जो बाद में विवाद

का कारण बनीं। आडवाणी ने लिखा था:

"अनेक लोग इतिहास पर अपनी अमिट छाप छोड़ जाते हैं; लेकिन बहुत कम लोग वास्तव में इतिहास रचते हैं। कायद-ए-आजम मोहम्मद अली जिन्ना उन चंद लोगों में से एक थे। उनकी 11 अगस्त 1947 को संविधान सभा में दी गई वह मशहूरटिप्पणी मानव इतिहास की उन उल्लेखनीय बातों में से एक है, जो कोई व्यक्ति दूरदर्शिता वाला है या नहीं, इसके प्रमाण है।"

उन्होंने जिन्ना को एक ऐसे व्यक्ति के रूप में वर्णित किया, जो धर्मनिरपेक्षता में विश्वास रखते थे और पाकिस्तान को एक उदार, समावेशी राष्ट्र बनाना चाहते थे। आडवाणी ने यह भी कहा कि जिन्ना का यह दृष्टिकोण उनके शुरुआती राजनीतिक जीवन में हिंदू-मुस्लिम एकता के लिए उनकी वकालत से मेल खाता था।

इसके बाद आडवाणी के खिलाफ संघ और बीजेपी के भीतर जबरदस्त विरोध शुरू हो गया। कई नेताओं ने उनके इस्तीफे की मांग की, यह तर्क देते हुए कि जिन्ना की तारीफ करके उन्होंने हिंदुत्व के मूल सिद्धांतों से समझौता किया। दबाव बढ़ने पर आडवाणी ने 7 जून 2005 को बीजेपी अध्यक्ष पद से इस्तीफा दे दिया, हालांकि बाद में पार्टी ने उन्हें मनाने की कोशिश की और वे कुछ समय तक पद पर बने रहे। अंततः दिसंबर 2005 में उन्होंने अध्यक्ष पद पूरी तरह छोड़ दिया।

बीजेपी नेता जसवंत सिंह ने अपनी किताब "Jinnah: India, Partition, Independence" में मोहम्मद अली जिन्ना के व्यक्तित्व और उनके योगदान पर विस्तार से लिखा। इस किताब में जिन्ना को एक श्रेष्ठ वकील, सिद्धांतवादी नेता और एक ऐसे व्यक्ति के रूप में दिखाया गया, जो शुरू में हिंदू-मुस्लिम एकता के समर्थक थे, लेकिन बाद में परिस्थितियों और कांग्रेस की नीतियों के कारण अलगाव की राह पर चल पड़े। जसवंत सिंह का तर्क था कि जिन्ना को भारत के बंटवारे का एकमात्र जिम्मेदार ठहराना गलत है, और उन्होंने यह भी कहा कि बंटवारे में जवाहरलाल नेहरू और सरदार पटेल जैसे नेताओं की भी बड़ी भूमिका थी।

इस दृष्टिकोण के कारण जसवंत सिंह को भारतीय जनता पार्टी (बीजेपी) से कड़ा विरोध झेलना पड़ा, और 2009 में उन्हें पार्टी से निष्कासित कर दिया गया। उनकी किताब पर गुजरात में प्रतिबंध भी लगाया गया था।

बीजेपी की पूर्ववर्ती पार्टी भारतीय जनसंघ के संस्थापक श्यामा प्रसाद मुखर्जी ने द्वितीय विश्व युद्ध के दौरान बंगाल में मुस्लिम लीग के साथ गठबंधन किया था। मुखर्जी, जो उस समय हिंदू महासभा के प्रमुख नेताओं में से एक थे, बंगाल की प्रांतीय सरकार में वित्त मंत्री बने और मुस्लिम लीग के नेतृत्व वाली सरकार का हिस्सा बने।

यह गठबंधन 1941 से 1942 तक सक्रिय रहा, लेकिन बाद में मतभेदों के कारण यह समाप्त हो गया। श्यामा प्रसाद मुखर्जी को इस गठबंधन के लिए भी आलोचना सहन करनी पड़ी, क्योंकि मुस्लिम लीग उस समय "पाकिस्तान" की मांग कर रही थी। हालांकि, मुखर्जी का तर्क था कि हिंदू समाज के हितों की रक्षा के लिए सरकार में शामिल होना आवश्यक था।

बीजेपी-आरएसएस का पाकिस्तान और जिन्ना प्रेम शुरु से चला आ रहा है। ये अपने कुकृत्यों को ढकने के लिए हिंदू हित का हवाला देते है।

सबसे बडी बात है कि ये दूसरी पार्टियों को मुस्लिम लीग बताते है। जो इनसे सहमत ना हो उसको पाकिस्तान जाने का सलाह देने लगते है। चुनाव में भी ये पाकिस्तान के नाम पर वोट मांगते से पीछे नहीं हटते। चुनाव में बोल पडते है कि अगर बीजेपी हार गई तो पाकिस्तान में फटाखे फूटेंगे। अपने आप को बडा देशभक्त और पाकिस्तान के खिलाफ खुद को बता, जनता को गुमराह करने का मौका भी हाथ से जाने नहीं देते।

अन्ना आंदोलन और आरएसएस

वर्ष 2011 में अन्ना हजारे ने भ्रस्टाचार के मुद्दे को लेकर यूपीए सरकार के खिलाफ आंदोलन किया। इंडिया अगेंस्ट करप्शन आंदोलन में बीजेपी-आरएसएस ने बढ चढकर हिस्सा लिया। कांग्रेस के नेताओं ने "विदेशी हाथ" या "विदेशी फन्डिंग" का संदेह जताया। अंबिका सोनी ने सीधे इसके पीछे अमेरिका का हाथ बताया था। फोर्ड फाउंडेशन का नाम भी उछला।

चूंकि अरविंद केजरीवाल और मनीष सिसौदिया से जुडा एनजीओ कबीर को फोर्ड फाउंडेशन से वर्ष 2005-2010 तक 80, 000 डॉलर की फंडिंग मिली थी। दोनों इस आंदोलन के हिस्सा थे। अन्ना हजारे और उनकी टीम ने इन आरोपों को खारिज किया। आंदोलन के बाद वर्ष 2013 में अन्ना हजारे ने अमेरिका में रोड शो किया, जहां उनका भव्य स्वागत हुआ।

जिस आंदोलन के चलते आम आदमी पार्टी बनी, उसी आंदोलन के ही चलते दिल्ली विधानसभा चुनाव में बीजेपी को केंद्र में सरकार गठन का मौका मिला. यूपीए सरकार को सत्तासीन हुए रहने से छुटकारा पाने में इसू आंदोलन की महत्वपूर्ण भूमिका रही॥

मोदी सरकार और यूएसएआईडी

अमेरिका का प्रभाव खत्म नहीं हुआ। ट्रम्प के दूसरे कार्यकाल में जनवरी 2025 में यूनाइटेड स्टेट्स एजेंसी फॉर इंटरनेशनल डेवलपमेंट (यूएसएआईडी) को प्रभावी रूप से समाप्त करने की दिशा में कदम उठाए। ट्र ट्रम्प के सहयोगियों ने इसे इसे 'आपराधिक संगठन' तक कह डाला। ट्रम्प ने यूएसएआईडी को "कट्टर वामपंथी" से प्रेरित बता दिया।

भारत में यूएसएआईडी को लेकर चौकाने वाले खुलासे सामने आए। मोदी सरकार ने कैशलैस पेमेंट को बढ़ावा देने के लिए यूनाइटेड स्टेट्स एजेंसी फॉर इंटरनेशनल डेवलपमेंट यूएसएआईडी के साथ समझौता 2016 में किया था। इस सहयोग ने डिजिटल इंडिया पहल के तहत आगाज किया, जिसका उद्देश्य भारत में डिजिटल और कैशलैस लेनदेन को प्रोत्साहित करना था। यूएसएड ने भारत के वित्त मंत्रालय और अन्य सरकारी निकायों के साथ मिलकर इस दिशा में तकनीकी सहायता और संसाधन प्रदान किए।

यूएसएआईडी से समझौते के तुरंत बाद 8 नवंबर 2016 को नोटबंदी हुआ। नोटबंदी का घोषणा करते हुए नरेंद्र मोदी ने भावुक भाषण देकर विक्टिम कार्ड खेला।

मोदी ने यह घोषणा की थी, “मैं आपसे बस 50 दिन माँगता हूँ। 8 नवंबर से 30 दिसंबर तक मुझे यह मौका दीजिए। अगर इसके बाद भी आपको लगता है कि मैंने कोई गलती की, कोई कमी छोड़ी, तो मैं हर सजा भुगतने को तैयार हूँ।”

मोदी ने अपने भाषण में कहा था, “काले धन के मालिक, भ्रष्टाचारी और आतंकवाद को पोषण देने वाले लोग चुप नहीं बैठेंगे। वे मेरे खिलाफ साजिश रच सकते हैं, लेकिन मैं डटा रहूँगा।”

भाषण के प्रमुख बिंदु

काले धन और भ्रष्टाचार पर प्रहारः नरेंद्र मोदी ने कहा कि नोटबंदी का यह कदम एक बड़ा प्रयास है काले धन को भारत सेबाहर लाने और भ्रष्टाचार को खत्म करने की ओर। उन्होंने यह उल्लेख किया कि यह कदम ईमानदार नागरिकों को सशक्त करेगा और बेईमानों को सबक सिखाएगा।

जाली नोटों पर रोकः उन्होंने कहा कि जाली नोटों का चलन देश की अर्थव्यवस्था और सुरक्षा के लिए खतरा बना हुआ था, और इस फैसले से इसे रोका जा सकेगा।

आतंकवाद और नक्सलवाद पर प्रभावः पीएम मोदी ने कहा कि नोटबंदी से आतंकवाद और नक्सलवाद को प्राप्त होने वाली फंडिंग पर भी लगाम लगेगी, क्योंकि ये गतिविधियाँ नकदी पर बहुत हद तक निर्भर थीं।

नागरिकों से सहयोग की अपीलः उन्होंने देशवासियों से इस फैसले का समर्थन करने और कुछ समय की असुविधा को सहन करने की अपील की। उन्होंने इसे “यज्ञ” की संज्ञा दी और कहा कि यह देश के भविष्य के लिए चाहिए।

यूएसएआईडी से समझौता करके इतनी बडी भूमिका बनाई। वर्ड ऑर्डर का मांग को पूरा करने के लिए ये सब किया ताकि कैशलेस अर्थव्यवस्था के तरफ बढा जा सके और लोगों का पैसा भी सरकार की निगरानी में रहे। संघी शुरू से ही धीरे धीरे हर चीज पर कब्जा करने की नियत तो रखते ही है।

1 मार्च, 2016 को नीति आयोग ने पोस्ट कर बताया, "नीति आयोग ने यूएसएआईडी भारत और पर्यावरण मंत्रालय के साथ ऊर्जा मॉडलिंग कार्यशाला में ऊर्जा-जल-खाद्य संबंध पर चर्चा की और परिवहन क्षेत्र में हरित नीतियों का मूल्यांकन किया।"

13 मार्च, 2019 को नीति आयोग ने जानकारी दी, "नीति आयोग के कुलपति राजीव कुमार और यूएसएआईडी भारत के मिशन निदेशक मार्क व्हाइट ने आज भारत ऊर्जा मॉडलिंग फोरम की कार्यशाला का उद्घाटन किया, जिसे नीति और यूएसएआईडी द्वारा विचारों पर बहस, परिदृश्य-योजना और भारत के ऊर्जा भविष्य पर चर्चा के लिए एक अखिल हितधारक मंच के रूप में आयोजित किया गया था।"

14 मार्च, 2019 को नीति आयोग ने साझा किया, "नीति आयोग के सदस्य डॉ. वीके सारस्वत ने भारत-केंद्रित ऊर्जा मॉडलिंग प्लेटफार्म की स्थापना की संभावना तलाशने के लिए नीति आयोग और यूएसएआईडी भारत द्वारा आयोजित दो दिवसीय उद्घाटन कार्यशाला के हिस्से के रूप में भारत ऊर्जा मॉडलिंग फोरम विकसित करने पर गोलमेज सत्र की अध्यक्षता की।"

मोदी सरकार ने 2 अक्टूबर, 2014 को यूएसएआईडी और बिल एण्ड मिलिंडा गेट्स फाउंडेशन के सहयोग से स्वच्छ भारत अभियान की शुरुआत की।

नरेंद्र मोदी ने 17 सितंबर, 2018 को रूम टू रीड इंडिया एवं यूएसएआईडी इंडिया के सहयोग से शुरू होने वाला नरुर सरकारी प्राथमिक विद्यालय का दौरा किया।

3 जुलाई, 2020 को स्वच सर्वेक्षण 2021 टूलकिट शुरू होता है। इसको लेकर शहरी विकास मंत्री हरदीप सिंह पूरी का प्रतिक्रिया आता है, "मैं इस अवसर पर हमारे विकास साझेदारों, यूएसएआईडी को धन्यवाद देना चाहता हूं, जिनके साथ हमने आज जल, स्वच्छता और स्वास्थ्य के क्षेत्र में सहयोग के लिए अनुबंध और समन्वय व्यवस्था पर हस्ताक्षर किए हैं।"

12 मई, 2021 को आवास एवं शहरी मामलों के मंत्रालय के अधीन पोस्ट होता है, "'मेक इन इंडिया' के स्थापित गठित कंपनी मैत्री एक्वाटेक ने विशाखापत्तनम स्मार्टसिटी में दुनिया का पहला 'मोबाइल पानी से हवा कियोस्क और पानी नॉलेज सेंटर' स्थापित किया है। इस पहल को विजाग और प्रोजेक्ट्स ईवाह द्वारा समर्थित किया गया है - जो यूएसएआईडी और एस डब्ल्यूएन के बीच एक गठबंधन है।"

26 जुलाई, 2022 को केंद्रीय विदेश मंत्री एस.जयशंकर ने पोस्ट कर जानकारी दी, "आज यूएसएआईडी प्रशासक समंथा जे पॉवर से मिलकर प्रसन्नता हुई। खाद्य, ऊर्जा और ऋण चुनौतियों के संदर्भ में वैश्विक विकास संभावनाओं पर चर्चा की। साथ ही भारत-अमेरिका साझेदारी को और आगे बढ़ाने पर विचारों का आदान-प्रदान किया।"

10 नवंबर, 2022 को देवेंद्र फडणवीस ने पोस्ट कर जानकारी दी, "हमने भारत-खाड़ी-इज़राइल-अमेरिका साझेदारी के अवसरों पर भी बात ही की। महाराष्ट्र राज्य में कृषि, जल, अपशिष्ट जल प्रबंधन के विकास क्षेत्रों में यूएसएआईडी और माशाव (इज़राइली विकास एजेंसी) के बीच सहयोग पर भी बात हुई।"

21 मार्च, 2023 को यूएसएआईडी के पूर्व चेयरमैनएवं रॉकफेलर फाउंडेशन के वर्तमान अध्यक्ष राजीव जे. शाह ने पोस्ट कर बताया, "भारत के माननीय प्रधानमंत्री नरेंद्र मोदी से मिलना और परिवारों और समुदायों को ऊपर उठाने के लिए नवीकरणीय ऊर्जा और कृषि में नए दृष्टिकोणों के बारे में विचारों पर चर्चा करना सम्मान की बात थी। रॉकफेलर फाउंडेशन भारत के लोगों के साथ दीर्घकालिक साझेदारी को मजबूत करने के लिए प्रतिबद्ध है।"

5 जनवरी, 2024 को केंद्रीय मंत्री पीयूष गोयल पोस्ट करते है, "2030 तक मिशन नेट जीरो कार्बन उत्सर्जन को प्राप्त करने के लिए भारतीय रेलवे को समर्थन देने हेतु भारत और यूएसए फॉर इंटरनेशनल डेवलपमेंट/इंडिया (यूएसएआईडी/इंडिया) के बीच समझौता ज्ञापन पर हस्ताक्षर।"

स्मृति ईरानी ने खुलासा किया कि वो यूएसएआईडी की ब्रांड एम्बेसडर रह चुकी है।

18 सितंबर, 2024 को पीयूस गोयल ऑफिस ने पोस्ट किया, “मंत्री पीयूष गोयल ने रोथ्सचाइल्ड एंड कंपनी के वरिष्ठ सलाहकार श्री डेविड निस्बेट के साथ बैठक की। चर्चा में तेजी से विकसित हो रहे भारत के निवेश परिदृश्य में मौजूद भारी अवसरों पर जोर दिया गया, खास तौर पर संपत्ति और परिसंपत्ति मैनेजमेंट के क्षेतों में। साथ ही, ब्रिटेन के साथ व्यापार और निवेश संबंधों को और बढ़ावा देने के तरीकों पर भी चर्चा की गई।”

27 मार्च, 2025 को पीयूष गोयल ऑफिस ने दूसरे पोस्ट में बताया, “मंत्री पीयूष गोयल ने रोथ्सचाइल्ड एंड कंपनी के कार्यकारी अध्यक्ष और प्रबंध भागीदार श्री एलेक्जेंडर डी रोथ्सचाइल्ड के नेतृत्व में एक प्रतिनिधिमंडल के साथ बैठक की। चर्चा भारत में कंपनी के निवेश, व्यवसाय संचालन और रणनीति के साथ-साथ देश में उभरते इक्विटी बाजार परिदृश्य पर केंद्रित थी।”

जिस पीयूस गोयल को संघ के स्वयंसेवक होने पर गर्व है वो डीप स्टेट के साथ मिलकर इस काम में लगे है।

16 जनवरी, 2025 को रॉकफेलर फाउंडेशन के अध्यक्ष राजीव जे. शाह पोस्ट करते है, “मुंबई की अपनी यात्रा के दौरान महाराष्ट्र के माननीय मुख्यमंत्री श्री देवेंद्र फडनवीस से मिलने का सौभाग्य मिला। हमने राज्य द्वारा अक्षय ऊर्जा के क्षेत्र में की जा रही असाधारण प्रगति तथा लाखों लोगों के जीवन में आ रहे बदलावों पर बातचीत की।”

डोनाल्ड ट्रम्प ने फरवरी 2025 में एक-एक करके कई खुलासे किए। ट्रम्प ने पूर्व राष्ट्रपति जो बाइडेन पर भारत के आम चुनाव में दखल देने का आरोप लगाया। उन्होंने कहा- बाइडेन का प्लान भारत में किसी अन्य नेता (नरेंद्र मोदी के अलावा) को चुनाव जिताने का था।

इसके लिए बाइडेन प्रशासन ने भारत में वोटर टर्नआउट बढाने के लिए 182 करोड रुपए का फंड मुहैया कराया। ये बडा खुलासा है, हम इस बारे

में भारत सरकार को बताएंगे।

ट्रम्प के बयान के बाद भाजपा ने राहुल गांधी पर निशाना साधा। भाजपा प्रवक्ता गौरव भाटिया ने कहा, "लोकसभा चुनाव से पहले कई पत्रकारों और संगठनों ने भी कहा था कि विदेशी शक्तियां भारत की चुनावी प्रक्रिया में दखल देती हैं। इनका लक्ष्य होता है कि पीएम मोदी को कैसे हटाया जाए। कांग्रेस का हाथ भारत के दुश्मनों के साथ है। राहुल गांधी PM मोदी से नफरत करते-करते भारत से भी नफरत करने लगे हैं। राहुल गांधी एंटी-इंडिया फोर्स का हिस्सा बन गए हैं और देश विरोधी गतिविधियों में शामिल हैं।"

राष्ट्रपति ट्रंप ने एक प्रेस कॉन्फ्रेंस में पुराने बयान से पलटते हुए कहा, "मेरे मित्र प्रधानमंत्री नरेंद्र मोदी और भारत को 'वोटर टर्नआउट' के लिए 21 मिलियन डॉलर दिए जा रहे हैं। हम भारत में मतदान के लिए 21 मिलियन डॉलर दे रहे हैं। हमारा क्या? मैं भी तो मतदान बढ़ाना चाहता हूं।"

जब ट्रम्प ने मोदी का उल्लेख किया और यूएसएआईडी फंड के तार मोदी सरकार से जुडने लगे तो भाजपा ने चुप्पी धारण कर ली।

वित्त मंत्रालय की वार्षिक रिपोर्ट में बताया कि वित्तिय वर्ष 2023-24 में अमेरिकी एजेंसी यूएसएआईडी के 7 प्रोजेक्ट भारत में चल रहे हैं। इन सभी 7 प्रोजेक्ट का कुल बजट 750 मिलियन डॉलर है। जिसमें अमेरिका की भागीदारी 97 मिलियन डॉलर (करीब 825 करोड़) की है। रिपोर्ट में यह भी बताया गया कि इस वित्तीय वर्ष के दौरान मतदान को बढ़ाने वाला कोई प्रोजेक्ट नहीं है। बल्कि कृषि और खाद्य सुरक्षा कार्यक्रम, जल, स्वच्छता और आरोग्य, नवीकरणीय ऊर्जा, आपदा प्रबंधन और स्वास्थ्य से संबंधित योजनाओं के लिए वित्तपोषण किया गया है।

विदेश मंत्री एस जयशंकर ने कहा, "यूएसएआईडी को भारत में अच्छे इरादों के साथ सद्भावनापूर्ण गतिविधियों के लिए अनुमति दी गई थी।"

अब दोनों से पूछना है कि यूएसएआईडी फंड को कांग्रेस से जोडकर भाजपा देशविरोधी गतिवधि बता रही थी और वहीयूएसएआईडी से फंड लेकर कई

परियोजना भाजपा की सरकार चला रही तो ये देशभक्ति कैसे?

यूएसएआईडी को लेकर खुलासा हुआ कि वह हाफिज सईद के आतंकी संगठन लश्कर-ए-तैयबा (एलईटी) के मुखौटा संगठन फलाह-ए-इंसानियत फाउंडेशन को धन देता था। फलाह-ए-इंसानियत फाउंडेशन पाकिस्तान के लाहौर से ऑपरेट होता है, जिस पर आतंकवादी गतिविधियों में शामिल होने के आरोप हैं।

फलाह-ए-इंसानियत फाउंडेशन (एफआईएफ) और लश्कर-ए-तैयबा मुंबई में 26/11 के हमलों में शामिल थे, जिसमें 166 लोगों की हत्या हुई थी।

8 फरवरी, 2025 को विकीलीक्स ने यह पता लगाया गया कि यूएसएआईडी ने इंटरन्यूज नेटवर्क, एक अंतरराष्ट्रीय मीडिया गैर-सरकारी संगठन (एनजीओ) में लगभग 472.6 मिलियन डॉलर का निवेश किया।

रोचक बात यह है कि इंटरन्यूज नेटवर्क का भारत से भी संबंध है। वह तथाकथित मीडिया साक्षरता कार्यक्रम " फैक्टशाला" से जुड़ा है। फैक्टशाला का दावा है कि यह मीडिया कर्मियों के लिए एक शैक्षणिक मंच है। यह डेटालीड्स के तहत काम करता है , जिसकी स्थापना सैयद नज़ाकत ने की है और दावा किया है कि इसने 75, 000 से ज़्यादा मीडिया पेशेवरों को प्रशिक्षित किया है, जो 6.5 करोड़ से ज़्यादा दर्शकों तक पहुँचता है। फैक्टशाला को "गलत सूचना" के खिलाफ़ गूगल न्यूज़ इनिशिएटिव का समर्थन प्राप्त है।

इंटरन्यूज का इतिहास फोर्ड फाउंडेशन, जॉर्ज सोरोस और ओमिडयार से मिलने वाले फंडिंग से जुड़ा है।

मोदी सरकार ने गलत खबर को पीछा करने के लिए 'एआई हैकथॉन' को भी प्रारंभ किया। जिसके लिए डेटालीड्स के साथ समझौता किया।

जॉर्ज सोरोस को लेकर बीजेपी हमलावर रही है कि वो मोदी सरकार को गिराना चाहते है और कांग्रेस से उनका सांठगाठ है। जबकि सोरोस का ओपन सोसाइटी फाउंडेशन ने वर्ष 1999 में भारत में कदम रखा तब संघी

अटल बिहारी वाजपेयी प्रधानमंत्री थे और वर्ष 2014 में ग्रांट प्रोग्राम की शुरुआत की तब संघी नरेंद्र मोदी प्रधानमंत्री बन गएथे।

मीडिया रिपोर्ट्स के अनुसार सोरोस के संगठन को यूएसएआईडी ने 270 मिलियन डॉलर दिए।

अब सवाल है कि जॉर्ज सोरोस जिस संगठन को पैसा देते है या लेते है, उससे मोदी सरकार का तार जुडा हुआ है। ऐसे में वो मोदी सरकार क्यों गिराना चाहेंगे?

यूएसएआईडी और बिल एवं मिलिंडा गेट्स फाउंडेशन के द्वारा आईएसआरएन नेटवर्क को फंडिंग का मामला सामने आया। ध्यान रहे कि आईएसआरएन नेटवर्क ने दिवाली पर पटाखे बैन करने की याचिका सुप्रीम कोर्ट में लगाई थी। ये एनजीओ मूल रूप से भाजपा के लोगों के द्वारा चलाया जाता है। इसके संचालक मंडल में ओम प्रकाश सकलेचा (बीजेपी विधायक), विनय सहस्रबुद्धे (भाजपा के राज्यसभा सांसद हैं और भाजपा के थिंक टैंक पब्लिक पॉलिसी रिसर्च सेंटर के प्रमुख हैं), संतोष गुप्ता, ललिता कुमारमंगलम(भाजपा राजनेता और राष्ट्रीय महिला आयोग की पूर्व प्रमुख हैं), सुमित भसीन(पब्लिक पॉलिसी रिसर्च सेंटर के निदेशक हैं और 2019 के लोकसभा चुनावों के लिए भाजपा सोशल मीडिया समिति के सदस्य थे), रवींद्र साठे, संजय चतुर्वेदी, बसंत कुमार, इंदुमती राव और मल्लिका नड्डा (भाजपा अध्यक्ष जेपी नड्डा की पत्नी हैं) शामिल हैं।

एनजीओ ने अपने आधिकारिक ट्विटर हैंडल से ट्वीट करके दावा किया , "श्री संतोष गुप्ता जो आईएसआरएन के पदाधिकारी हैं, द्वारा पटाखों पर प्रतिबंध लगाने के बारे में दायर की गई याचिका उनकी व्यक्तिगत हैसियत में है! आईएसआरएन या इसके शासी निकाय का इस याचिका से कोई लेना-देना नहीं है। यह स्पष्ट किया जाता है कि एक संगठन के रूप में आईएसआरएन इस याचिका से संबद्ध नहीं है!"

एनजीओ ने अपनी वेबसाइट से अपने गवर्निंग बॉडी के सदस्यों के बारे में जानकारी हटा दी।

अगर एनजीओ का इस याचिका से कोई लेना-देना नहीं था, तो उसने अपनी वेबसाइट से गवर्निंग बॉडी के सदस्यों के बारे में जानकारी क्यों हटाई?

अगर बिल गेट्स की बात करे तो 2009-2010 में, PATH (प्रोग्राम फॉर अप्रोप्रिएट टेक्नोलॉजी इन हेल्थ) नामक एक गैर-लाभकारी संगठन, जो बिल एंड मेलिंडा गेट्स फाउंडेशन द्वारा फंडेड था, ने भारत में HPV वैक्सीन के एक बड़े पैमाने पर प्रदर्शन अध्ययन को शुरू किया। यह अध्ययन आंध्र प्रदेश और गुजरात में हुआ था। अध्ययन का लक्ष्य एचपीवी वैक्सीन (गार्डासिल और सर्वारिक्स) की व्यवहार्यता, स्वीकार्यता, और लागत-प्रभावशीलता का आकलन करना था, ताकि इसे भारत के सार्वजनिक स्वास्थ्य कार्यक्रम में शामिल करने की संभावना देखी जा सके। लगभग 23, 000 लड़कियों को यह वैक्सीन दी गई।

कुछ लड़कियों की मृत्यु की समाचार इस ट्रायल में सुने गए (7 मौतें रिपोर्ट हुईं), जिसके बाद नैतिकता और सूचित सहमति पर प्रश्न उठ गए। आलोचकों ने दावा किया कि ग्रामीण और गरीब समुदायों की लड़कियों को ठीक से नहीं बताया गया कि वे एक अध्ययन का हिस्सा हैं।

2010 में, भारत सरकार ने इस प्रोजेक्ट को निलंबित कर दिया और जांच शुरू की।

गेट्स फाउंडेशन की भूमिका

गेट्स फाउंडेशन ने PATH को वित्तपोषित किया था, लेकिन सीधे ट्रायल में शामिल नहीं था। फाउंडेशन का कहना था कि उनका लक्ष्यसर्वाइकल कैंसर से होने वाली मौतों को रोकना था, जो भारत में एक बड़ी समस्या है (हर साल 60, 000 से अधिक महिलाएं इससे मरती हैं)।

विवाद के बाद गेट्स फाउंडेशन ने कहा कि वे स्थानीय नियमों और नैतिक मानकों का पालन करने के लिए प्रतिबद्ध हैं।

नरेंद्र मोदी के प्रधानमंत्री बनने के बाद बिल गेट्स फिर से सक्रिय हो गए। वो जिससे चाहे खुलकर मीटिंग करते है। उसे प्रधानमंत्री, रिजर्व बैंक का गोवर्नर, स्वास्थ्य मंत्री, कृषि मंत्री, मुख्यमंत्री किसी से भी आसानी से मिल लेता है। आज भारत में स्वास्थ्य, कृषि, शिक्षा, स्वच्छता, डिजिटल वित्तीय समावेशन, प्रौद्योगिकी और नवाचार और निजी निवेश में बिल एण्ड मिलिंडा गेट्स फाउंडेशन का निवेश है।

7 अगस्त, 2020 को अमेरिकन इंस्टिट्यूट फॉर इकोनॉमिक रिसर्च में "बिल गेट्सः उधमी से सुपर विलेन तक" शीर्षक के साथ लेख प्रकाशित हुआ है। उसके मुताबिक चार महीने में 500000 से अधिक लोगों ने whitehouse.gov पर एक याचिका पर हस्ताक्षर किए, जिसमें गेट्स फाउंडेशन की "चिकित्सा कदाचार और मानवता के विरुद्ध अपराध" के लिए जांच की मांग की गई।

जो बिल गेट्स अमेरिका में खलनायक की तरह देखे जाते है वही भारत में परोपकार के नाम पर अपना मानवता विरोधी एजेंडा चला रहे है।

बिल एंड मेलिंडा गेट्स फाउंडेशन और गावी जैसे संगठनों से मिले समर्थन ने सीरम इंस्टिट्यूट ऑफ इंडिया को अपनी उत्पादन क्षमता बढ़ाने में मदद की। इस सहायता से सीरम इंस्टिट्यूट ऑफ इंडिया ने जोखिम उठाकर कोरोना वैक्सीन का उत्पादन शुरू किया, तब भी जब वैक्सीन का परीक्षण पूरा नहीं हुआ था।

यहां एजेंडा समझा जा सकता है कि वैक्सीन उत्पादन परीक्षण के बिना शुरू हुआ। बिल गेट्स ने लिंक्डइन के को-फाउंडर रीड हॉफमैन के साथ एक पॉडकास्ट में भारत को प्रयोगशाला की तरह बताया।

कोरोना वैक्सीन के नुकसान का मामला सुप्रीम कोर्ट पहुंचा क्योंकि आए दिन लोग हृदय घात से लोग मरने लगे। मोदी सरकार ने सुप्रीम कोर्ट में दायर हलफनामे में कहा कि उसे मृतकों और उसके परिजनों से पूरी हमदर्दी है, लेकिन वैक्सीनेशन के बाद किसी भी प्रतिकूल प्रभाव के लिए उसे जिम्मेदार नहीं ठहराया जा सकता।

सुप्रीम कोर्ट में हलफनामा दायर करते है कि हम जिम्मेदार नहीं बाकि जनता के बीच और संसद में बोलते है कि मोदी जी ने वैक्सीन बना दिया। वैक्सीन लाइसेंस पर मोदी का फोटो भी लगवा दिया जब लोगों के मरने की खबर आई तो अचानक ने फोटो भी गायब करा दिया।

कोरोना महामारी में पीएम केयर फंड बना लोगों से चंदा लिया। जब हिसाब के लिए दिल्ली हाई कोर्ट का दरवाजा खटखटाया गया तो मोदी सरकार ने कहा कि पीएम केयर फंड एक पब्लिक ट्रस्ट है, सरकारी कोष नहीं।

वैक्सीन बनाने वाली कंपनी सीरम इंस्टिट्यूट ऑफ इंडिया ने बीजेपी को 50 करोड का चुनावी बॉन्ड दिया।

कोरोना महामारी इनके लिए हर तरफ से फायदे का सौदा रहा।

वर्ष 2022 में, सीरम इंस्टीट्यूट ऑफ इंडिया ने "सर्वावैक" नामक HPV वैक्सीन लॉन्च की। गेट्स फाउंडेशन ने इसे सीधे फंड नहीं किया, लेकिन भारत की वैक्सीन उत्पादन क्षमता को बढ़ाने में उनकी अप्रत्यक्ष भूमिका रही है। गेट्स फाउंडेशन अब सरकार और अन्य अलग-अलग एनजीओ के साथ सहयोग करके भारत में सर्वाइकल कैंसर स्क्रीनिंग और वैक्सीनेशन को बढ़ावा देने में कार्य कर रहा है॥

मोदी सरकार भी 9-14 साल की लडकियों के लिए सर्वाइकल कैंसर की रोकथाम के लिए एचपीवी वैक्सीन को बढावा देने लगी।

बिल गेट्स ने हाल ही में 19 मार्च 2025 को भारतीय संसद का दौरा किया। यह दौरा उनकी भारत यात्रा का हिस्सा था, जो पिछले तीन वर्षों में उनकी तीसरी यात्रा थी। इस दौरान उनकी मुलाकात केंद्रीय स्वास्थ्य मंत्री जे.पी. नड्डा से हुई, जिसमें भारत सरकार और बिल एंड मेलिंडा गेट्स फाउंडेशन के बीच स्वास्थ्य क्षेत्र में सहयोग की समीक्षा की गई। इस मुलाकात में मातृ स्वास्थ्य, टीकाकरण, और स्वच्छता जैसे क्षेत्रों में भारत की प्रगति पर चर्चा हुई, और दोनों पक्षों ने अपनी साझेदारी को और मजबूत करने की इच्छा जताई।

गेट्स ने संसद भवन के अंदर जाकर वहां चल रही बजट सत्र की गतिविधियों के बीच यह मुलाकात हुई। नड्डा ने सोशल मीडिया पर इस मुलाकात का उल्लेख करते हुए कहा कि वे गेट्स फाउंडेशन के साथ सहयोग के मेमोरेंडम को नवीनीकृत करने के लिए उत्सुक हैं, ताकि सभी नागरिकों के लिए सस्ती, सुलभ और गुणवत्तापूर्ण स्वास्थ्य सेवाएं सुनिश्चित की जा सकें।

इसके अलावा, गेट्स ने अपनी यात्रा के दौरान प्रधानमंत्री नरेंद्र मोदी, कृषि मंत्री शिवराज सिंह चौहान, और आंध्र प्रदेश के मुख्यमंत्री एन. चंद्रबाबू नायडू से भी मुलाकात की। इन चर्चाओं में स्वास्थ्य, कृषि, शिक्षा, और कृत्रिम बुद्धिमत्ता (एआई) जैसे क्षेत्रों में भारत की प्रगति और भविष्य की योजनाओं पर जोर दिया गया। विशेष रूप से, गेट्स ने भारत के 'विकसित भारत 2047' विजन की सराहना की और इसे लागू करने में तकनीकी नवाचारों की भूमिका पर प्रकाश डाला।

यह दौरा गेट्स फाउंडेशन की 25वीं वर्षगांठ के अवसर पर भी महत्वपूर्ण था, क्योंकि फाउंडेशन के ट्रस्टी बोर्ड की बैठक पहली बार ग्लोबल साउथ में भारत में आयोजित की गई। गेट्स ने भारत को नवाचार और विकास के लिए एक प्रेरणादायक मंच बताया और कहा कि वे यहाँ की प्रगति को देखकर उत्साहित हैं।

हालांकि, कुछ लोगों ने सोशल मीडिया पर उनके दौरे पर सवाल उठाए। कुछ ने दावा किया कि गेट्स भारत को एक "प्रयोगशाला" की तरह देखते

हैं, जहाँ उनकी फाउंडेशन नए विचारों और टीकों का परीक्षण करती है। यह भावना उनके एक पुराने साक्षात्कार से उत्पन्न हुई हो सकती है, जिसमें उन्होंने भारत में नवाचारों को परखने की बात कही थी। लेकिन इस दौरे का आधिकारिक उद्देश्य सहयोग को बढ़ाना और भारत की उपलब्धियों को वैश्विक मंच पर ले जाना था।

यह पहले किसी एक उधमी का संसद आगमन था। ये सब देख प्रतीत होता है कि मोदी सरकार बिल गेट्स के प्रति समर्पित हो गई है।

वर्ष 2018 में मोदी सरकार ने एफसीआरए में संशोधन किया, जिसके तहत राजनीतिक दलों को 1976 के बाद मिले विदेशी चंदे की जांच से छूट दी गई। यह संशोधन वित्त विधेयक 2018 के जरिए पारित हुआ था और इसे लोकसभा में बिना चर्चा के मंजूरी दी गई थी। इस बदलाव का उद्देश्य वर्ष 2014 में दिल्ली हाईकोर्ट के उस फैसले को प्रभावी रूप से निष्प्रभावी करना था, जिसमें कांग्रेस और भाजपा को विदेशी चंदे के मामले में दोषी ठहराया गया था। इस संशोधन के बाद 1976 से लेकर अब तक राजनीतिक दलों द्वारा लिए गए विदेशी चंदे की जांच संभव नहीं रही।

यहां गंभीर सवाल उठता है कि विदेशी चंदे की जांच से छूट वर्ष 1976 से क्यों की गई। ये वो समय था, जब अमेरिका भारत में राजनीतिक उथल पुथल कराने में लगा था। जिसका परिणाम रहा था कि 24 मार्च, 1977 को मोरारजी देसाई की सरकार बनी, जिसमें आरएसएस का भारतीय जनसंघ भी शामिल था।जुलाई 2022 में केंद्रीय गृह मंत्रालय ने एफसीआरए की वेबसाइट से कुछ महत्वपूर्ण डाटा हटाया। इनमें कई एनजीओ के सालाना रिटर्न की जानकारी और उन एनजीओ की सूची शामिल थी, जिनसे लाइसेन्स रद्द किए गए थे। गृह मंत्रालय ने इस कदम पर कोई आधिकारिक बयान जारी नहीं किया। लेकिन मंत्रालय के अधिकारियों का कहना था कि ऐसा डाटा जनता के लिए बेमतलब है।

अब सवाल उठता है कि क्या छिपाना है, जो डाटा हटाए गए। ये किसी अन्य से जुडा होता तो सरकार उसे हटाने के बजाय उसका प्रचार करती।

ये सब तब हो रहा जब संघ के प्रचारक रहे नरेंद्र मोदी प्रधानमंत्री है और सरकार में ज्यादातर लोग संघ के शाखा से निकले हुए लोग है। संघ के लोग देशभक्ति पर बात करते हैं तो उनके विरोधी धारा पर डीप स्टेट वाले उसे तबाह करना चाहते हैं।

अब प्रश्न है कि ये लोग डीप स्टेट से मिलकर देशभक्ति और संस्कृति के लिए कौन सा काम कर रहे?

संघ की देशभक्ति की बात करें तो इन्होंने नागपुर मुख्यालय पर 52 साल तक तिरंगा नहीं फहराया। नागपुर मुख्यालय पर तिरंगा फहराने की कोशिश को लेकर 26 जनवरी, 2001 को बाबा मेंढे, रमेश कलमबे, और दिलीप चट्टानी को गिरफ्तार किया गया था। ये तीनों राष्ट्रीयप्रेमी युवा दल के सदस्य थे। तीनों की गिरफ़्तार हुए। बाद में, 2013 में कोर्ट ने उन्हें सबूतों के अभाव में बरी कर दिया था।

अगली बार 26 जनवरी, 2002 को आरएसएस के नागपुर मुख्यालय पर झंडा फहराया गया।

यशवंत शिंदे का हलफनामा: संघ और बम धमाकों की साजिश

पूर्व राष्ट्रीय स्वयंसेवक संघ प्रचारक यशवंत शिंदे ने 2022 में महाराष्ट्र के नांदेड़ जिले की एक अदालत में एक शपथपत्र (हलफनामा) दाखिल किया, जिसमें उन्होंने संघ और उससे जुडे संगठनों पर बम धमाकों की साजिश रचने का गंभीर आरोप लगाया।

शिंदे ने अपने हलफनामे में कहा कि 2003–2008 के बीच आरएसएस और विश्व हिंदू परिषद के कुछ वरिष्ठ नेताओं ने युवाओं को बम बनाने और विस्फोटक प्रयोगों की ट्रेनिंग दी। इनका उद्देश्य देशभर में विस्फोट करके वातावरण को सांप्रदायिक रूप से विषैला बनाना और इसका राजनीतिक लाभ भारतीय जनता पार्टी को दिलवाना था।

उन्होंने आरोप लगाया कि इन प्रशिक्षण शिविरों का आयोजन महाराष्ट्र, मध्य प्रदेश और गुजरात जैसे राज्यों में किया गया, जिसमें उन्होंने स्वयं भाग लिया। उन्होंने हलफनामे में इंद्रेश कुमार, मिलिंद परांडे, राकेश धवाड़े, रवि

देव उर्फ मिथुन चक्रवर्ती जैसे कुछ प्रमुख नामों का भी उल्लेख किया।

शिंदे के अनुसार, उन्होंने 2006 में नागपुर में RSS प्रमुख मोहन भागवत से मुलाकात कर इन गतिविधियों की जानकारी दी थी, लेकिन कोई कार्रवाई नहीं हुई। इसके बाद, उन्होंने उच्च अधिकारियों को भी सूचना दी, परंतु सभी स्तरों पर इस जानकारी को दबा दिया गया।

उनका दावा है कि मालेगाँव, नांदेड़, मक्का मस्जिद (हैदराबाद) और समझौता एक्सप्रेस जैसी घटनाएं इसी नेटवर्क का हिस्सा थीं।

शिंदे के इन दावों के बाद राजनीतिक हलकों में तीखी प्रतिक्रियाएं देखने को मिली। हालांकि, आरएसएस या बीजेपी की ओर से इन आरोपों पर कोई आधिकारिक प्रतिक्रिया नहीं आई।

इनको देख पाठक स्वयं तय कर सकते है कि इनका देशप्रेम कैसा है और ये कितने देशभक्त है।

www.ingramcontent.com/pod-product-compliance
Lightning Source LLC
LaVergne TN
LVHW052137041026
849558LV00043B/562
* 9 7 8 9 3 3 4 2 8 7 8 5 1 *